JN412322

빵샘과 함께 읽는

교과서 소설 중3 2권

빵샘과 함께 읽는 교과서 소설(중3)

초판 1쇄 인쇄 | 2012년 8월 20일
초판 1쇄 발행 | 2012년 8월 27일
지은이 | 방민호
펴낸이 | 최병수
펴낸곳 | 예옥
등록 | 제 2005-64호(등록일 2005년 12월 20일)
주소 | 서울시 마포구 동교동 홍익인간 오피스텔 921호
전화 | 02. 325. 4805
팩스 | 02. 325. 4806
이메일 | yeokpub@naver.com

ISBN 978-89-93241-29-7 (43810)

빵샘과 함께 읽는 교과서 소설

중3 2권

• 방민호 엮고씀 •

예옥

소설 읽는 힘을 길러 생각하는 힘을 기릅시다

소설을 배우는 일은 쉽지 않은 일입니다. 소설이란 동화와는 달리 생각이 성숙한 사람들을 위한 이야기이기 때문입니다.

소설을 읽으면 머리가 아프다고 말하는 분들도 있지만, 소설을 읽는 일이 그렇게 어려운 것만은 아닙니다. 한 편의 작품이라도 깊이 읽고 많이 생각하다 보면 어느새 소설을 읽는 힘이 생겨나기 때문입니다. 따라서 어려서부터 소설을 자주 읽고 그 내용을 음미할 수 있게 된다면 생각도 늘고 공부도 잘할 수 있게 될 것입니다.

이 책은 여러분들이 어떻게 하면 소설을 잘 읽을 수 있을까 하고 고민한 끝에 만든 책입니다. 조만간 중학교에 들어가게 될 분, 어제 막 중학교에 들어와 국어 공부를 새로 시작하게 된 분, 중학교 2학년, 3학년이 되어 소설에 대해서 더 잘 알고 싶은 분들을 위해 이 책을 만들었습니다.

또 이 책은 새롭게 바뀐 교육 과정에 따라 중학교 국어 교과서에 실린 소설이 아주 달라졌다는 점을 고려하여 만들었습니다.

새로운 교육 과정에 따라 만들어진 국어 교과서들의 가장 큰 특징은. 에전 같으면 고등학교나 중학교 고학년에 실리던 작품들이 1학년 교과서에 버젓이 수록되어 있다는 사실입니다. 그것은 작품들의 난이도를 새로 평가한 결과이기도 하지만, 그만큼 소설을 읽는 힘을 더 많이 요구하고 있기 때문입니다.

새 국어 교과서에 실린 소설들을 이 책에 실었습니다. 어렵게 느껴지는 이 작품들을 어떻게 하면 쉽게 읽고 익힐 수 있을까? 이러한 고민 끝에 저는 이 책에 몇 가지 방법을 적용해 보았습니다.

첫째, 하나의 작품을 읽기 전에 간단한 생각 거리를 제시하여, 그 작품의 주제에 대해 미리 생각해 볼 수 있도록 한 것입니다. 미리 생각해 보는 연습을 하고 작품의 내용을 예상해 보면 작품을 더 쉽게 읽을 수 있겠지요.

둘째, 작품의 줄거리와 그 작품을 쓴 작가에 대해 자세한 설명을 해주어, 작품에 대한 이해를 높이고자 했습니다. 간략하게 몇 줄만 소개한 줄거리나 작가에 대한 추상적인 정보만으로는 그렇지 않아도 어려운 소설에 흥미를 붙이기 쉽지 않을 테니까요.

셋째, 각각의 작품과 관련이 깊으면서도 중학교 소설 공부에 꼭 필요한 개념을 익힐 수 있는 이야기를 실어 소설을 깊이 이해하는 힘을 기를 수 있도록 했습니다. 예를 들어 인물이니, 사건이니, 배경 같은 말들은 쉬우면서도 얼마나 어렵습니까? 이런 개념들이 쉽게 다가올 수 있는 책을 만들고자 했습니다.

넷째, 이 책에 실린 작품들뿐만 아니라 중학생이 꼭 알아야 할 또 다른 작품들에 대해서도 접할 수 있는 공간을 마련했습니다. 예를 들어 각 소설가들의 대표적인 작품 중에서 중학생이 꼭 알아 두어야 할 작품들을 선별하여 그 작품의 줄거리와 주제를 함께 익힐 수 있도록 했습니다.

마지막으로, 요즘 학교 교육에서 중요하게 평가하는 점을 고려했습니다. 그것은 바로 여러분이 스스로 생각하고 쓸 줄 아는 능력입니다. 대학에서 논술 시험이 시행되는 것도 이러한 능력을 중요하게 여기기 때문입니다. 이 책에 실린 각 작품 끝에는 각각의 작품을 읽은 내용을 토대로 하여 이런저런 세상 문제를 생각해 보는 자리를 마련해 놓았습니다.

이 책의 이점을 여러 가지로 설명했습니다만, 저는 무엇보다도 이 책이 재미있는 책이 되기를 바랍니다. 학교 공부를 떠나, 소설 공부를 떠나, 재미있는 친구와 같은 책이 된다면 얼마나 좋을까요? 이 책이 그러한 친구가 되었으면 합니다.

이 책의 원고를 작성하는 과정에서 많은 도움을 주신 정유리, 정여림, 이은경 씨에게 감사의 뜻을 전합니다.

2012. 8.
방민호 씀

작품의 시대 배경(1권, 2권 통합)

개화기

〈금수회의록〉(안국선)

일제강점기

〈배따라기〉(김동인) | 〈운수 좋은 날〉(현진건) | 〈행복〉(이태준) | 〈오월의 훈풍〉(박태원) | 〈나비를 잡는 아버지〉(현덕) | 〈치숙〉(채만식) | 〈만무방〉(김유정)

해방 이후

〈오발탄〉(이범선) | 〈흰 종이수염〉(하근찬) | 〈흑산도〉(전광용) | 〈땔감〉(윤흥길) | 〈요람기〉(오영수)

1970년대

〈난쟁이가 쏘아 올린 작은 공〉(조세희)

1990년대 이후

〈눈사람 속의 검은 항아리〉(김소진) | 〈허생전을 배우는 시간〉(최시한) | 〈시인의 꿈〉(박완서)

차 례

: 일러두기 :

- 7차 개정 중학교 교과서(3학년)에 수록된 소설 중에서 단편소설 17편을 선정하여, 1권에 9편을 싣고 2권에 8편을 실었습니다.
- 각 작품 앞에는 〈생각해 볼까요?〉, 작품 뒤에는 〈이야기 흐름〉, 〈소설 산책〉, 〈소설 교실〉, 〈또 다른 이야기〉, 〈생각하기(같이 생각하기)〉로 구성되어 있습니다.
- 장편소설 제목과 신문 및 잡지 이름은 '《 》'으로 표시하고, 단편소설 제목은 '〈 〉'으로 표시하였습니다.
- 표기 방식에서 맞춤법 띄어쓰기는 현재 사용되는 표준어 맞춤법에 따랐으나, 대화 속의 사투리 또는 작가가 선택한 비표준어는 원문대로 하였습니다.
- 작품 이해에 필요한 낱말은 한자와 함께 각주로 설명해 놓았습니다.
- 이 책에는 작품 해설에 필요한 사진들을 게재하였습니다. 연락처를 알 수 없어 미리 허락을 구하지 못한 사진에 대해서는 연락이 닿는 대로 허가 절차를 따르겠습니다.

만무방

: 김유정 :

생각해 볼까요?

우리는 물질이 풍요로운 시대에 살고 있습니다. 먹을 거리도 많고 즐길 거리도 너무 많아서 탈인 세상이지요. 그러나 넓게 보면 이 지구상에는 굶주려 죽어 가는 사람들도 많고, 일자리를 구하지 하지 못해 거리를 배회하는 사람들도 많습니다. 여러분이 이러한 처지에 있다고 생각해 봅시다. 공부도 포기한 채 오로지 생존을 위해 하루하루 살아야 한다면 어떤 심정일까요? 자신의 앞날을 꿈꿀 수조차 없는 삶은 어떤 것일지 생각하며 이 작품을 읽어 봅시다.

산골에, 가을은 무르녹았다.

아름드리 노송老松은 빽빽이 늘어박였다. 무거운 송낙◆을 머리에 쓰고 건들건들 새새이◆ 낀 도토리, 뻣◆, 돌배, 갈잎들은 울긋불긋. 잔디를 적시며 맑은 샘이 쫄쫄거린다. 산토끼 두 놈은 한가로이 마주 앉아 그 물을 할짝거리고. 이따금 정신이 나는 듯 가랑잎은 부수수 하고 떨린다. 산산한 산들바람, 귀여운 들국화는 그 품에 새뜩새뜩 넘논다. 흙내와 함께 향긋한 땅김◆이 코를 찌른다. 요놈은 싸리버섯, 요놈은 잎 썩은 내, 또 요놈은 송이— 아니, 아니 가시넝쿨 속에 숨은 박하풀 냄새로군.

응칠이는 뒷짐을 딱 지고 어정어정 노닌다. 유유히 다리를 옮겨 놓으며 이 나무 저 나무 사이로 호아든다.◆ 코는 공중에서 벌렸다 오므렸다, 연실 이러며 훅, 훅, 구붓한 한 송목松木 밑에 이르자 그는 발을 멈춘다. 이번에는 지면에 코를 얕히 갖다 대고 한 바퀴 비잉, 나무를 끼고 돌았다.

"아하, 요놈이로군!"

썩은 솔잎에 덮여 흙이 봉곳이 돋아 올랐다.

그는 손가락을 꾸짖으며 정성스레 살살 헤쳐 본다. 과연 귀여운 송이, 망할 녀석, 조금만 더 나오지. 그걸 뚝 따들곤, 뒷짐을 지고 다시 어실렁어실렁. 가끔 선하품◆은 터진다. 그럴 적마다 두 팔을 떡 벌기곤◆ 먼 하늘을 바라보고 늘어지게도 기지개를 늘인다.

때는 한창 바쁜 추수 때이다. 농군치고

◆ **송낙** 예전에 여승이 주로 쓰던, 송라를 우산 모양으로 엮어 만든 모자.
◆ **새새이** 사이사이에.
◆ **뻣** '버찌'의 방언. 벚나무의 열매. 체리.
◆ **땅김** 땅에서 올라오는 수증기.
◆ **호아들다** 이리저리 돌아서 오다.
◆ **선하품** 흥미 없는 일을 할 때에 나오는 하품.
◆ **벌기다** 속에 있는 것이 드러나도록 벌리다.

송이파적◆ 나올 놈은 생겨나도 않았으리라. 하나 그는 꼭 해야만 할 일이 없었다. 싫으면 하고 말면 말고 그저 그뿐. 그러함에는 먹을 것이 더럭 있느냐면 있기커녕 부쳐 먹을 농토조차 없는, 계집도 없고 집도 없고 자식 없고, 방은 있대야 남의 곁방이요 잠은 새우잠이요. 하지만 오늘 아침만 해도 한 친구가 찾아와서 벼를 털 텐데 일 좀 와 해 달라는 걸 마다하였다. 몇 푼 바람에 그까짓 걸 누가 하느냐보다는 송이가 좋았다. 왜냐면 이 땅 삼천리강산에 늘여 놓인 곡식이 말짱 누거렴◆. 먼저 먹는 놈이 임자 아니야? 먹다 걸릴 만치 그토록 양식을 쌓아 두고 일이 다 무슨 난장 맞을◆ 일이람. 걸리지 않도록 먹을 궁리나 할 게지. 하기는 그도 한 세 번이나 걸려서 구메밥◆으로 사관◆을 틀었다마는 결국 제 밥상 위에 올라앉은 제 몫도 자칫하면 먹다 걸리긴 매일반.

올라갈수록 덤불은 우겼다◆. 머루며 다래, 칡, 게다가 이름 모를 잡초. 이것들이 위아래로 이리저리 서리어 좀체 길을 내지 않는다. 그는 잔디길로만 돌았다. 넓적다리가 벌죽이는 찢어진 고이◆ 자락을 아끼며 조심조심 사려◆ 딛는다. 손에는 칡으로 엮어 든 일곱 개 송이. 늙은 소나무마다 가선 두리번거린다. 사냥개 모양으로 코로 쿡, 쿡, 내를 한다.◆ 이것도 송이 같고 저것도 송이. 어떤 게 알짜 송인지 분간을 모른다. 토끼 똥이 소보록한 데 갈잎이 한 잎 똑 떨어졌다. 그 잎을 살며시 들어 보니 송이 대구리◆가 불쑥 올라왔다. 매우 큰 송이인 듯. 그는 반색하여 그 앞에 무릎을 털썩 꿇었다. 그리고 그 위에 두 손을 내들며 열 손가락을 다 펴들었다. 가만가만히 살살 흙을 헤쳐 본다. 주먹만 한 송이가 나타난다. 애, 이놈 크구나. 손바닥 위에 따 올려놓고는 한참 들여다보며 싱글벙글한다. 우중충한 구석으로 바위는 벽같이 깎아질렀다. 그 중턱을 얽어나간 칡잎에서는 물이 쪼록쪼록 흘러내린다. 인삼이 썩어 내리는 약수라 한다. 그는 돌 위에 걸터앉으며 또 한 번 하품을 하였다. 간밤 쓸데없는 노름에 밤을 팬◆ 것이 몹시 나른하였다. 다사로운 햇발이 숲을 새어든다. 다람쥐가 솔방울을 떨어치며, 어여쁜 할미새는 앞에서 알씬거리고, 동리에서는 타작을 하노라고 와글거린다. 흥겨워 외치는 목성, 그걸 엎누르고 공중에 응 응 진동하는 벼 터는 기계 소리. 맞은 쪽 산 속에서 어린 목동들의 노래는 처량히 울려 온다. 산 속에 묻힌 마을의 전경을 멀리 바라보다가 그는 눈을 찌긋하며 다시 한 번 하품을 뽑는다. 이 웬 놈의 하품일까. 생각해 보니 어제저녁부터 여태껏 창주◆가 곱립든 것이다. 불현듯 송이 꾸럼◆에서 그 중 크고 먹음직한 놈을 하나 뽑아 들었다.

응칠이는 그 송이를 물에 써억써억 부벼서는 떡 벌어진 대구리부터 걸쌈스리◆ 덥석 물어 떼었다. 그리고 넓죽한 입이 움질움질 씹는다. 혀가 녹을 듯이 만질만질하고 향기로운 그 맛. 이렇게 훌륭한 놈을 입맛만 다시고 못 먹다니. 문득 옛 추억이 혀끝에 뱅뱅 돈다. 이놈을 맛보는 것도 참 근자◆의 일이다. 감불생심◆이지 어디 냄새나 똑똑이 맡아 보리. 산 속으로 쏘다니다 백판◆ 못 따기도 하려니와

◆ **송이파적** 송이버섯을 따 먹으면서 시간을 보냄.
◆ **누거럼** 뉘 것이람.
◆ **난장 맞을** 난장, 즉 몰매를 맞을 만하다는 뜻으로, 몹시 못마땅할 때 욕으로 하는 말.
◆ **구메밥** 예전에, 옥에 갇힌 죄수에게 벽 구멍으로 몰래 들여보내던 밥.
◆ **사관四關** 양 팔꿈치와 무릎 관절을 통틀어 이르는 말로, '사관을 틀다'는 매우 고생하였다는 뜻.
◆ **우거지다** 풀, 나무 따위가 자라서 무성해지다.
◆ **고이** '속옷'의 방언.
◆ **사리다** 어떤 일에 적극적으로 나서지 않고 살살 피하며 몸을 아끼다.
◆ **내를 한다** 냄새를 맡는다.
◆ **대구리** 대가리. '머리'의 낮춤말.
◆ **패다** 한숨도 자지 아니하고 밤을 지내다.
◆ **창주** '창자'의 방언.
◆ **꾸럼** 꾸러미.
◆ **걸쌈스럽다** 보기에 남에게 지려고 하지 않고 억척스러운 데가 있다.
◆ **근자近者** 요 얼마 되는 동안.
◆ **감불생심敢不生心** 감히 엄두도 내지 못함.

더러 딴다는 놈은 행여 상할까 봐 손도 못 대게 하고 집에 내려다 모으고 모으고 하는 것이다. 그러나 요행이 한 꾸리미◆ 차면 금시로 장에 가져다 판다. 이틀 사흘씩 공 때린◆ 거로되 잘하면 사십 전, 못 받으면 이십오 전. 저녁거리를 기다리는 아내를 생각하며 좁쌀 서너 되를 손에 사 들고 어두운 고개치◆를 터덜터덜 올라오는 건 좋으나 이 신세를 뭣에 쓰나, 하고 보면 을프냥굿기◆가 짝이 없겠고 — 이까짓 걸 못 먹어 그래, 홧김에 또 한 놈을 뽑아 들고 이번엔 물에 흙도 씻을 새 없이 그대로 텁석거린다. 그러나 다른 놈들도 별 수 없으렷다. 이 산골이 송이의 본고향이로되 아마 일 년에 한 개조차 먹는 놈이 드물리라.

"흥, 썩어진 두상◆들!"

그는 폭넓은 얼굴을 일그러트리며 남이나 들으란 듯이 이렇게 비웃는다. '썩었다' 함은 데생겼다◆ 모멸하는 그의 언투◆이었다. 먹다 나머지 송이 꽁댕이를 바로 자랑스러히 입에다 치트리곤◆ 트림을 섞어 가며 우물거린다.

송이가 두 개가 들어가니 인제는 더 먹을 재미가 없다. 뭔가 좀 든든한 걸 먹었으면 좋겠는데. 떡, 국수, 말고기, 개고기, 돼지고기, 그렇지 않으면 쇠고기냐. 아따 궁한 판이니 아무 거나 있으면. 속중◆으로 여러 가질 먹으며 시름없이 앉았다. 그는 눈꼴이 슬그머니 돌아간다. 웬 놈의 닭인지 암탉 한 마리가 저 아래 무덤 앞에서 뺑뺑 맨다.◆ 골골거리며 감도는 걸 보매 아마 알자리◆를 보는 맥◆이라. 그는 돌에서 궁뎅이를 들었다. 낯은 하늘로 외면하여 못 본 척하고 닭을 향하여 저 켠으로 널찍이 돌아 내린다. 그러나 무덤까지 왔을 때 몸을 돌리며

"후, 후, 후, 이 자식이 어딜 가. 후—"

두 팔을 벌리고 쫓아간다. 산꼭대기로 치모니◆ 닭은 허둥지둥 갈 길을 모른다. 요리 매낀 조리 매낀, 꼬꼬댁거리며 속만 태울 뿐. 그러나 바위 틈에 끼어 왁살스러운◆ 그 주먹에 모가지가 둘로 나기에는 불과 몇 분 못 걸렸다.

그는 으슥한 숲 속으로 찾아들었다. 닭의 껍질을 홀랑 까고서 두 다리를 들고 찢으니 배창◆이 옆구리로 꾀진다.◆ 그놈을 긁어 뽑아서 껍질과 한데 뭉치어 흙에 묻어 버린다.

고기가 생기고 보니 연하여 나느니 막걸리 생각. 이걸 부글부글 끓여 놓고 한 사발 떡 켰으면◆ 똑 좋을 텐데, 제기. 응칠이의 고기는 어디 떨어졌는지 술집까지 못 가는 고기였다. 아무려나 고기 먹고 술 먹고 거꾸론 못 먹느냐. 그는 닭의 가슴패기를 입에 뒤려내고 쭉쭉 찢어 가며 먹기 시작한다. 쫄깃쫄깃한 놈이 제법 맛이 들었다. 가슴을 먹고 넓적다리 볼기짝을 먹고 거반◆ 반쪽을 다 해내고◆ 나니 어쩐지 맛이 좀 적었다. 결국 음식이란 양념을 해야 하는군.

수풀 속으로 그냥 내던지고 그는 설렁설렁 내려온다. 솔숲을 빠져 화전◆께로

◆ **백판白板** 아무것도 없는 형편이나 모르는 상태.
◆ **꾸리미** '꾸러미'의 방언.
◆ **공 때리다** 공치다. 무슨 일을 하려다가 목적을 이루지 못하고 허탕 치다.
◆ **고개치** 고개를 넘는 험한 길.
◆ **을프냥궂기** 우울하고 언짢다.
◆ **두상頭上** '머리'를 뜻함.
◆ **데생기다** 생김새나 됨됨이가 완전하게 이루어지지 못하여 못나게 생기다.
◆ **언투言套** 말투.
◆ **치트리다** 치뜨리다. 아래에서 위로 향하여 던져 올리다.
◆ **속중** 속종. 마음속에 품은 소견.
◆ **매다** '맴돌다'의 뜻.
◆ **알자리** 어미가 알을 낳거나 알을 품는 자리.
◆ **맥脈** 맥락. 사물 따위가 서로 이어져 있는 관계나 연관.
◆ **치몰다** 아래쪽에서 위쪽으로 몰다.
◆ **왁살스럽다** '우악스럽다'의 준말. 보기에 대단히 무지하고 포악하며 드세다.
◆ **배창** '배창자'의 북한어.
◆ **꾀다** 한곳으로 몰리다.
◆ **켜다** 물이나 술 따위를 단숨에 들이마시다.
◆ **거반居半** 거의 절반.
◆ **해내다** 처리하다.
◆ **화전火田** 주로 산간지대에서 풀과 나무를 불태우고 농경지로 만든 땅.

내리려 할 제 별안간 등 뒤에서

"여보게, 거 응칠이 아닌가!"

고개를 돌려 보니 대장간 하는 성팔이가 작달막한 체수◆에 들갑작거리며◆ 고개를 넘어온다. 그런데 무슨 긴한◆ 일이나 있는지 부리나케 달려들더니

"자네, 응고개 논의 벼 없어진 거 아나?"

응칠이는 고만 가슴이 덜컥 내려앉았다. 이 바쁜 때 농군의 몸으로 응고개까지 앨 써 갈 놈도 없으려니와 또한 하필 절 보고 벼의 없어짐을 말하는 것이 여간 심상치 않은 일이었다.

잡담 제하고◆ 응칠이는

"자넨 어째서 응고개까지 갔든가?"

하고 대담스리도 그 눈을 쏘아보았다. 그러나 성팔이는 조금도 겁먹는 기색 없이

"아 어쩌다 지났지 뭘 그래."

하며 도리어 얼레발◆을 치고 덤비는 수작이다. 고얀 놈, 응칠이는 입때◆ 다녀야 동무를 팔아 배를 채우는 그런 비열한 짓은 안 한다. 낯을 붉히자 눈에 물이 보이며

"어쩌다 지났다?"

응칠이가 이 동리에 들어온 것은 어느덧 달이 넘었다. 인제는 물릴◆ 때도 되었고 좀 떠보고자 생각은 간절하나 아우의 일로 말미암아 망설거리는 중이었다.

그는 오라는 데는 없어도 갈 데는 많았다. 산으로 들로 해변으로 발부리 놓이는 곳이 즉 가는 곳이었다.

그러나 저물면은 그대로 쓰러진다. 남의 방앗간이고 헛간이고 혹은

강가, 시새장.◆ 물론 수가 좋으면 괴때기◆ 위에서 밤을 편히 잘 적도 있었다. 이렇게 하여 강원도 어수룩한 산골로 이리 넘고 저리 넘고 못 간 데 별로 없이 유람 겸 편답◆하였다.

그는 한구석에 머물러 있음은 가슴이 답답할 만치 되우◆ 괴로웠다.

그렇다고 응칠이가 본시라 역마직성◆이냐 하면 그런 것도 아니다. 그도 오 년 전에는 사랑하는 아내가 있었고 아들이 있었고 집도 있었고 그때야 어딜 하루라고 집을 떨어져 보았으랴. 밤마다 아내와 마주 앉으면 어찌하면 이 살림이 좀 늘어 볼까 불어 볼까, 애간장을 태우며 같은 궁리를 되하고◆ 되하였다마는 별 뾰족한 수는 없었다. 농사는 열심으로 하는 것 같은데 알고 보면 남는 건 겨우 남의 빚뿐. 이러다가는 결말엔 봉변을 면치 못할 것이다. 하루는 밤이 깊어서 코를 골며 자는 아내를 깨웠다. 밖에 나아가 우리의 세간이 몇 개나 되는지 세어 보라 하였다. 그리고 저는 벼루에 먹을 갈아 붓에 찍어 들었다. 벽을 바른 신문지는 누렇게 걸었다.◆ 그 위에다 아내가 불러 주는 물목◆대로 일일이 내려 적었다. 독이 세 개, 호미가 둘, 낫이 하나로부터 밥사발, 젓가락집이 석 단까지. 그담에는 제가 빚을 얻어온 데, 그 사람들의 이름을 쪽 적어 놓았다. 금액은 제각기 그 아래에다 달아 놓고. 그 옆으로 조금 사이를 떼어 역시 조선문◆으로 나의 소유는 이것밖에 없노

◆ **체수** 몸의 크기.
◆ **들갑작거리다** 몸을 몹시 흔들며 까불거리다.
◆ **긴緊하다** 꼭 필요하다.
◆ **제除하다** 덜어내거나 빼다.
◆ **얼레발** 남의 환심을 사기 위하여 어벌쩡하게 서두르는 짓.
◆ **입때** 여태. 지금까지.
◆ **물리다** 다시 대하기 싫을 만큼 몹시 싫증이 나다.
◆ **시새장** 가늘고 고운 모래가 있는 곳.
◆ **괴때기** '괴꼴'의 잘못. 타작을 할 때에 생기는 벼 낟알이 섞인 짚북데기.
◆ **편답遍踏** 이곳저곳을 널리 돌아다님.
◆ **되우** 아주 몹시.
◆ **역마직성驛馬直星** 늘 부산하게 멀리 다니는 사람.
◆ **되하다** 다시 하거나 도로 하다.
◆ **걸다** 불, 볕, 바람 따위에 거칠어지고 빛이 짙어지다.
◆ **물목物目** 물건의 목록.
◆ **조선문朝鮮文** 일제 강점기에, 우리말로 된 문장을 이르던 말.

라, 나는 오십사 원을 갚을 길이 없으매 죄진 몸이라 도망하니 그대들은 아예 싸울 게 아니겠고 서로 의논하여 억울치 않도록 분배하여 가기 바라노라 하는 의미의 성명서를 벽에 남기자 안으로 문들을 걸어 닫고 울타리 밑구멍으로 세 식구 빠져나왔다.

이것이 응칠이가 팔자를 고치던 첫날이었다.

그들 부부는 돌아다니며 밥을 빌었다. 아내가 빌어다 남편에게, 남편이 빌어다 아내에게. 그러자 어느 날 밤 아내의 얼굴이 썩 슬픈 빛이었다. 눈보라는 살을 엔다. 다 쓰러져 가는 물방앗간 한구석에서 섬◆을 두르고 언내◆에게 젖을 먹이며 떨고 있더니 여보게유 하고 고개를 돌린다. 왜, 하니까 그 말이, 이러다간 우리도 고생일 뿐더러 첫째 언내를 잡겠수, 그러니 서루 갈립시다 하는 것이다. 하긴 그럴 법한 말이다. 쥐뿔도 없는 것들이 붙어 댕긴댔자 별수는 없다. 그보다는 서로 갈리어 제 맘대로 빌어먹는 것이 오히려 가뜬하리라.◆ 그는 선뜻 응낙하였다. 아내의 말대로 개가◆를 해 가서 젖먹이나 잘 키우고 몸 성히 있으면 혹 연분이 닿아 다시 만날지도 모르니깐 마지막으로 아내와 같이 땅바닥에 나란히 누워 하룻밤을 떨고 나서 날이 훤해지자 그는 툭툭 털고 일어섰다.

매팔자◆란 응칠이의 팔자이겠다.

그는 버젓이 게트림◆으로 길을 걸어야 걸릴 것은 하나도 없다. 논맬 걱정도, 호포◆ 받칠 걱정, 빚 갚을 걱정, 아내 걱정, 또는 굶을 걱정도. 호동가란히◆ 털고 나서니 팔자 중에는 아주 상팔자다. 먹고만 싶으면 도야지고, 닭이고, 개고, 언제나 옆을 떠날 새 없겠지. 그리고 돈, 돈도…….

그러나 주재소◆는 그를 노려보았다. 툭하면 오라, 가라, 하는데 학질◆이었다. 어느 동리고 가 있다가 불행히 일만 나면 누구보다도 그부터 붙들려 간다. 왜냐면 그는 전과사범이었다. 처음에는 도박으로, 다음엔 절도로, 또 그담에도 절도로, 절도로…….

그러나 이번 멀리 아우를 방문함은 생활이 궁하여 근대러◆ 왔다거나 혹은 일을 해보러 온 것은 결코 아니었다. 혈족이라곤 단 하나의 동생이요 또한 오래 못 본지라 때 없이 그리웠다. 그래 모처럼 찾아온 것이 뜻밖에 덜컥 일을 만났다.

지금까지 논의 벼가 서 있다면 그것은 성한 사람의 짓이라 안 할 것이다.

응오는 응고개 논의 벼를 여태 베지 않았다. 물론 응오가 베어야 할 것이나 누가 들든지 그 형 응칠이를 먼저 의심하리라. 그럼 여기에 따르는 모든 책임을 응칠이가 혼자 지지 않으면 안 될 것이다.

응오는 진실한 농군이었다. 나이 서른 하나로, 무던히 철났다 하고 동리에서 쳐주는 모범 청년이었다. 그런데 벼를 베지 않는다. 남은 다들 거둬들였고 털기까지 하련만 그는 벨 생각조차 않는 것이다.

지주라든 혹은 그에게 장리◆를 놓은 김참판이든 뻔질 찾아와 벼를 베라 독촉하였다.

"얼른 털어서 낼 건 내야지."

하면 그 대답은

◆ **섬** 곡식 따위를 담기 위하여 짚으로 엮어 만든 그릇.
◆ **언내** '어린아이'의 방언.
◆ **가뜬하다** 다루기에 가볍고 간편하거나 손쉽다.
◆ **개가改嫁** 결혼하였던 여자가 남편과 사별하거나 이혼하여 다른 남자와 결혼함.
◆ **매팔자** 빈들빈들 놀면서도 먹고사는 걱정이 없는 경우를 이르는 말.
◆ **게트림** 거만스럽게 거드름을 피우며 하는 트림.
◆ **호포戶布** 고려·조선 시대에, 집집마다 봄과 가을에 무명이나 모시 따위로 내던 세금.
◆ **호동가란하다** 거칠 것 없이.
◆ **주재소駐在所** 일제 강점기에, 순사가 머무르면서 사무를 맡아보던 경찰의 말단 기관.
◆ **학질瘧疾** 말라리아.
◆ **근대다** 몹시 성가시게 굴다.
◆ **장리長利** 돈이나 곡식을 꾸어 주고, 받을 때에는 한 해 이자로 본디 곡식의 절반 이상을 받는 변리邊利. 흔히 봄에 꾸어 주고 가을에 받는다.

“계집이 죽게 됐는데 벼는 다 뭐지유.”

하고 한결같이 내뱉는 소리뿐이었다.

하기는 응오의 아내가 지금 기지사경◆이매 틈은 없었다 하더라도 돈이 놀아서 약을 못 쓰는 이 판이니 진시◆ 벼라도 털어야 할 것이다.

그러면 왜 안 털었던가.

그것은 작년 응오와 같이 지주地主 문전門前에서 타작을 하던 친구라면 묻지는 않으리라. 한 해 동안 애를 졸이며 홑자식 모양으로 알뜰히 가꾸던 그 벼를 거둬들임은 기쁨에 틀림없었다. 꼭두새벽부터 엣 엣 하며 괴로움을 모른다. 그러나 캄캄하도록 털고 나서 지주에게 도지◆를 제하고, 장리쌀◆을 제하고 색초◆를 제하고 보니 남는 것은 등줄기를 흐르는 식은땀이 있을 따름. 그것은 슬프다니보다 끝없이 부끄러웠다. 같이 털어 주던 동무들이 뻔히 보고 섰는데 빈 지게로 덜렁거리며 집으로 돌아오는 건 진정 열쩍기◆ 짝이 없는 노릇이었다. 참다 참다 응오는 눈에 눈물이 흘렀던 것이다.

가뜩한데 엎치고 덮치더라고 올에는 고나마 흉작이었다. 샛바람◆과 비에 벼는 깨깨◆ 배틀렸다.◆ 이놈을 가을하다간◆ 먹을 게 남지 않음은 물론이요 빚도 다 못 가릴 모양. 에라 빌어먹을 거, 너들끼리 캐다 먹든 말든 멋대로 하여라, 하고 내던져 두지 않을 수 없다. 벼를 건었다고 말만 나면 빚쟁이들은 우 몰려들 거니깐.

응칠이의 죄목은 여기에서도 또렷이 드러난다. 국으로◆ 가만만 있었으면 좋은걸 이 사품◆에 뛰어들어 지주의 빰을 제법 갈긴 것이 응칠이었다.

처음에야 그럴 작정이 아니었다. 그는 여러 곳 물을 마신 이만치 어지간히 속이 틘 건달이었다. 지주를 만나 까놓고 썩 좋은 소리로 의

논하였다. 올 농사는 반실◆이니 도지도 좀 감해 주는 게 어떠냐고. 그러나 지주는 암말 없이 고개를 모로◆ 흔들었다. 정 이러면 하여튼 일 년 품은 빼야 할 테니 나는 그놈에다 불을 지르겠수, 하여도 잠자코 응치 않는다. 지주로 보면 자기로도 그 벼는 넉넉히 거둬들일 수는 있다마는 한번 버릇을 잘못 해놓으면 여느 작인◆까지 행실을 버릴까 염려하여 겉으로 독촉만 하고 있는 터이었다. 실상이야 고까짓 벼쯤 있어도 고만 없어도 고만. 그 심보를 눈치 채고 응칠이는 화를 벌컥 낸 것만은 좋으나 저도 모르고 대뜸 주먹빰이 들어갔던 것이다.

이렇게 문제 중에 있는 벼인데 귀신의 놀음 같은 변괴가 생겼다. 다시 말하면 벼가 없어졌다. 그것도 병들어 쓰러진 쭉쟁이는 젖혀 놓고 뭘로 그랬는지 말짱 이삭만 따 갔다. 그 면적으로 어림하면 아마 못 돼도 한 댓말가량은 될는지.

응칠이가 아침 일찍이 그 논께로 노닐자 이걸 발견하고 기가 막혔다. 누굴 성가시게 할려구 그러는지. 산 속에 파묻힌 논이라 아직은 본 사람이 없는 모양 같다. 하나 동리에 이 소문이 퍼지기만 하면 저는 어느 모로 보든 혐의를 받아 페는 좋이 입어야 될 것이다.

응칠이는 송이도 송이려니와 실상은 궁리에 바빴다. 속중으로 지목 갈 만한 놈을 여럿 들어보았으나 이렇다 짚을 만한

- ◆ **기지사경幾至死境** 거의 죽을 지경에 이름.
- ◆ **진시趁時** '진작'의 잘못. 좀 더 일찍이.
- ◆ **도지賭地** 해마다 일정한 금액으로 정하여진 소작료.
- ◆ **장리長利쌀** 장리로 빌려 주거나 또는 장리로 갚기로 하고 꾸는 쌀.
- ◆ **색초** 잡초 제거에 들어간 비용.
- ◆ **열쩍다** '열없다'의 잘못. 좀 겸연쩍고 부끄럽다.
- ◆ **샛바람** 봄철에 불어오는 바람.
- ◆ **깨깨** 몹시 여위어 마른 모양.
- ◆ **배틀리다** 바싹 꼬면서 틀리다.
- ◆ **가을하다** 벼나 보리 따위의 농작물을 거두어들이다.
- ◆ **국으로** 자기 주제에 맞게.
- ◆ **사품** 어떤 동작이나 일이 진행되는 바람이나 겨를.
- ◆ **반실半失** 절반가량 잃거나 손해를 봄.
- ◆ **모로** 옆쪽으로.
- ◆ **작인作人** 소작인.

증거가 없다. 어쩌면 재성이나 성팔이 이 둘 중의 짓이리라, 하고 결국 이렇게 생각 든 것도 응칠이가 아니면 안 될 것이다.

원수는 외나무다리에서 만났다.

응칠이는 저의 짐작이 들어맞음을 알고 당장에 일을 낼 듯이 성팔이의 눈을 들이 노렸다.

성팔이는 신이 나서 떠들다가 그 눈총에 어이가 질리어 고만 벙벙하였다. 그리고 얼굴이 해쓱하여 마주 대고 쳐다보더니

"그래 자네 왜 그케 노하나. 지나다 보니깐 그렇길래 일테면 자네보구 얘기지 뭐……."

하고 뒷갈망◆을 못 하여 우물쭈물한다.

"노하긴 누가 노해."

응칠이는 뻐팅겼던 몸에 좀 더 힘을 올리며

"응고개를 어째 갔더냐 말이지?"

"놀러 갔다 오는 길인데 우연히……."

"놀러 갔다, 거기가 노는 덴가?"

"글쎄 그렇게까지 물을 게 뭔가, 난 응고개 아니라 서울은 못 갈 사람인가."

하다가 성팔이는 속이 타는지 코로 흐응 하고 날숨을 길게 뽑는다.

이렇게 나오는 데는 더 물을 필요가 없었다. 성팔이란 놈도 여간내기가 아니요 구장◆네 솥인가 뭔가 떼다 먹고 한번 다녀온 놈이었다. 많이 사귀지는 못했으나 동리 평판이 그 놈과 같이 다니다는 엉뚱한 일 만난다 한다. 이번에 응칠이 저역 그 섭수◆에 걸렸음을 알고

"그야 응고개라구 못 갈 리 없을 테."

하고 한번 엇먹었다.◆ 그러나 자네두 알다시피 거 어디야, 거기 바루

길이 있다든지, 사람 사는 동리라면 혹 모른다 하지마는 성한 사람이야 응고개엘 뭘 먹으러 가나, 그렇지 자네야 심심하니까, 하고 앞을 꽉 눌러 등을 떠본다. 여기에는 대답 없고 성팔이는 덤덤히 쳐다만 본다. 무엇을 생각했는가 한참 있더니 호주머니에서 단풍갑을 꺼낸다. 우선 제가 한 개를 물고 또 하나를 뽑아 내대며

"궐련 하나 피게."

매우 든직한◆ 낯을 해 보인다.

이놈이 이利에 밝기가 몹시 밝은 성팔이다. 턱없이 궐련 하나라도 선심을 쓸 궐자◆가 아니리라, 생각은 하였으나 그렇다고 예◆까지 부르대는◆ 건 도리어 저의 처지가 불리하다. 그것은 짜장◆ 그 손에 넘는◆ 짓이니

"야, 웬 궐련은 이래……."

하고 슬쩍 눙치며

"성냥 있겠나?"

일부러 불까지 그어대게 하였다.

응칠이에게 액◆을 떠넘기어 이용하려는 고 야심을 생각하면 곧 달겨들어 다리를 꺾어 놔야 옳을 것이다. 그러나 이 마당에 떠들어대고 보면 저는 드러누워 침 뱉기. 결국 도적은 뒤로 잡지 앞에서 어르는 법이 아니다. 동리에 소문이 퍼질 것만 두려워하며

"여보게, 자네가 했건 내가 했건 간."

하고 과연 정다이 그 등을 툭 치고 나서

◆ **뒷갈망** 뒷감당.
◆ **구장區長** 예전에, 시골 동네의 우두머리를 이르던 말.
◆ **섭수** 어떤 목적을 이루기 위한 방법. 또는 그 도구.
◆ **엇먹다** 사리에 맞지 않는 말과 행동으로 비꼬다.
◆ **든직하다** 사람됨이 경솔하지 않고 무게가 있다.
◆ **궐자厥者** '그(삼인칭 대명사)'를 낮잡아 이르는 말.
◆ **예** 여기.
◆ **부르대다** 남을 나무라기나 하는 듯이 거친 말로 야단스럽게 떠들어 대다.
◆ **짜장** 과연 정말로.
◆ **손에 넘다** 영향력이나 권한이 미치는 범위를 넘어서다.
◆ **액厄** 모질고 사나운 운수.

"우리 둘만 알고 동리에 말은 내지 말게."

하다가 성팔이가 이 말에 되우 놀라며 눈을 말똥말똥 뜨니

"그까짓 벼쯤 먹으면 어떤가!"

하고 껄껄 웃어 버린다.

성팔이는 한굽 접히어 말문이 메였는지 얼뚤하야◆ 입맛만 다신다.

"아예 말은 내지 말게, 응 알지."

하고 다시 다질 때에야 겨우 주저주저 입을 열어

"내야 무슨 말을……. 그건 염려 말게."

하더니 비실비실 몸을 돌리어 저 갈 길을 내걷는다. 그러나 저 앞 고개까지 가는 동안에 두 번이나 돌아다보며 이쪽을 살피고 살피고 한 것만은 사실이었다.

응칠이는 그 꼴을 이윽히 바라보고 입 안으로 죽일 놈, 하였다. 아무리 도적이라도 같은 동료에게 제 죄를 넘겨씌우려 함은 도저히 의리가 아니다.

그건 그렇다 치고 응오가 더 딱하지 않은가. 기껏 힘들여 지어 놓았다 남 좋은 일 한 것을 안다면 눈이 뒤집힐 일이겠다.

이래서야 어디 이웃을 믿어 보겠는가.

확적히◆ 증거만 있어 이놈을 잡으면 대번에 요절을 내리라 결심하고 응칠이는 침을 탁 뱉어 던지고 산을 내려온다.

그런데 그놈의 행태로 가늠 보면 응칠이 저만치는 때가 못 벗은 도적이다. 어느 미친 놈이 논두렁에까지 가새◆를 들고 오는가. 격식도 모르는 풋둥이◆가. 그럴려면 바로 조 낟가리◆나 수수 낟가리 말이지. 그 속에 들어앉아 가새로 속닥거려야 들릴 리도 없고 일도 편하고. 두 포대고 세 포대고 마음껏 딸 수도 있다. 그러다 틈 보고 집으로 나르

면 고만이지만 누가 논의 벼를 다. 그렇게도 벼에 걸신◆이 들렸다면 바로 남의 집 머슴으로 들어가 한 달포 동안 주인 앞에 얼렁거리는 건 이어니와 신용을 얻어 놨다가 주는 옷이나 얻어 입고 다들 잠들거든 벼섬이나 두둑히 짊어 메고 덜렁거리면 그뿐이다. 이건 맥도 모르는 게 남도 못살게 굴려구. 에이, 망할 자식도. 그는 분노에 살이 다 부들부들 떨리는 듯싶었다. 그러나 이런 좀도적이란 뽕◆이 나기 전에는 바짝 물고 덤비는 법이었다. 오늘 밤에는 요놈을 지켰다 꼭 붙들어 가지고 정강이를 분질러 놓으리라, 밥을 먹고는 태연히 막걸리 한 사발을 껄떡껄떡 들이키자.

"커, 가을이 되니깐 맛이 행결 낫군."

그는 주먹으로 입가를 쓱쓱 훔친 다음 송이 꾸럼에서 세 개를 뽑는다. 그리고 그걸 갈퀴 같이 마른 주막 할머니 손에 내어 주며

"옛수, 송이나 잡숫게유."

하고 술값을 치렀으나

"아이, 송이두 고놈 참."

간사◆를 피는 것이 좀 시쁜◆ 모양이다. 제 딴은 한 개에 삼 전씩 치더라도 구 전밖에 안 되니깐.

응칠이는 슬며시 화가 나서 그 얼굴을 유심히 들여다보았다. 움푹 들어간 볼때기에 저건 또 왜 저리 멋없이 불거졌는지 툭 나온 광대뼈 하구 치마 아래로 남실거리는 발가락은 자칫 잘못 보면 황새 발목이니 이건 언제 잡아 가려고 남겨 두는

- ◆ **얼뚤하다** 얼떨하다. 뜻밖의 일을 갑자기 당하거나, 여러 가지 일이 복잡하여서 정신을 가다듬지 못하다.
- ◆ **확적히** 적확히
- ◆ **가새** 가위의 방언. 옷감, 종이 따위를 잘라 베는데 쓰는 기구.
- ◆ **풋둥이** 나무, 풀, 짚 따위를 쌓은 더미.
- ◆ **낟가리** 낟알이 붙은 곡식을 그대로 쌓은 더미.
- ◆ **걸신** 빌어먹는 귀신.
- ◆ **뽕** 밑천.
- ◆ **간사奸詐** 나쁜 꾀가 있어 거짓으로 남의 비위를 맞추는 태도가 있음.
- ◆ **시쁘다** 마음에 차지 아니하여 시들하다.

거야. 보면 볼수록 하나 예쁜 데가 없다. 한두 번 먹은 것도 아니요 언젠간 울타리께 풀을 베어 주고 술사발이나 얻어먹은 적도 있었다. 그렇게 야멸치게 따질 건 뭔가. 그는 눈살을 흘낏 맞추고는 하나를 더 꺼내어

"옛수, 또 하나 잡숫게유."

내던져 주곤 댓돌에 가래침을 탁 뱉었다.

그제야 식성이 좀 풀리는지 그 가축◆으로 웃으며

"아이그, 이거 자꾸 줌 어떡해."

"어떡허긴, 자꾸 살찌게유."

하고 한마디 툭 쏘고 일어서다가 무엇을 생각함인지 다시 툇마루에 주저앉았다.

"그런데 참, 요즘 성팔이 보셨수?"

"아니, 당최 볼 수가 없더구먼."

"술두 안 먹으러 와유?"

"안 와."

하고는 입 속으로 뭐라고 종잘거리며◆ 의아한 낯을 들더니

"왜, 또 뭐 일이……?"

"아니유, 본 지가 하 오래니깐."

응칠이는 말끝을 얼버무리고 고개를 돌리어 한 데를 바라본다. 벌써 점심때가 되었는지 닭들이 요란히 울어 댄다. 논둑의 미루나무는 부 하고 또 부 하고 잎이 날리며 팔랑팔랑 하늘로 올라간다.

"성팔이가 이 말◆에서 얼마나 살았지유?"

"글쎄, 재작년 가을이지 아마."

하고 장죽◆을 빽빽 빨더니

"근데 또 떠난대든걸, 홍천인가 어디 즈 성님한테로 간대."

하고, 그게 옳지 여기서 뭘 하느냐, 대장간이라구 일이나 많으면 모르거니와 밤낮 파리만 날리는걸, 그보다는 즈 형이 크게 농사를 짓는다니 그 뒤나 잘 들어주고 국으로 얻어먹는 게 신상에 편하겠지. 그래 불일간◆ 처자식을 데리고 아마 떠나리라고 하고,

"농군은 그저 농사를 지야 돼."

"낼 술 먹으러 또 오지유."

간단히 인사만 하고 응칠이는 다시 일어났다.

주막을 나서니 옷깃을 스치는 개운한 바람이다. 밭 둔덕의 대추는 척척 늘어진다. 머지않아 겨울은 또 오렷다. 그는 응오의 집을 바라보며 그간 죽었는지 궁금하였다.

응오는 봉당에 걸터앉았다. 그 앞 화로에는 약이 바글바글 끓는다. 그는 정신없이 들여다보고 앉았다.

우중중한 방에서는 아내의 가쁜 숨소리가 들린다. 색,색 하다가 아이구, 하고는 까부라지게 콜룩거린다. 가래가 치밀어 몹시 괴로운 모양. 뽑아 줄 사이가 없이 풀들은 뜰에 엉겼다. 흙이 드러난 지붕에서 망초◆가 휘어청 휘어청. 바람은 가끔 찾아와 싸리문을 흔든다. 그럴 적마다 문은 을씨년스럽게 삐꺽 삐꺽. 이웃의 발발이는 부엌에서 한창 바쁘게 달그락거린다마는 아침에 아내에게 먹이고 남은 조죽밖에야. 아니 그것도 참 남편마저 굶었으니 사발에 붙은 찌꺼기뿐이리라.

"거, 다 졸았나 부다."

응칠이는 약이란 너무 졸면 못 쓰니 고

◆ **가축** 얼굴.
◆ **종잘거리다** 수다스럽게 종알거리다
◆ **말** '마을' 또는 '고을'의 방언형.
◆ **장죽長竹** 긴 담뱃대.
◆ **불일간不日間** 며칠 걸리지 아니하는 동안.
◆ **망초** 국화과의 두해살이풀.

만 짜 먹이라 하였다. 약이라야 어젯저녁 울◆ 뒤에서 옭아 들인 구렁이지만.

그러나 응오는 듣고도 흘렸는지 혹은 못 들었는지 잠자코 고개도 안 든다.

"엣다, 송이 맛이나 봐라."

하고 형이 손을 내밀 제야 겨우 시선을 들었으나 술이 거나한 그 얼굴을 거북상스레 훑어본다. 그리고 송이를 고맙지 않게 받아 방으로 치뜨리고는

"이거나 먹어."

하다가

"뭐?"

소리를 크게 질렀다. 그래도 잘 들리지 않으므로

"뭐야 뭐야, 좀 똑똑히 하라니깐?"

하고 골피◆를 찌푸린다.

그러나 아내는 손짓만으로 무슨 소린지 알 수가 없다. 음성으로 치느니보다 종이 부비는 소리랄지, 그걸 듣기에는 지척도 멀었다.

가만히 보다 응칠이는 제가 다 불안하여

"뒤 보겠다는◆ 게 아니냐!"

"그럼 그렇다 말이 있어야지."

남편은 이내 짜증을 내며 몸을 일으킨다. 병약한 아내의 음성이 날로 변하여 감을 시방 안 것도 아니련만. 그는 방바닥에 늘어져 꼬치꼬치 마른 반송장을 조심히 일으키어 등에 업었다.

울 밖 밭머리에 잿간◆은 놓였다. 머리가 눌릴 만치 납작한 갑갑한 굴 속이다. 게다 거미줄은 예제없이◆ 엉키었다. 부춧돌 위에 내려놓

으니 아내는 벽을 의지하여 웅크리고 앉는다. 그리고 남편은 눈을 멀뚱멀뚱 뜨고 지키고 섰는 것이다.

이 꼴들을 멀거니 바라보다 응칠이는 마뜩찮게 코를 휑 풀며 입맛을 다시었다. 옹오의 짓이 어리석고 울화가 터져서이다. 요즘 응오가 형에게 잘 말도 않고 왜 어뜩비뜩◆하는지 그 속은 응칠이도 모르는 바 아닐 것이다.

응오가 이 아내를 찾아올 때 꼭 삼 년간을 머슴을 살았다. 그처럼 먹고 싶던 술 한 잔 못 먹었고 그처럼 침을 삼키던 그 개고기 한 메 물론 못 샀다. 그리고 새경◆을 받는 대로 꼭꼭 장리를 놓았으니 후일 선채◆로 썼던 것이다. 이렇게까지 근사를 모아◆ 얻은 계집이련만 단 두 해가 못 가서 이 꼴이 되고 말았다.

그러나 이 병이 무슨 병인지 도시◆ 모른다. 의원에게 한 번이라도 변변히 배본 적이 없다. 혹 안다는 사람의 말인즉 뇌점◆이니 어렵다 하였다. 돈만 있다면야 뇌점이고 염병이고 알 바가 못 될 거로되 사날◆ 전 거리로 쫓아 나오며

"성님."

하고 팔을 챌 적에는 응오도 어지간히 급한 모양이었다.

"왜?"

응칠이가 몸을 돌리니 허둥지둥 그 말이, 인제는 별 도리가 없다. 있다면 꼭 한 가지가 남았으니 그것은 엊그저께 산신을 부리는 노인이 이 마을에 오지 않았는

◆ **울** 울타리.
◆ **골피** '이맛살'의 강원도 방언.
◆ **뒤를 보다** 대변이나 소변을 보다.
◆ **잿간** 화장실을 일컫는 강원도 사투리.
◆ **예제없이** 여기나 저기나 구별 없이.
◆ **어뜩비뜩** 행동이 바르거나 단정하지 못한 모양.
◆ **새경** 머슴이 주인에게서 한 해 동안 일한 대가로 받는 돈이나 물건.
◆ **선채先綵** 전통 혼례에서 혼례를 치르기 전에 신랑 집에서 신부 집으로 보내는 옷감.
◆ **근사를 모으다** 부지런히 힘을 쓰는 일을 오랫동안 계속하여 공을 들이다.
◆ **도시都是** 도무지. 아무리 해도.
◆ **뇌점** 지금의 폐결핵.
◆ **사날** 사나흘.

가. 그 도인이 응오를 특히 동정하여 십오 원만 들여 산치성◆을 올리면 씻은 듯이 낫게 해주리라는데

"성님은 언제나 돈 만들 수 있지유?"

"거 안 된다, 치성 들여 날 병이 그냥 안 낫겠니."

하여 여전히 딱 떼이고

"그러게 내 뭐래든, 애전에 계집 다 내버리고 날 따라 나서랬지."

하고

"그래 농군의 살림이란 제 목 매기라지!"

그러나 아우가 암 말 없이 몸을 홱 돌리어 집으로 들어갈 제 응칠이는 속으로 또 괜한 소리를 했구나 하였다.

응오는 도로 아내를 업어다 방에 누였다. 약은 다 졸았다. 물이 식기 전 짜야 할 것이다. 식기를 기다려 약사발을 입에 대어 주니 아내는 군말 없이 그 구렁이 물을 껄덕껄덕 들여마신다.

응칠이는 마당에 우두커니 앉았다. 사람의 목숨이란 과연 중하군 하였다. 그러나 계집이라는 저 물건이 그렇게 떼기 어렵도록 중할까, 하니 암만해도 알 수 없고

"너 참, 요 건너 성팔이 알지?"

"……."

"너허구 친하냐?"

"……."

"성이 뭐래는데 거 대답 줌 하렴."

하고 소리를 빽 질러도 아우는 대답은 말고 고개도 안 든다.

그러나 응칠이는 하늘을 쳐다보고 트림만 끄윽 하고 말았다. 술기가 코를 콱콱 찔러야 할 터인데 이건 풋김치 냄새만 코밑에서 뱅뱅 돈

다. 공짜 김치만 퍼먹을 게 아니라 한잔 더 했더면 좋았을걸. 그는 일어서서 대를 허리에 꽂고 궁둥이의 흙을 털었다. 벼 도적 맞은 이야기를 할까 하다가 아서라 가뜩이나 울상이 속이 쓰릴 것이다. 그보다는 이놈을 잡아 놓고 나중 희짜를 뽑는◆ 것이 점잖겠지.

그는 문밖으로 나와 버렸다.

답답한 아우의 살림을 보니 역◆ 답답하던 제 살림이 연상되고 가슴이 두 몫 답답하였다.

이런 때에는 무가 십상이다. 사실 하느님이 무를 마련해 낸 것은 참으로 은혜로운 일이다. 맥맥할◆ 때 한 개를 씹고 보면 꿀꺽 하고 쿡 치는 그 멋이 좋고 남의 무밭에 들어가 하나를 쑥 뽑으니 가락무. 이키, 이거 오늘 운수 대통이로군. 내던지고 그다음 놈을 뽑아 들고 개울로 내려온다. 물에 쓱쓱을 닦아서는 꽁지는 이로 베어 던지고 어썩 깨물어 부친다.

개울 둔덕에 포플러는 호젓하게도 매출이 컸다. 자갈돌은 고 밑에 옹기종기 모였다. 가생이◆로 잔디가 소보록하다. 응칠이는 나가 자빠져 마을을 건너다보며 눈을 멀뚱멀뚱 굴리고 누웠다. 산에 빽빽 둘리어 숨이 콕 막힐 듯한 그 마을.

아리랑 아리랑 아라리요
아리랑 띄워라 노다가세
증기차는 가자고 왼고동 트는데
정든님 품안고 낙누낙누
아리랑 아리랑 아라리요
아리랑 띄워라 노다 가세

◆ **산치성**山致誠 산신령에게 정성을 드리는 일.
◆ **희짜 뽑다** 가진 것이 없으면서 짐짓 분수에 넘치게 굴다.
◆ **역**亦 마찬가지로.
◆ **맥맥하다** 기운이 막혀 갑갑하다.
◆ **가생이** '가장자리'의 방언.

낼 갈지 모래 갈지 내 모르는데
옥씨기◆ 강냥이◆는 심어 뭐 하리
아리랑 아리랑 아라리요
아리랑 띄여라……

그는 콧노래를 이렇게 흥얼거리다 갑작스레 강릉이 그리웠다. 펄펄 뛰는 생선이 좋고 아침 햇발에 비끼어 힘차게 출렁거리는 그 물결이 좋고. 이까짓 둠◆ 구석에서 쪼들리는 데 대다니. 그래도 즈이◆ 딴엔 무어 농사 좀 지었답시고 악을 복복 쓰며 잘도 떠들어 댄다. 하지만 그런 중에도 어딘가 형언치 못할 쓸쓸함이 떠돌지 않는 것도 아니다. 삼십여 년 전 술을 빚어 놓고 쇠를 울리고 흥에 질리어 어깨춤을 덩실거리고 이러던 가을과는 저 딴 쪽◆이다. 가을이 오면 기쁨에 넘쳐야 될 시골이 점점 살기만 띠어 옴은 웬일일고. 이렇게 보면 재작년 가을 어느 밤 산중에서 낫으로 사람을 찍어 죽인 강도가 문득 머리에 떠오른다. 장을 보고 오는 농군을 농군이 죽였다. 그것도 많이나 되었으면 모르되 빼앗은 것이 한 끗 동전 네 닢에 수수 일곱 되. 게다 흔적이 탄로날까 하여 낫으로 그 얼굴의 껍질을 벗기고 조기 대강이 이기듯 끔찍하게 남기고 조긴◆ 망나니이다. 흉악한 자식. 그 잘량한◆ 돈 사 전에 나 같으면 가여워 덧돈을 주고라도 왔으리라. 이번 놈은 그따위 각다귀◆나 아닐는지 할 때 찬 김과 아울러 치미는 소름에 머리끝이 다 쭈뼛하였다. 그간 아우의 농사를 대신 돌봐주기에 이럭저럭 날이 늦었다. 오늘밤에는 이놈을 다리를 꺾어 놓고 내일쯤은 봐서 설렁설렁 뜨는 것이 옳은 일이겠다. 이 산을 넘을까 저 산을 넘을까 주저거리며◆ 속으로 점을 치다가 슬그머니 코를 골아 올린다.

밤이 나리니 만물은 고요히 잠이 든다. 검푸른 하늘에 산봉우리는 울퉁불퉁 물결을 치고 흐릿한 눈으로 별은 떴다. 그러다 구름 떼가 몰려 닥치면 캄캄한 절벽이 된다. 또한 마을 한복판에는 거친 바람이 오락가락 쓸쓸히 궁글고◆ 이따금 코를 찌름은 후련한 산사◆ 내음새. 북쪽 산 밑 미루나무에 싸여 주막이 있는데 유달리 불이 반짝인다. 노세, 노세, 젊어서 놀아. 노랫소리는 나즉나즉 한산히 흘러온다. 아마 벼를 뒷심 대고◆ 외상이리라.

응칠이는 잠자코 벌떡 일어나 바깥으로 나섰다. 그리고 다 나와서야 그 집 친구에게 눈치를 안 채이도록

"내 잠깐 다녀옴세."

"어딜 가나?"

친구는 웬 영문을 몰라서 뻔히 치어다보다 밤이 이렇게 늦었으니 나갈 생각 말고 어여 이리 들어와 자라 하였다. 기껏 둘이 앉아서 개코쥐코◆ 떠들다가 갑자기 일어서니깐 꽤 이상한 모양이었다.

"건너말◆ 가 담배 한 봉 사 올라구."

"담배 여깄는데 또 사 뭐 하나?"

친구는 호주머니에서 굳이 연봉◆을 꺼내어 손에 들어 보이더니

"이리 들어와 섬이나 좀 쳐주게◆."

"아 참, 깜빡……."

하고 응칠이는 미안스러운 낯으로 뒤통수를 긁죽긁죽한다. 하기는 섬을 좀 쳐

◆ **옥씨기** 옥수수의 강원도 방언.
◆ **강냉이** 옥수수의 강원도 방언.
◆ **둠** 도회에서 멀리 떨어져 사람이 많이 살지 않는 변두리나 깊은 곳.
◆ **즈이** 자기.
◆ **딴 쪽** '딴판'의 뜻.
◆ **조기다** 마구 두들기거나 패다.
◆ **잘량하다** '알량하다'의 잘못. 시시하고 보잘것없다.
◆ **각다귀** 남의 것을 뜯어먹고 사는 사람을 비유적으로 이르는 말.
◆ **주저거리다** 자꾸 머뭇거리며 망설이다.
◆ **궁글다** '뒹굴다'의 전라도 방언.
◆ **산사山査** 산사나무.
◆ **뒷심 대다** 뒤에서 도와줄 것을 믿다.
◆ **개코쥐코** 쓸데없는 이야기로 이러쿵저러쿵하는 모양.
◆ **건너말** '건넛마을'의 북한어.
◆ **연봉** 담배.
◆ **섬 치다** 곡식 따위를 보관하는 자루를 손으로 짜다.

달라구 며칠째 당부하는 걸 노름에 몸이 팔리어 고만 잊고 잊고 했던 것이다. 먹고 자고 이렇게 신세를 지면서 이건 썩 안됐다 생각은 했지마는

"내 곧 다녀올걸 뭐……."

어정쩡하게 한마디 남기곤 그 집을 뒤에 남긴다. 그러나 이 친구는

"그럼 잘 다녀오게."

하고 때를 재치는◆ 법은 없었다. 언제나 여일같이◆

"그럼 잘 다녀오게."

이렇게 그 신상◆만 편하기를 비는 것이다.

응칠이는 모든 사람이 저에게 그 어떤 경의를 갖고 대하는 것을 가끔 느끼고 어깨가 으쓱거린다. 백판 모르던 사람도 데리고 앉아서 몇 번 말만 좀 하면 대번 구부러진다. 그렇게 장한 것인지 그 일을 하다가, 그 일이라야 도적질이지만, 들어가 욕보던 이야기를 하면 그들은 눈을 커다랗게 뜨고

"아이구, 그걸 어떻게 당하셨수!"

하고 적이 놀라면서도

"그래 그 돈은 어떡했수?"

"또 그랠 생각이 납디까유?"

"참 우리 같은 농군에 대면 호강살이유!"

하고들 한편 썩 부러운 모양이었다. 저들도 그와 같이 진탕 먹고 살고는 싶으나 주변◆ 없어 못 하는 그 울분에서 그런 이야기만 들어도 다소 위안이 되는 것이다. 응칠이는 이걸 잘 알고 그 누구를 논에다 거꾸로 박아 놓고 달아나다가 붙들려 경치던 이야기를 부지런히 하며

"자네들은 안적 멀었네 멀었어."

하고 흰소리◆를 치면 그들은, 옳다는 뜻이겠지, 묵묵히 고개만 끄떡끄떡 하며 속없이 술을 사주고 담배를 사주고 하는 것이다.

그런데 이번 벼를 훔쳐 간 놈은 응칠이를 마구 넘보는 모양 같다.

이렇게 생각하면 응칠이는 더욱 괘씸하였다. 그는 물푸레 몽둥이를 벗 삼아 논둑길을 질러서 산으로 올라간다.

이슥한◆ 그믐은 칠야.◆

길은 어둡고 흐릿한 언저리만 눈앞에 아물거린다.

그 논까지 칠 마장◆은 느긋하리라. 이 마을을 벗어나는 어귀에 고개 하나를 넘는다. 또 하나를 넘는다. 그러면 그담 고개와 고개 사이에 수목이 울창한 산 중턱을 비겨대고◆ 몇 마지기의 논이 놓였다. 응오의 논은 그 중의 하나였다. 길에서 썩 들어앉은 곳이라 잘 뵈도 않는다. 동리에 그런 소문이 안 났을 때에는 천행◆으로 본 놈이 없을 것이니 반드시 성팔이의 성행◆임에는.

응칠이는 공동묘지의 첫 고개를 넘었다. 그리고 다음 고개의 마루턱을 올라섰을 때 다리가 주춤하였다. 저 윈편 높은 산 고랑에서 불이 반짝하다 꺼진다. 짐승 불로는 너무 흐리고. 아하, 이놈들이 또 왔군. 그는 가던 길을 옆으로 새었다. 더듬더듬 나뭇가지를 짚으며 큰 산으로 올라탄다. 바위는 미끌려 내리며 발등을 찧는다. 딸기 가시에 종아리는 따갑고 엉금엉금 기어서 바위를 끼고 감돈다.

산, 거반 꼭대기에 바위와 바위가 어깨

◆ **재치다** 재촉하다.
◆ **여일같이** 처음부터 끝까지 한결같이.
◆ **신상身上** 한 사람의 몸이나 처신, 또는 그의 주변에 관한 일이나 형편.
◆ **주변** 일을 주선하거나 변통함. 또는 그런 재주.
◆ **흰소리** 터무니없이 자랑으로 떠벌리거나 거드럭거리며 허풍을 떠는 말.
◆ **이슥하다** 밤이 꽤 깊다.
◆ **칠야漆夜** 아주 캄캄한 밤.
◆ **마장** 거리의 단위. 오 리나 십 리가 못 되는 거리를 이른다.
◆ **비겨대다** 비스듬하게 기대다.
◆ **천행天幸** 하늘이 준 큰 행운.
◆ **성행性行** 성품과 행실을 아울러 이르는 말.

를 곁고 움쑥 들어간 굴이 있다. 풀들은 뻗치어 굴 문을 막는다.

그 속에 돌라앉아서 다섯 놈이 머리들을 맞대고 수군거린다. 불빛이 샐까 염려다. 남폿불을 얕이 달아 놓고 몸들을 바싹바싹 여미어 가린다.

"어서 후딱후딱 쳐, 갑갑해서 온."

"이번엔 누가 빠지나?"

"이 사람이지 멀 그래."

"다시 섞어. 어서 이 따위 수작이야."

하고 한 놈이 골을 내고 화투를 빼앗아 제 손으로 섞다가 깜짝 놀란다. 그리고 버썩 대드는 응칠이를 벙벙히 쳐다보며 얼뚤한다.

그들은 응칠이가 오는 것을 완고척히 싫어하는 눈치였다. 이런 애송이 노름판인데 응칠이를 들였다는 맥을 못쓸 것이다. 속으로는 되우 끌렸다마는 그렇다고 응칠이의 비위를 건드림은 더욱 좋지 못하므로,

"아, 응칠인가. 어서 들어오게."

하고 선웃음◆을 치는 놈에

"난 올 듯하기에, 자넬 기다렸지."

하며 어수대는◆ 놈.

"하여튼 한 케◆ 떠보세."

이놈들은 손을 잡아 들이며 썩들 환영이었다.

응칠이는 그 속으로 들어서며 무서운 눈으로 좌중을 한번 훑어보았다.

그런데 재성이도 그 틈에 끼어 있는 것이 아닌가. 사날 전만 해도 응칠이더러 먹을 양식이 없으니 돈 좀 취하려던 놈이. 의심이 부썩 일었다. 도적이란 흔히 이런 노름판에서 씨가 퍼진다. 고 옆으로 기호도

앉았다. 이놈은 며칠 전 제개◆ 집을 팔았다. 그 돈으로 영동 가서 장사를 하겠다던 놈이 노름을 왔다. 제깐 주제에 딸 듯 싶은가. 하나는 용구. 농사엔 힘 안 쓰고 노름에 몸이 달았다. 시키는 부역도 안 나온다고 동리에서 손도◆를 맞은 놈이다. 그리고 남의 집 머슴 녀석. 뽐을 내고 멋없이 점잔을 피우는 중늙으니 상투쟁이. 이 물건은 어서 날아왔는지 보도 못 하던 놈이다. 체, 이것들이 뭘 한다구.

응칠이는 기호의 등을 꾹 찍어 가지고 밖으로 나왔다.

외딴 곳으로 데리고 와서

"자네 돈 좀 없겠나?"

하고 돌아서다가

"웬걸. 돈이 어디……."

눈치만 남고 어름어름하니

"아내와 갈렸다지, 그 돈 다 뭘 했나?"

"아, 이 사람아, 빚 갚았지."

기호는 눈을 내리깔며 매우 거북한 모양이다.

오른편 엄지로 한 코를 밀고 흥하고 내풀더니 "이번 빚에 졸리어 죽을 뻔했네" 하고 묻지 않은 발뺌까지 얹어서 설대◆로 등어리를 긁죽긁죽한다.

그러나 응칠이는 속으로 이놈 하였다.

응칠이는 실눈을 뜨고 기호를 유심히 쏘아 주었더니

"꼭 사 원 남었네."

하고 선뜻 알리고

"빚 갚고 뭘 하고 흐지부지 녹았어."

◆ **선웃음** 우습지도 않은데 꾸며서 웃는 웃음.
◆ **어수대다** 어울리지 않게 우쭐대다.
◆ **케** 켜. 노름하는 횟수를 세는 단.
◆ **제개** 자기自己.
◆ **손도損徒** 도덕적으로 잘못한 사람을 그 지역에서 내쫓음.
◆ **설대** 담배설대. 담배통과 물부리 사이에 끼워 맞추는 가느다란 대.

어색하게도 혼잣말로 우물쭈물 웃어 버린다.

응칠이는 퉁명스러히

"나 이 원만 최게."◆

하고 손을 내대다 그래도 잘 듣지 않으매

"따서 둘이 노늘 테야, 누가 떼먹나."

하고 소리가 한번 빽 아니 나올 수 없다.

이 말에야 기호도 비로소 안심한 듯, 저고리 섶을 쳐들고 흠처거리다 쭈뼛쭈뼛 꺼내 놓는다. 딴은 응칠이의 솜씨면 낙짜는 없을 것이다. 설혹 재간이 모자라 잃는다면 우격◆이라도 도로 몰아갈 게니깐.

"나도 한 케 떠보세."

응칠이는 우자스레◆ 굴로 기어든다. 그 콧등에는 자신 있는 그리고 흡족한 미소가 떠오른다. 사실이지 노름만치 그를 행복하게 하는 건 다시없었다. 슬프다가도 화투나 투전장을 손에 들면 공연스레 어깨가 으쓱거리고 아무리 일이 바빠도 노름판은 옆에 못 두고 지난다. 그는 이놈 저놈의 눈치를 스을쩍 한번 훑고

"두 패루 나누지?"

응칠이는 재성이와 용구를 데리고 한 옆으로 비켜 앉았다. 그리고 신바람이 나서 화투를 섞다가 손을 따악 짚으며

"튀전◆이래지 이깟 화투는 하튼 뭘 한텐가. 녹빼낀가, 켤텐가?"

"약단이나 그저 보지."

사방은 매섭게 조용하였다. 바위 위에서 혹 바람에 모래 구르는 소리뿐이다. 어쩌다

"엣다 봐라."

하고 화투짝이 쩔꺽 한다. 그러곤 다시 쥐죽은 듯 잠잠하다.

그들은 이욕◆에 몸이 달아서 이야기고 뭐고 할 여지가 없다. 행여 속지나 않는가, 하얀 눈들이 빨개서 서로 독을 올린다. 어떤 놈이 뜯는 놈이고 어떤 놈이 뜯기는 놈인지 영문 모른다.

응칠이가 한 장을 내던지고 명월공산◆을 보기 좋게 떡 젖혀 노니

"이거 왜 수짜질◆이야."

용구가 골을 벌컥 내며 쳐다본다.

"뭐가?"

"뭐라니, 아 이 공산 자네 밑에서 빼내지 않었나?"

"봤으면 고만이지 그렇게 노할 건 또 뭔가."

응칠이는 어설피 입맛을 쩍쩍 다시다

"그럼 이번엔 파토지?"

하고 손의 화투를 땅에 내던지며 껄껄 웃어 버린다.

이때 한 옆에서 별안간

"이 자식 죽인다."

악을 쓰는 것이니 모두들 놀라며 시선을 모은다. 머슴이 마주 앉은 상투의 뺨을 갈겼다. 말인즉 매조◆ 다섯 끗을 엎어쳤다고.

하나 정말은 돈을 잃은 것이 분한 것이다. 이 돈이 무슨 돈이냐 하면 일 년 품을 판 피묻은 새경이다. 이런 돈을 송두리 먹다니.

"이 자식, 너는 야마시꾼◆이지. 돈 내라."

멱살을 훔켜잡고 다시 두 번을 때린다.

◆ **최게** 남에게서 돈이나 물품을 꾸는 '취하다'의 뜻.
◆ **우격** 억지로 우김.
◆ **우자스레** 보기에 어리석은 데가 있게.
◆ **튀전** 투전. 두꺼운 종이로 폭은 손가락 넓이 만한 것으로 하는 노름.
◆ **이욕利慾** 사사로운 이익을 탐내는 욕심.
◆ **명월공산明月空山** 화투에서 '팔광'을 비유적으로 표현한 말.
◆ **수짜질** 수작질.
◆ **매조梅鳥** 화투에서, 매화가 그려져 있는 화투장.
◆ **야마시꾼やまし** 사기꾼.

"허, 이눔이 왜 이래누, 어른을 몰라보구."

상투는 책상다리를 잡숫고 허리를 쓰윽 펴더니 점잖이 호령한다. 자식뻘 되는 놈에게 뺨을 맞는 건 말이 좀 덜 된다. 약이 올라서 곧 일을 칠 듯이 엉덩이를 번쩍 들었으나 그러나 그대로 주저앉고 말았다. 악에 바짝 받친 놈을 건드렸다는 결국 이쪽이 손해다. 더럽다는 듯이 허허 웃고,

"버릇없는 놈 다 봤고!"

하고 꾸짖은 것은 잘됐으나 기어이 어이쿠 하고 그 자리에 푹 엎어진다. 이마가 터져서 피는 흘렀다. 어느 틈엔가 돌멩이가 날아와 이마의 가죽을 터친◆ 것이다.

응칠이는 싱글거리여 굴을 나섰다. 공연스리 쑥스럽게 일이나 벌어지면 성가신 노릇이다. 그리고 돈백이나 될 줄 알았더니 다 봐야 한 사십 원 될까 말까. 그걸 바라고 어느 놈이 앉았는가.

그가 딴 것은 본밑◆을 갈라 구 원하구 팔십 전이다. 기호에게 오 원을 내주고

"자, 반이 넘네, 자네 계집 잃고 돈 잃고 호강이겠네."

농담으로 비웃어 던지고는 숲으로 설렁설렁 내려온다.

"여보게, 자네에게 청이 있네."

재성이 목이 말라서 바득바득 따라온다. 그 청이란 묻지 않아도 알 수 있었다. 저에게 돈을 다 빼앗기곤 구문◆이겠지. 시치미를 딱 떼고 나 갈 길만 걷는다.

"여보게 응칠이, 아 내 말 좀 들어."

그제서는 팔을 잡아 낚으며 살려 달라 한다. 돈을 좀 늘일까 하고 벼 열 말을 팔아 해보았더니 다 잃었다고. 당장 먹을 게 없어 죽을 지

경이니 노름 밑천이나 하게 몇 푼 달라는 것이다. 그러나 벼를 털었으면 거저먹을 게지 어쭙지않게 노름은.

"그런 걸 왜 너보고 하랬어?"

하고 돌아서며 소리를 뻑 지르다가 가만히 보니 눈에 눈물이 글썽하다. 잠자코 돈 이 원을 꺼내 주었다.

응칠이는 들에 앉아서 팔짱을 끼고 덜덜 떨고 있다.

사방은 뺑 돌리어 나무에 둘러싸였다. 거무투툭한 그 형상이 헐 없이 무슨 도깨비 같다. 바람이 불 적마다 쏴 하고 쏴 하고 음충맞게◆ 건들거린다. 어느 때에는 짹짹 하고 목을 따는지 비명도 올린다.

그는 가끔 뒤를 돌아보았다. 별일은 없을 줄 아나 호욕◆ 뭐가 덤벼들지도 모른다. 서낭당은 바로 등 뒤다. 족제빈지 뭔지, 요동 통에 돌이 무너지며 바시락 바시락 한다. 그 소리가 묘하게도 등줄기를 쪼옥 긋는다. 어두운 꿈속이다. 하늘에서 이슬은 내리어 옷깃을 축인다. 공포도 공포려니와 냉기로 하여 좀처럼 견딜 수가 없었다.

산골은 산신까지도 주렸으렷다. 아들 낳아 달라고 떡 갖다 받칠 이 없을 테니까. 이놈의 영감님 홧김에 덥석 달려들면. 앞뒤를 다시 한 번 휘돌아본 다음 설대를 뽑는다. 그리고 오금팽이◆로 불을 가리고는 한 대 뻑뻑 피워 물었다. 논은 여나믄 문칸 떨어져 고 아래 누웠다. 일심정기◆를 다하여 나무 틈으로 뚫어보고 앉았다. 그러나 땅에 대를 털랴니깐 풀숲이 이상스러히 흔들린다. 뱀, 뱀이 아닌가. 구시월 뱀이라니 물리면 고만이다. 자리를 옮겨 앉으며 손

◆ **터치다** '터뜨리다'의 방언.
◆ **본밑** 본밑천.
◆ **구문口文** 흥정을 붙여 준 대가로 받는 돈.
◆ **음충맞다** 성질이 매우 음흉한 데가 있다.
◆ **호욕** 혹, 혹시란 뜻의 경상도 사투리.
◆ **오곰팽이** '오금'의 강원도 방언. 무릎의 구부러지는 오목한 안쪽 부분.
◆ **일심정기一心正氣** 한결같은 마음과 바른 기운을 이르는 말.

으로 입을 막고 하품을 터친다.

아마 두어 시간은 더 넘었으리라. 이놈이 필연코 올 텐데 안 오니 이 또 무슨 조활까. 이 짓이란 소문이 나기 전에 한 번 더 와보는 것이 원칙이다. 잠을 못 자서 눈이 뻑뻑한 것이 제물에◆ 슬금슬금 감긴다. 이를 악물고 눈을 뒵쓰면◆ 이번에는 허리가 노글거린다.◆ 속은 쓰리고 골치는 때리고. 불꽃 같은 노기가 불끈 일어서 몸을 옥죄인다. 이놈의 다리를 못 꺾어 놔도 애비 없는 후레자식이겠다.

닭들이 세 홰를 운다. 멀리 산을 넘어오는 그 음향이 퍽은 서글프다. 큰비를 몰아드는지 검은 구름이 잔뜩 낀다. 하긴 지금도 빗방울이 뚝뚝 떨어진다.

그때 논둑에서 희끄무레한 허깨비◆ 같은 것이 얼씬거린다. 정신을 빤짝 차렸다. 영락없이 성팔이, 재성이, 그들 중의 한 놈이리라. 이 고생을 시키는 그놈! 이가 북북 갈리고 어깨가 다 식식거린다. 몽둥이를 잔뜩 우려쥐었다.◆ 그리고 벌떡 일어나서 나무줄기를 끼고 조심조심 돌아 내린다. 하나 도랑쯤 내려오다가 그는 멈씰하여◆ 몸을 뒤로 물렸다. 늑대 두 놈이 짝을 짓고 이편 산에서 저편 산으로 설렁설렁 건너가는 길이었다. 빌어먹을 늑대, 이것까지 말썽이람. 이마의 식은땀을 씻으며 도로 제자리로 돌아온다. 어쩌면 이번 이놈도 재작년 강도 짝이나 안 될는지. 급시로 불길한 예감이 뒤통수를 탁 치고 지나간다.

그는 옷깃을 여미며 한 대를 더 붙였다. 돌연히 풍세◆는 심하여진다. 산골짜기로 몰아드는 억센 놈이 가끔 발광이다. 다시금 더르르 몸을 떨었다. 가을은 왜 이 지경인지 여기에서 밤 새울 생각을 하니 기가 찼다.

얼마나 되었는지 몸을 좀 녹이고자 일어나 서성서성할 때였다. 논으로 다가오는 희미한 그림자를 분명히 두 눈으로 보았다. 그러고 보니 피로구 한고◆이구 다 딴소리다. 고개를 내대고 딱 버티고 서서 눈에 쌍심지를 올린다.

흰 그림자는 어느 틈엔가 어둠 속에 사라져 보이지 않는다. 그리고 다시 나올 줄을 모른다. 바람소리만 왱왱 칠 뿐이다. 다시 암흑 속이 된다. 확실히 벼를 훔치러 논 속으로 들어갔을 것이다. 역갱이◆ 같은 놈이 궂은 날씨를 기화 삼아 맘껏 하겠지. 의리 없는 썩은 자식, 격장◆에서 같이 굶는 터에. 오냐, 대거리◆만 있어라. 이를 한번 부윽 갈아붙이고 차츰차츰 논께로 내려온다.

응칠이는 논께로 바특이◆ 내려서서 소나무에 몸을 착 붙였다. 선불리 서둘다간 낫의 횡액◆을 입을지도 모른다. 다 훔쳐 가지고 나올 때만 기다린다. 몸뚱이는 잔뜩 힘을 올린다.

한 식경쯤 지났을까, 도적은 다시 나타난다. 논둑에 머리만 내놓고 사면을 두리번거리더니 그제서 기어나온다. 얼굴에는 눈만 내놓고 수건인지 뭔지 헝겊이 가리었다. 볏짐을 등에 짊어 메고는 허리를 구붓이 뺑손◆을 놓는다. 그러자 응칠이가 날쌔게 달려들며

"이 자식, 남우 벼를 훔쳐 가니."

하고 대포처럼 고함을 지르니 논둑으로 고대로 데굴데굴 굴러서 떨어진다. 얼결에 호되히 놀란 모양이었다.

- ◆ **제물에** 저 혼자 스스로의 바람에.
- ◆ **뒵쓰다** 온통 뒤집어쓰다.
- ◆ **노글거리다** 몸이 보드라워지다.
- ◆ **허깨비** '도깨비'의 방언.
- ◆ **우려쥐다** 움켜쥐다. 손가락을 오그리어 손 안에 꼭 잡고 놓지 아니하다.
- ◆ **멈씰하다** '멈칫하다(하던 일이나 동작을 갑자기 멈추다)'의 방언.
- ◆ **풍세**風勢 바람의 기세.
- ◆ **한고**寒苦 심한 추위로 인한 괴로움.
- ◆ **역갱이** 여우.
- ◆ **격장**隔牆/隔墻 서로 담을 사이에 두고 이웃함.
- ◆ **대거리** 상대편에게 맞서서 대듦. 또는 그런 말이나 행동.
- ◆ **바특이** 두 대상이나 물체 사이가 조금 가깝게.
- ◆ **횡액**橫厄 뜻밖에 닥쳐오는 불행.
- ◆ **뺑손** 뺑소니. 몸을 빼쳐서 급히 몰래 달아나는 짓.

응칠이는 덤벼들어 우선 허리께를 내리조겼다.◆ 어이쿠쿠, 쿠, 하고 처참한 비명이다. 이 소리에 귀가 뻔쩍 뜨여 그 고개를 들고 팔부터 벗겨 보았다. 그러나 너무나 어이가 없었음인지 시선을 치걷으며◆ 그 자리에 우두망찰◆한다.

그것은 무서운 침묵이었다. 살뚱맞은◆ 바람만 공중에서 북새◆를 논다.

한참을 신음하다 도적은 일어나더니

"성님까지 이렇게 못살게 굴기유?"

제법 눈을 부라리며 몸을 홱 돌린다. 그리고 느끼며 울음이 복받친다. 봇짐도 내버린 채

"내 것 내가 먹는데 누가 뭐래?"

하고 데퉁스레◆ 내뱉고는 비틀비틀 논 저쪽으로 없어진다.

형은 너무 꿈속 같아서 멍하니 섰을 뿐이다. 그러나 얼마 지나서 한 손으로 그 봇짐을 들어 본다. 가뿐하니 끽 말가웃◆이나 될는지. 이까 짓 걸 요렇게까지 해가려는 그 심정은 실로 알 수 없다. 벼를 논에다 도루 털어 버렸다. 그리고 아내의 치마이겠지, 검은 보자기를 척척 개서 들었다. 내 걸 내가 먹는다. 그야 이를 말이랴, 하나 내 걸 내가 훔쳐야 할 그 운명도 얄궂거니와 형을 배반하고 이 짓을 벌인 아우도 아우이렷다. 에이 고현 놈, 할 제 볼을 적시는 것은 눈물이다. 그는 주먹으로 눈을 쓱 부비고 머리에 번쩍 떠오르는 것이 있으니 두레두레한 황소의 눈깔. 시오 리를 남쪽 산 속으로 들어가면 어느 집 바깥뜰에 밤마다 늘 매여 있는 투실투실한 그 황소. 아무렇게 따지든 칠십 원은 갈 데 없으리라. 그는 부리나케 아우의 뒤를 밟았다.

공동묘지까지 거반 왔을 때에야 가까스로 만났다. 아우의 등을 탁치며

"얘, 존 수 있다, 네 원대로 돈을 해줄게. 나구 잠깐 다녀오자."

씩씩한 어조로 기쁘도록 달랬다. 그러나 아우는 입 하나 열려 하지 않고 그대로 실쭉하였다. 뿐만 아니라 어깨 위에 올려놓은 형의 손을 부질없단 듯이 몸으로 털어 버린다. 그리고 삐익 달아난다. 이걸 보니 하 엄청이 나고 기가 콱 막혔다.

"이눔아!"

하고 악에 받치어

"명색이 성이라며?"

대뜸 몽둥이는 들어가 그 볼기짝을 후려갈겼다. 아우는 모로 몸을 꺾더니 시나브로◆ 찌그러진다. 대미처 앞 정강이를 때렸다. 등을 팼다. 일지 못할 만치 매는 내렸다. 체면을 불구하고 땅에 엎드리어 엉엉 울도록 매는 내렸다.

홧김에 하긴 했으되 그 꼴을 보니 또한 마음이 편할 수 없다. 침을 퇴, 뱉어 던지곤 팔자 드센 놈이 그저 그러지 별수 있나. 쓰러진 아우를 일으키어 등에 업고 일어섰다. 언제나 철이 날는지 딱한 일이었다. 속 썩는 한숨을 후 하고 내뿜는다. 그리고 어청어청 고개를 묵묵히 내려온다.

◆ **내리조기다** 냅다 두들기거나 때리다.
◆ **우두망찰** 정신이 얼떨떨하여 어찌할 바를 모르는 모양.
◆ **살뚱맞다** 살똥스럽다. 말이나 행동이 독살스럽고 당돌하다.
◆ **북새** 많은 사람이 야단스럽게 부산을 떨며 법석이는 일.
◆ **데퉁스레** 말과 행동이 거칠고 미련한 데가 있게.
◆ **말가웃** 한 말 반쯤의 분량.
◆ **시나브로** 모르는 사이에 조금씩 조금씩.

김유정

金裕貞, 1908~1937

강원도 춘천의 실레마을에서 태어난 김유정은 휘문고보(지금의 휘문고등학교)를 거쳐 연희전문(지금의 연세대학교)를 다니다가 중퇴를 하고 소설을 쓰기 시작했습니다.

주로 자신의 고향을 무대로 소설을 쓴 김유정은 1933년 〈산골 나그네〉와 〈총각과 맹꽁이〉를 발표했으며, 1935년 신춘문예에 응모한 〈소낙비〉와 〈노다지〉가 각각 당선되어 등단했습니다. 그는 순수 예술을 지향하는 구인회에 가입하여 박태원, 이상 등과 가까이 지냈으며, 폐결핵으로 타계하기 전까지 불과 2년 동안 30여 편의 소설을 발표할 정도로 열정적인 활동을 펼쳤습니다.

김유정은 향토적인 소재와 토속적인 방언을 통해 해학적이고 생기 넘치는 단편소설을 주로 발표했으며, 그 대표작으로는 〈동백꽃〉, 〈금 따는 콩밭〉, 〈만무방〉, 〈봄·봄〉이 있습니다. 그의 작품 속에 등장하는 순박하고 우직한 시골 사람들, 그리고 그들이 살고 있는 마을은 김유정이 고향에서 만난 사람과 풍경입니다. 실제로 그는 고향에서 야학 활동을 하는 한편, 농우회를 조직하여 농촌 계몽 운동을 하였습니다.

1930년대 일제강점기의 농민들은 땅을 빼앗겨 삶의 터전을 잃고 몹시 가난하게 살고 있었습니다. 김유정은 그들의 삶을 비참하고 어둡게 그리기보다 애정 어린 시선으로 서정적이고 익살스럽게 그렸습니다.

1937년, 김유정은 휘문고보에서 같은 반 친구로 만난 안회남에게 마지막 편지를 쓰고 스물아홉이라는 짧은 나이로 생을 마감합니다.

"내 것 내가 먹는데 누가 뭐래?"

1935년에 발표된 〈만무방〉은 지주의 착취에 시달리는 두 형제의 애환을 통해 피폐한 농촌의 현실을 그린 작품입니다.

'만무방'이란 염치없이 막돼먹은 사람 혹은 파렴치한이라는 뜻으로, 이 작품 속의 인물인 응칠이를 빗대고 있습니다. 응칠이는 도박과 절도로 전과 4범이 된 건달이자 노름꾼입니다. 그러나 그도 처음부터 만무방은 아니었습니다. 5년 전까지만 해도 아내와 자식을 둔 농사꾼이었으나 늘어만 가는 빚을 갚을 수 없어 가족과 함께 집을 떠나 구걸을 하는 신세가 되었습니다. 그러다 결국은 아내와도 헤어지고 여기저기 한량으로 떠돌다가 오랜만에 고향으로 내려온 것입니다.

고향에서 소작농으로 살고 있는 동생 응오는 순박하고 성실한 모범 청년입니다. 그러나 열심히 농사를 지어도 지주에게 바칠 몫을 제하고 나면 자신에게 돌아오는 쌀은 한 줌도 안 되는 마당에 아내마저 결핵에 걸려 앓게 되었습니다. 아내를 치료할 비용마저 구할 길이 없는 응오는 지주에 대한 항의의 뜻으로 벼를 베지 않고 있습니다. 그런 응오를 돕겠다고 나선 응칠은 지주에게 도지를 내려줄 것을 청하다가 홧김에 지주의 빰을 치고 맙니다.

그러던 어느 날 누군가 응오의 논에서 벼 닷 말 분량을 몰래 베어 간 사건이 벌어졌습니다. 산에서 송이를 캐어 먹고 남의 닭을 잡아먹고 내려오던 응칠은 떠돌이 신세인 자신이 그 누명을 쓰게 될까 걱정입니다. 결국, 응칠은 자신의 결백을 주장하기 위해 벼 도둑을 잡겠노라 결심합니다.

응오의 논으로 향하던 응칠은 산 속 바위굴에서 벌어진 노름판에 끼어듭니다. 돈을 딴 응칠은 응오의 논 근처에 잠복을 한 채 벼 도둑이 오기를 기다리고 있습니다.

닭이 세 홰 울자, 복면을 한 도둑이 나타납니다. 응칠이 달려가 몽둥이로 그의 허리께를 내리친 후 복면을 벗겼는데, 도둑은 다름 아닌 자신의 동생 응오였습니다. 응오는 "성님까지 이렇게 못살게 굴기유?" 하며 달아납니다. 자기가 농사지은 벼를 훔치는 동생의 모습에 응칠은 눈물이 솟구칩니다. 응칠은 달아나려는 응오를 흠씬 두들겨 패고 나서 쓰러진 동생을 등에 업고 고개를 내려옵니다.

1930년대 소작농의 현실

일제강점기는 우리 민족에게 착취와 탄압의 시기로, 그 중에서도 현실적으로 가장 큰 고통을 입었던 대상은 가난한 농민층이었습니다. 당시 일본은 지주-소작 제도를 통해 일반 농민들을 소작농으로 전락하게 만들었고, 우리나라에 들어온 일본인 대지주들은 이 땅의 작물을 수탈하였습니다. 그 결과 가난한 삶을 견디지 못한 많은 농민들은 화전민이 되거나 만주 등지로 떠났습니다.

〈만무방〉에는 당시의 가혹한 농촌 현실이 여실히 드러나 있습니다. 처자식과 헤어져 떠돌이 전과자로 살아야 했던 응칠, 자신이 지은 벼를 훔쳐야 하는 응오의 처지가 이를 입증합니다.

특히 당시의 극한 상황을 보여주는 장치는 '노름'입니다. 작품 속의 한 인물은 쌀을 팔아 받은 돈을 노름판에서 다 잃고 마는데, 가난과 빚에 쪼들린 농민들이 자포자기의 심정으로 도박판에 뛰어들었던 당시 현실을 그리고 있습니다.

이때 주의 깊게 살펴봐야 할 것은, 응칠이가 노름과 절도에 관한 무용담을 늘어놓을 때 듣는 사람들의 반응입니다. 그들은 응칠이를 비난하기보다는 장한 일이나 한 것처럼 부러워할 뿐입니다. 이 대목에서 우리는 당시의 처절한 현실을 날카롭게 포착한 작가의 시선을 느낄 수 있습니다.

김유정 소설의 해학성

한국의 현대 문학사에서 농민과 농촌을 소재로 한 소설들이 본격적으로 나타나기 시작한 시기는 1930년대입니다. 이 소설들을 유형별로 예를 들어보면, 첫째로는 계몽적 농촌 소설인 〈상록수〉(심훈), 둘째로는 서정적 농촌 소설인 〈메밀꽃 필 무렵〉(이효석), 셋째로는 해학적 농촌 소설인 〈동백꽃〉, 〈봄·봄〉(김유정), 마지막으로는 사실적 농촌 소설인 〈사하촌〉(김정한)을 꼽을 수 있습니다.

그렇다면 김유정 소설 특유의 해학성은 어떤 것일까요? 문학에서 해학諧謔이란 어떤 인물이나 현상에 대해 과장하거나 비꼼으로써 우스꽝스럽게 표현하는 것으로, '풍자'와 비슷합니다. 하지만 풍자가 공격적인 비판 방식이라면 해학은 대상을 우스꽝스럽게 만들면서도 그 대상에 대한 동정심이나 공감을 가질 수 있도록 하는 방식입니다.

그렇다면 〈만무방〉에서는 어떤 해학을 찾아볼 수 있을까요? 추수가 한창인 가을에 한가하게 송이파적을 나온 응칠이의 유유자적한 모습, 응칠이가 도적질하던 경험담을 들려줄 때 사람들이 부러워하는 풍경, 또는 어서 벼를 베라는 지주의 재촉에 "계집이 죽게 됐는데 벼는 다 뭐지유"라고 응수하는 응오의 태도 속에 해학이 담겨 있습니다.

김유정은 이러한 해학성을 드러내기 위해서 독특한 문체를 사용하였습니다. 향토적인 낱말, 사투리, 잘 다듬어지지 않은 말투로 주인공들을 익살스럽게 만드는 데 성공하지요.

또 다른 이야기

형제간 우애가 담긴 다른 소설들

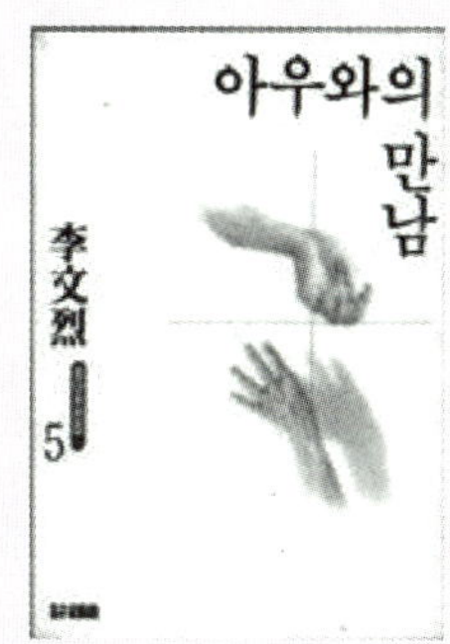

〈만무방〉은 응오와 응칠이 형제의 이야기를 다루고 있습니다. 이처럼 형제간의 우애를 다룬 소설들을 찾아볼 수 있습니다. 김동인의 〈배따라기〉도 형제의 사연을 담은 소설이지만, 현대 작가 중에는 이문열의 〈아우와의 만남〉을 떠올릴 수 있습니다.

〈일그러진 우리들의 영웅〉의 작가로도 유명한 이문열의 〈아우와의 만남〉은 월북한 아버지를 지닌 배다른 형제지간에 느끼게 되는 혈육의 정을 이야기한 소설입니다.

대학교에서 역사학을 가르치는 주인공 이 교수의 아버지는 처자식을 두고 월북하였습니다. 이 교수는 그런 아버지를 그리워하면서도 원망하는 감정을 갖고 살아갑니다. 결국 그는 북한에 있는 아버지를 만나기 위해 중국 옌지의 어느 교포에게 주선을 부탁합니다. 그러나 아버지는 이미 세상을 떠난 뒤로, 옌지에서 이복동생을 만나 아버지의 삶을 전해 듣습니다. 아버지는 북한에서 결혼하여 5남매를 두었으며, 가족이 힘겨운 생활을 하였다는 사실을 알게 됩니다. 또한 아버지가 북한 체제로부터 늘 경계를 받았다는 것, 그리고 북한의 가족들도 월북자의 자식으로서 부담을 갖고 살아왔다는 것을 알게 됩니다. 혜산의 두만강가에서 아버지에게 제사를 올린 그 둘은 40년 가까운 서로의 삶을 나누며 애틋한 형제간의 정을 느낍니다. 작가는 이러한 만남을 통해 우리로 하여금 통일의 문제를 진지하게 생각해 볼 계기를 마련하고 있습니다.

● 이 작품의 시간적, 공간적 배경을 옳지 않게 설명한 것은 무엇인가요?

① 1930년대 일제 식민지 ② 산골 마을 ③ 꽃 피는 봄

● 이 작품의 화자인 응칠이에 대한 설명으로 맞지 않는 것은 무엇인가요?

① 그는 예전에는 처자식이 있는 농사꾼이었다.

② 그는 전과 4범의 건달이자 노름꾼이다.

③ 그는 먹여 살리기 힘들어 아내와 아이를 버렸다.

④ 그는 동생 응오를 아끼고 사랑한다.

● 이 소설은 농민들의 애환 속에 사회에 대한 비판의식이 담겨 있습니다. 이러한 비판이 뚜렷하게 나타난 대목을 찾아 써 보세요.

● **이 소설은 토속어와 사투리가 많은 농촌 소설입니다. 처음 들어보는 토속어나 사투리 5가지를 찾아 그 설명까지 써 보세요.**

① 구메밥 – 예전에, 옥에 갇힌 죄수에게 벽 구멍으로 몰래 들여보내던 밥

② 진시 –

③ 열없게 –

④ 깨깨 – 매우 여린 모양

⑤ 사품 –

● **이 작품에는 가난한 농민들이 동굴 안에 모여 노름을 하는 장면이 있습니다. 이들이 노름을 하게 된 이유를 짐작하여 써 보세요.**

● 이 작품의 시간적, 공간적 배경을 옳지 않게 설명한 것은 무엇인가요?

① 1930년대 일제 식민지 ② 산골 마을 ③ 꽃 피는 봄

답 ③번

● 이 작품의 화자인 응칠이에 대한 설명으로 맞지 않는 것은 무엇인가요?

① 그는 예전에는 처자식이 있는 농사꾼이었다.

② 그는 전과 4범의 건달이자 노름꾼이다.

③ 그는 먹여 살리기 힘들어 아내와 아이를 버렸다.

④ 그는 동생 응오를 아끼고 사랑한다.

답 ③번

● 이 소설은 농민들의 애환 속에 사회에 대한 비판의식이 담겨 있습니다. 이러한 비판이 뚜렷하게 나타난 대목을 찾아 써 보세요.

다음과 같은 대목이 대표적이라고 할 수 있습니다.

하지만 오늘 아침만 해도 한 친구가 찾아와서 벼를 털 텐데 일 좀 와 해달라는 걸 마다하였다. 몇 푼 바람에 그까진 걸 누가 하느냐. 보다는 송이가 좋았다. 왜냐면 이 땅 삼천리강산에 늘여 놓인 곡식이 말짱 뉘거럼. 먼저 먹는 놈이 임자 아니야.

가을이 오면 기쁨에 넘쳐야 될 시골이 점점 살기만 띠어 옴은 웬 일인고. 이렇게 보면 재작년 가을 어느 밤 산중에서 낫으로 사람을 찍어 죽인 강도가 문득 머리에 떠오른다. 장을 보고 오는 농군을 농군이 죽였다. 그것도 많이나 되었으면 모르되 빼앗은 것이 한끝 동전 네 닢에 수수 일곱 되.

- **이 소설은 토속어와 사투리가 많은 농촌 소설입니다. 처음 들어보는 토속어나 사투리 5가지를 찾아 그 설명까지 써 보세요.**

① 구메밥 – 예전에, 옥에 갇힌 죄수에게 벽 구멍으로 몰래 들여보내던 밥

② 진시 – 진작　　③ 열없게 – 화가 나면서도 부끄럽게

④ 깨깨 – 매우 여린 모양　　⑤ 사품 – 죽을힘을 다하는 태도

- **이 작품에는 가난한 농민들이 동굴 안에 모여 노름을 하는 장면이 있습니다. 이들이 노름을 하게 된 이유를 짐작하여 써 보세요.**

이들은 아무리 열심히 농사를 지어도 여전히 배는 고프고 빚만 늘어나는 생활을 하고 있습니다. 절망의 시간이 계속될수록 사람들은 의지가 약해지게 마련입니다. 이 작품 속의 노름판 돈은 아내를 판 돈이고, 벼를 내다 판 돈입니다. 즉 이들은 희망이 보이지 않는 상황을 탈출하겠다는 마음에 일확천금이나 요행을 바라고 노름을 하게 된 것입니다. 일제시대 농촌 하층민들의 비참한 실상을 드러내는 장면입니다.

배따라기

: 김동인 :

생각해 볼까요?

종종 우리는 사소한 오해로 마음의 상처를 주기도 하고 받기도 합니다. 대개는 오해가 풀리게 마련이지만, 그렇지 않을 때는 돌이킬 수 없는 비극을 초래하기도 합니다. 몇 년 전, 어느 고등학교에서 한 여학생이 자살한 사건이 있었습니다. 친구의 물건을 훔쳤다는 소문이 인터넷에 퍼지자, 그 여학생은 억울함을 유서로 남기고 목숨을 끊었습니다.

이처럼 오해란 때때로 사람에게 큰 상처를 안겨 주는 '눈에 보이지 않는 칼'이기도 합니다. 여러분은 오해로 인해 어떤 경험을 하였나요? 또 어떤 깨달음을 얻게 되었는지 생각해 봅시다.

좋은 일기이다.

좋은 일기라도, 하늘에 구름 한 점 없는— 우리 사람으로서는 감히 접근 못 할 위엄을 가지고 높이서 우리 조그만 사람을 비웃는 듯이 내려다보는 그런 교만한 하늘은 아니고, 가장 우리 사람의 이해자인 듯이 낮게 뭉글뭉글 엉기는 분홍빛 구름으로서, 우리와 서로 손목을 잡자는 그런 하늘이다. 사랑의 하늘이다. 나는 잠시도 멎지 않고, 푸른 물을 황해로 부어 내리는 대동강을 향한 모란봉 기슭, 새파랗게 돋아나는 풀 위에 뒹굴고 있었다.

이날은 삼월 삼질◆, 대동강에 첫 뱃놀이하는 날이다. 까맣게 내려다보이는 물 위에는, 결결이 반짝이는 물결을 푸른 놀잇배들이 타고 넘으며, 거기서는 봄 향기에 취한 형형색색의 선율이, 우단◆보다도 부드러운 봄 공기를 흔들면서 날아온다.

그리고 거기서 기생들의 노래와 함께 날아오는 조선 아악◆은 느리게, 길게, 유장하게, 부드럽게, 그리고 또 애처롭게 모든 봄의 정다움과 끝까지 조화하지 않고는 안 두겠다는 듯이 대동강에 흐르는 시꺼먼 봄물, 청류벽◆에 돋아나는 푸르른 푸르름, 심지어 사람의 가슴속에 봄에 뛰노는 불붙는 핏줄기까지라도, 습기 많은 봄 공기를 다리 놓고 떨리지 않고는 두지 않는다.

봄이다. 봄이 왔다. 부드럽게 부는 조그만 바람이 시꺼먼 조선 솔을 꿰며, 또는 돋아나는 풀을 스치고 지나갈 때의 그 음악은, 다른 데서는 듣지 못할 아름다운 음악이다.

아아, 사람을 취하게 하는 푸르른 봄의

◆ **삼질** 음력 3월 3일. 삼짇날.
◆ **우단羽緞** 벨벳.
◆ **아악雅樂** 옛날 우리나라의 궁정용 고전음악.
◆ **청류벽** 평양 모란봉의 부벽루에서 연광정으로 내려오는 대동강 가에 있는 바위로 된 절벽.

아름다움이여! 열다섯 살부터의 동경東京 생활에, 마음껏 이런 봄을 보지 못하였던 나는, 늘 이것을 보는 사람보다 곱 이상의 감명을 여기서 받지 않을 수 없다.

평양성 내에는 겨우 툭툭 터진 땅을 헤치면 파릇파릇 돋아나는 나무새기◆와 돋아나려는 버들의 어음으로 봄이 온 줄 알 뿐, 아직 완전히 봄이 안 이르렀지만, 이 모란봉 일대와 대동강을 넘어 보이는 가나안 옥토◆를 연상시키는 장림◆에는 마음껏 봄의 정다움이 이르렀다.

그러고 또 꽤 자란 밀, 보리들로 새파랗게 장식한 장림의 그 푸른 빛. 만족한 웃음을 띠고 그 벌에 서서 내다보는 농부의 모양은 보지 않아도 생각할 수가 있다.

구름은 자꾸 하늘을 날아다니는 모양이다. 그 밀 위에 비치었던 구름의 그림자는 그 구름과 함께 저편으로 몰려가며, 거기는 세계를 아까 만들어놓은 것 같은 새로운 녹빛이 퍼져 나간다. 바람이나 조금 부는 때는 그 잘 자란 밀들은 물결같이 누웠다 일어났다, 일록일청一綠一靑으로 춤을 춘다. 그리고 봄의 한가함을 찬송하는 솔개들은, 높은 하늘에서 동그라미를 그리면서 더욱 더 아름다운 봄의 향그러움을 더한다.

다스한 봄정에
솟아나리다.
다스한 봄정에
솟아나리다.

나는 두어 번 소리 나게 읊은 뒤에 담배를 붙여 물었다. 담뱃내는 무럭무럭 하늘로 올라간다.

하늘에도 봄이 왔다. 하늘은 낮았다.

모란봉 꼭대기에 올라가면 넉넉히 만질 수가 있으리만큼 하늘은 낮다. 그리고 그 낮은 하늘보다는 오히려 더 높이 있는 듯한 분홍빛 구름은, 뭉글뭉글 엉기면서 이리저리 날아다닌다.

나는 이러한 아름다운 봄 경치에 이렇게 마음껏 봄의 속삭임을 들을 때는 언제든 유토피아를 생각지 않을 수 없다. 우리가 시시각각으로 애를 쓰며 수고하는 것은 그 목적은 무엇인가? 역시 유토피아 건설에 있지 않을까?

유토피아를 생각할 때는 언제든 그 위대한 인격의 소유자이며 사람의 위대함을 끝까지 즐긴 진나라 시황秦始皇을 생각지 않을 수 없다. 배따라기 우리가 어찌하면 죽지를 아니할까 하여, 소년 삼백을 배에 태워 불사약◆을 구하러 떠나 보내며, 예술의 사치를 다하여 아방궁◆을 지으며, 매일 신하 몇 천 명과 잔치로써 즐기며, 이리하여 여기 한 유토피아를 세우려던 시황은, 몇 만의 역사가가 어떻다고 욕을 하든, 그는 참말로 인생의 향락자이며 역사 이후의 제일 큰 위인이라고 할 수가 있다. 그만한 순전한 용기 있는 사람이 있고야 우리 인류의 역사는 끝이 날지라도 한 사람을 가졌었다고 할 수 있다.

"큰 사람이었다."

하면서 나는 머리를 들었다.

이때다. 기자묘◆ 근처에서 무슨 슬픈

◆ **나무새기** '나물'의 옛 말.
◆ **가나안 옥토** 팔레스타인 요르단 강 서쪽 지역의 옛 이름. 성경에서 하나님이 아브라함과 그 자손에게 주겠다고 약속한 땅.
◆ **장림長林** 길게 뻗쳐 있는 숲.
◆ **불사약不死藥** 먹으면 죽지 아니하고 오래 살 수 있다는 약.
◆ **아방궁阿房宮** 중국 진秦나라 시황제가 기원전 212년에 세운 궁전.
◆ **기자묘** 평양시 기림리에 있는 기자箕子의 묘.

음률이 떨리면서 봄 공기를 진동시키며 날아오는 것이 들렸다.

나는 무심중 귀를 기울였다. '영유 배따라기'◆다.

그것도 웬만한 광대나 기생은 발꿈치에도 미치지 못하리만큼, 그만큼 그 '배따라기'의 주인은 잘 부르는 사람이었다.

비나이다 비나이다
산천후토 일월성신
하나님전 비나이다
실낱 같은 우리 목숨
살려 달라 비나이다.
에에야, 어그여지야.

여기까지 이르렀을 때에 저편 아래 물에서 장구 소리와 함께 기생의 노래가 울려 오며 '배따라기'는 그만 안 들리게 되었다.

나는 이 년 전 한여름을 영유서 지내 본 일이 있다.

'배따라기'의 본고장인 영유를 몇 달 있어 본 사람은 그 '배따라기'에 대하여 언제든 한 속절없는 애처로움을 깨달을 것이다.

영유, 이름은 모르지만 ×산에 올라가서 내려다보면 앞은 망망한 황해이니, 그곳 저녁때의 경치는 한 번 본 사람은 영구히 잊을 수가 없으리라.

불덩어리 같은 커다란 시뻘건 해가 남실남실 넘치는 바다에 도로 빠질 듯, 도로 솟아오를 듯 춤을 추며, 거기서 때때로 보이지 않는 배에서 '배따라기'만 슬프게 날아오는 것을 들을 때엔 눈물 많은 나는 때때로 눈물을 흘렸다. 이로 보아서, 어떤 원◆의 아내가 자기의 모든 영화를 낡은 신과 같이 내어 던지고 뱃사람과 정처 없는 물길을 떠났다 함도 믿지 못할 말이랄 수가 없다.

영유서 돌아온 뒤에도 그 '배따라기'는 내 마음에 깊이 새기어져 잊을 수가 없었고, 언제 한번 다시 영유를 가서 그 노래를 한 번 더 들어보고 그 경치를 다시 한 번 보고 싶은 생각이 늘 떠나지를 않았다.

장구 소리와 기생의 노래는 멎고 '배따라기'만 구슬프게 날아온다. 결결이 부는 바람으로 말미암아 때때로는 들을 수가 없으되, 나의 기억과 곡조를 종합하여 들은 배따라기는 이 대목이다.

강변에 나왔다가
나를 보더니만.
혼비백산하여
꿈인지 생시인지,
생신지 꿈인지,
와르륵 달려들어
섬섬옥수◆로 부여잡고,
호천망극◆ 하는 말이
하늘로서 떨어지며
땅으로서 솟아났나
바람결에 묻어오고
구름길에 싸여 왔나
이리저리 붙들고 울음 울 제,
인리 제인◆이며
일가친척이 모두 모여…….

◆ **영유 배따라기** 평남 평원군 영유 지역에 전해지는 뱃노래.
◆ **원員** 고을의 원님. 수령.
◆ **섬섬옥수纖纖玉手** 가냘프고 고운 여자의 손을 이르는 말.
◆ **호천망극昊天罔極** 어버이의 은혜가 넓고 큰 하늘과 같이 다함이 없음을 이르는 말.
◆ **인리 제인人里諸人** 이웃 마을의 많은 사람.

여기까지 들은 나는 마침내 참지 못하고 벌떡 일어서서 소나무 가지에 걸었던 모자를 내려쓰고, 그곳을 찾으러 모란봉 꼭대기에 올라섰다. 꼭대기는 좀 더 노랫소리가 잘 들린다.

그는 배따라기의 맨 마지막, 여기를 부른다.

밥을 빌어서
죽을 쑬지라도
제발 덕분에
뱃놈 노릇은 하지 마라
에에야 어그여지야…….

그의 소리로써 방향을 찾으려던 나는 그만 그 자리에 섰다.

'어딘가? 기자묘? 혹은 을밀대?'

그러나 나는 오래 서 있을 수가 없었다. 어떻든 찾아보자 하고, 현무문으로 가서 문 밖에 썩 나섰다. 기자묘의 깊은 솔밭은 눈앞에 쫙 퍼진다.

'어딘가?'

나는 또 물어보았다.

이때에 그는 또다시 '배따라기'를 시초부터 부른다. 그 소리는 왼편에서 온다. 왼편이구나 하면서 소리 나는 곳을 더듬어서 소나무 틈으로 한참 돌다가, 겨우 기자묘 닿고는 그 중 하늘이 넓고 밝은 곳에, 혼자서 뒹굴고 있는 그를 찾아내었다.

나의 생각한 바와 같은 얼굴이다. 얼굴, 코, 입, 눈, 몸집이 모두 네모나고……. 그의 이마의 굵은 주름살과 시커먼 눈썹은, 고생 많이

함과 순진한 성격을 나타낸다.

그는 어떤 신사가 자기를 들여다보는 것을 보고 노래를 그치고 일어나 앉는다.

"왜? 그냥 하지요."

하면서 나는 그의 곁에 가 앉았다.

"뭐……."

할 뿐, 그는 눈을 들어서 터진 하늘을 쳐다본다.

좋은 눈이었다. 바다의 넓고 큼이 유감없이 그의 눈에 나타나 있다. 그는 뱃사람이다. 나는 짐작하였다.

"고향이 영유요?"

"예 뭐 영유서 나기는 했지만, 한 이십 년 영유엔 가 보지도 않았어요."

"왜, 이십 년씩 고향엘 안 가요?"

"사람의 일이라니, 마음대로 됩데까?"

그는 왜 그러는지 한숨을 짓는다.

"그저, 운명이 제일 힘셉디다."

운명의 힘이 제일 세다는 그의 소리엔 삭이지 못할 원한과 뉘우침이 섞여 있다.

"그래요?"

나는 다만 그를 건너다볼 뿐이다.

한참 잠잠하니 있다가 나는 다시 말하였다.

"자, 노형◆의 경험담이나 한번 들어 봅시다. 감출 일이 아니면 한번 이야기해 보소."

"뭐, 감출 일은……."

◆ **노형老兄** 남자 어른이 자기보다 나이를 여남은 살 더 먹은 비슷한 지위의 남자를 높여 이르는 이인칭 대명사.

"그럼, 어디 한번 들어 봅시다그려."

그는 다시 하늘을 쳐다보았다. 그러나 좀 있다가,

"하디요."

하면서 내가 담배를 붙이는 것을 보고 자기도 담배를 붙여 물고 이야기를 꺼낸다.

"잊히지도 않는 십구 년 전 팔월 열하룻날 일인데요……."

하면서 그가 이야기한 바는 대략 이와 같은 것이다.

그의 살던 마을은 영유 고을서 한 이십 리 떠나 있는 바다를 향한 조그만 동리이다. 그의 살던 조그만 마을(서른 집쯤 되는)에서는 그는 꽤 유명한 사람이었다.

그의 부모는 모두 열댓 났을 때 돌아갔고, 남은 사람이라고는 곁집에 딴살림하는 그의 아우 부처◆와 그 자기 부처뿐이었다. 그들 형제가 그 마을에서 제일 부자이고 또 제일 고기잡이를 잘하였고, 그 중 글이 있었고 '배따라기'도 그 마을에서 빼나게 그 형제가 잘 불렀다. 말하자면 그 형제가 그 동네의 대표적 사람이었다.

팔월 보름은 추석 명절이다. 팔월 열하룻날, 그는 명절에 쓸 장도 볼 겸 그의 아내가 늘 부러워하는 거울도 하나 사올 겸 장으로 향하였다.

"당손◆네 집에 있는 것보다 큰 것이요. 잊지 말구요."

그의 아내는 길까지 따라 나오면서 잊지 않도록 부탁하였다.

"안 잊어."

하면서 그는 떠오르는 새빨간 햇빛을 앞으로 받으면서 자기 마을을 나섰다.

그는 아내를 (이렇게 말하기는 우습지만) 고와했다. 그의 아내는 촌에는 드물도록 연연하고도◆ 예쁘게 생겼다. (그는 나에게 이렇게 말하였다.)

"성내(평양) 덴줏골(갈보촌)을 가두 그만한 거 쉽진 않갔시오."

그러니까 촌에서는 그리고 그 당시에는 남에게 우습게 보이도록 그 내외의 사이는 좋았다. 늙은이들은 계집에게 혹하지 말라고 흔히 그에게 권고하였다.

부처의 사이는 좋았지만, 아니 오히려 좋으므로 그는 아내에게 시기를 많이 하였다. 그리고 그의 아내는 시기를 받을 일을 많이 하였다. 품행이 나쁘다는 것이 아니라, 그의 아내는 대단히 쾌활한 성질로서 아무에게나 말 잘하고 애교를 잘 부렸다.

그 동네에서는 무슨 명절이나 되면, 집이 그 중 깨끗함을 핑계삼아 젊은이들은 모두 그의 집에 모이곤 하였다. 그 젊은이들은 모두 그의 아내에게 '아즈머니'라 부르고, 그의 아내는 '아즈바니 아즈바니' 하며 그들과 지껄이고 즐기며 그 웃기 잘하는 입에는 늘 웃음을 흘리고 있었다. 그럴 때마다 그는 한편 구석에서 눈만 흘근거리며 있다가, 젊은이들이 돌아간 뒤에는 불문곡직◆하고 아내에게 덤벼들어, 발길로 차고 때리며 이전에 사다 주었던 것을 모두 거두어 올린다. 싸움을 할 때에는 언제든 곁집에 있는 아우 부처가 말리러 오며, 그렇게 되면 언제든 그는 아우 부처까지 때렸다.

그가 아우에게 그렇게 구는 데는 이유가 있었다.

그의 아우는 시골 사람에게는 다시없도록 늠름한 위엄이 있었고, 만날 바닷바람을 쐬었지만 얼굴이 희었다. 이것뿐

◆ **부처夫妻** 남편과 아내. 부부.
◆ **당손當孫** 8촌 이내의 친척 중 손자 항렬이 되는 사람.
◆ **연연하다** 빛이 엷고 산뜻하며 곱다.
◆ **불문곡직不問曲直** 옳고 그름을 따지지 아니함.

으로도 시기가 된다 하면 되지만, 특별히 아내가 그의 아우에게 친절히 하는 데는 그는 속이 끓어 못 견디었다.

그가 영유를 떠나기 반년 전쯤—다시 말하자면 그가 거울을 사러 장에 갈 때부터 반년 전쯤 그의 생일날이었다. 그의 집에서는 음식을 차려서 잘 먹었는데 그에게는 한 버릇이 있어서, 맛있는 음식은 남겨 두었다가 좀 이따 먹고 하는 것을 예사로 하였다. 그의 아내도 이 버릇은 잘 알 터인데 그의 아우가 점심때쯤 오니까, 아까 그가 아껴서 남겨 두었던 그 음식을 아우에게 주려 하였다. 그는 눈을 부릅뜨고 '못 주리라'고 암호를 하였지만 아내는 그것을 보았는지 못 보았는지 그의 아우에게 주어 버렸다. 그는 마음속이 자못 편치 못하였다. '트집만 있으면 이년을…….' 그는 마음먹었다. 그의 아내는 시아우에게 상을 준 뒤에 물러 나오다가 그만 그의 발을 조금 밟았다.

"이년!"

그는 힘껏 발을 들어서 아내를 냅다 찼다. 그의 아내는 상 위에 꺼꾸러졌다가 일어난다.

"이년, 사나이 발을 짓밟는 년이 어디 있어!"

"거 좀 밟아서 발이 부러졌쉐까?"

아내는 낯이 새빨개져서 울음 섞인 소리로 고함친다.

"이년! 말대답이……."

그는 일어서서 아내의 머리채를 휘어잡았다.

"형님! 왜 이리십니까?"

아우가 일어서면서 그를 붙잡았다.

"가만있거라, 이놈의 자식!"

하며, 그는 아우를 밀친 뒤에 아내를 되는 대로 내리찧었다.

"죽일 년, 이년! 나가거라!"

"죽여라, 죽여라! 난, 죽어도 이 집에선 못 나가!"

"못 나가?"

"못 나가지 않구. 뉘 집이게……."

이때다. 그의 마음에는 그 못 나가겠다는 아내의 마음이 푹 들이박혔다. 그 이상 때리기가 싫었다. 우두커니 눈만 흘기고 있던 그는,

"망할 년, 그럼 내가 나갈라."

하고 그만 문 밖으로 뛰어나가서,

"형님, 어디 갑니까!"

하는 아우의 말에는 대답도 아니 하고, 곁 동네 탁줏집으로 뒤도 안 돌아보고 가서, 거기 있는 술 파는 계집과 술상 앞에 마주 앉았다.

그날 저녁 얼근히 취한 그는 아내를 위하여 떡을 한 돈어치 사 가지고 집으로 돌아왔다.

이리하여 또 서너 달은 평화가 이르렀다. 그러나 이 평화가 언제까지든 계속될 수는 없었다. 그의 아우로 말미암아 또 평화는 쪼개져 나갔다.

오월 초승◆부터 영유 고을 출입이 잦던 그의 아우는 오월 그믐께부터는 고을서 며칠씩 묵어 오는 일이 많았다. 함께, 고을에 첩을 얻어 두었다는 소문이 퍼졌다. 이 소문이 있은 뒤로 아내는 그의 아우가 고을 들어가는 것을 벌레보다도 더 싫어하고, 며칠 묵어 나오는 때면 곧 아우의 집으로 가서 그와 담판을 하며 심지어 동서 되는 아우의 처에게까지 못 가게 하지 않는다고 싸우는 일이 있었다.

칠월 초승께, 그의 아우는 고을에 들어

◆ **초승** 음력으로 그달 초하루부터 며칠간. 초생初生.

가서 열흘쯤 묵어 온 일이 있었다. 이때도 전과 같이 그의 아내는 그의 아우며 제수◆와 싸우다 못하여, 마침내 그에게까지 와서 아우가 그런 못된 데를 다니는 것을 그냥 둔다고 해보자 한다. 그 꼴을 곱게 보지 않았던 그는 첫마디로 고함을 쳤다.

"네게 상관이 무에가? 듣기 싫다."

"못난둥이. 아우가 그런 델 댕기는 걸 말리지두 못하고!"

분김◆에 이렇게 그의 아내는 고함쳤다.

"이년, 무얼?"

그는 벌떡 일어섰다.

"못난둥이!"

그 말이 채 끝나기 전에 그의 아내는 악 소리와 함께 그 자리에 거꾸러졌다.

"이년! 사나이에게 그따위 말버릇 어디서 배완!"

"에미네 때리는 건 어디서 배왔노? 못난둥이!"

그의 아내는 울음소리로 부르짖었다.

"상년 그냥? 나갈! 우리 집에 있지 말구 나갈!"

그는 내리찧으면서 부르짖었다. 그리고 아내를 문을 열고 밀쳤다.

"나가디 않으리."

하고 그의 아내는 울면서 뛰어나갔다.

"망한 년!"

토하는 듯이 중얼거리고 그는 그 자리에 주저앉았다.

그의 아내는 해가 지고 어두워져도 돌아오지 않았다. 일단 내쫓기는 하였지만, 그는 아내의 돌아옴을 기다리고 있었다. 어두워져서도 그는 불도 안 켜고, 성이 나서 우들우들 떨면서 아내의 돌아오기를 기다렸다. 그러나 그의 아내의 참 기쁜 듯이 웃는 소리가 그의 아우의 집에서 밤새도록 울리었다. 그는 움쩍도 안 하고 그 자리에 앉아서 밤을 새운 뒤에, 새벽 동터 올 때 아내와 아우를 죽이려고 부엌에 가서 식칼을 가지고 들어와서 문을 벌컥 열었다. 그의 아내로서, 만약 근심스러운 얼굴을 하고 그 문 밖에 우두커니 서서 문을 들여다보고 있지 않았더라면, 그는 아내와 아우를 죽이고야 말았으리라.

그는 아내를 보는 순간, 마음에 가득 차는 사랑을 깨달으면서 칼을 내던지고 뛰어나가서 아내의 머리채를 휘어잡고 이년! 하면서 들어오더니 뺨을 물어뜯으면서 함께 이리저리 자빠져서 뒹굴었다.

그런 이야기는 다 하려면 끝이 없으되, 다만 '그', '그의 아내', '그의 아우' 세 사람의 삼각관계는 대략 이와 같았다.

각설◆

거울은 마침 장에 마음에 맞는 것이 있었다. 지금 것과 대보면 어떤 때는 코도 크게 보이고 입이 작게도 보이는 것이지만, 그 당시에는 그리고 그런 촌에서는 둘도 없는 귀물◆이었다. 거울을 사 가지고 장을 본 뒤에 그는 이 거울을 아내에게 주면 그 기뻐할 모양을 생각하면서 새빨간 저녁 햇빛을 받은, 넘치는 듯한 바다를 안고 자기 집으로, 늘 들리던 탁줏집에도 안 들리고 돌아왔다.

그러나 그가 그의 집 방 안에 들어설 때에는 뜻도 안 하였던 광경이 그의 눈앞에 벌어져 있었다.

방 가운데는 떡상이 있고, 그의 아우는 수건이 벗어져서 목 뒤로 늘어지고, 저고리 고름이 모두 풀어져 가지고 한편

◆ **제수弟嫂** 남자 형제 사이에서 동생의 아내를 이르는 말.
◆ **분김** 분한 마음이 왈칵 일어난 바람.
◆ **각설却說** 말이나 글 따위에서, 이제까지 다루던 내용을 그만두고 화제를 다른 쪽으로 돌림.
◆ **귀물貴物** 귀중한 물건. 얻기 어려운 물건.

모퉁이에 서 있고, 아내도 머리채가 모두 뒤로 늘어지고 치마가 배꼽 아래 늘어지도록 되어 있으며, 그의 아내와 아우는 그를 보고 어찌할 줄을 모르는 듯이 움쩍도 안 하고 서 있었다.

세 사람은 한참 동안 어이없이 서 있었다. 그러나 좀 있다가 마침내 그의 아우가 겨우 말했다.

"그놈의 쥐 어디 갔니?"

"흥! 쥐? 훌륭한 쥐 잡댔구나!"

그는 말을 끝내지도 않고, 짐을 벗어던지고, 뛰어가서 아우의 멱살을 그러쥐었다.

"형님, 정말 쥐가!"

"쥐? 이놈! 형수하고 그런 쥐 잡는 놈이 어디 있니?"

그는 아우의 따귀를 몇 대 때린 뒤에 등을 밀어서 문 밖에 집어 던졌다. 그런 뒤에 이제 자기에게 이를 매를 생각하고 우들우들 떨면서 아랫목에 서 있는 아내에게 달려들었다.

"이년! 시아우와 그런 쥐 잡는 년이 어디 있어?"

그는 아내를 꺼꾸러뜨리고 함부로 내리찧었다.

"정말 쥐가…… 아이 죽겠다."

"이년! 너두 쥐? 죽어라!"

그의 팔다리는 함부로 아내의 몸 위에 오르내렸다.

"아이, 죽갔다. 정말 아까 적으니(시아우)가 왔게 떡 먹으라고 내놓았더니……."

"듣기 싫다. 시아우 붙은 년이, 무슨 잔소리……."

"아이, 아이, 정말이야요. 쥐가 한 마리 나……."

"그냥 쥐?"

"쥐 잡을래다가……."

"샹년! 죽어라! 물에래두 빠데 죽얼!"

그는 실컷 때린 뒤에, 아내도 아우처럼 등을 밀어 내어쫓았다. 그 뒤에 그의 등으로,

"고기 배때기에 장사해라!"◆

하고 토하였다.

분풀이는 실컷 하였지만, 그래도 마음속이 자못 편치 못하였다. 그는 아랫목으로 가서, 바람벽◆을 의지하고 실신한 사람같이 우두커니 서서 떡상만 들여다보고 있었다.

한 시간…… 두 시간…….

서편으로 바다를 향한 마을이라 다른 곳보다는 늦게 어둡지만, 그래도 술시戌時◆쯤 되어서는 깜깜하니 어두웠다. 그는 불을 켜려고 바람벽에서 떠나 성냥을 찾으러 돌아갔다. 성냥은 늘 있던 자리에 있지 않았다. 그래서 여기저기 뒤적이노라니까, 어떤 낡은 옷 뭉치를 들칠 때에 문득 쥐 소리가 나면서 무엇이 후덕덕 뛰어나온다. 그리하여 저편으로 기어서 도망한다.

"역시 쥐댔구나!"

그는 조그만 소리로 부르짖었다. 그리고 그만 그 자리에 맥없이 털썩 주저앉았다.

아까 그가 보지 못한 때의 광경이 활동사진과 같이 그의 머리에 지나갔다.

아우가 집에를 왔다. 아우에게 친절한 아내는 떡을 먹으라고 아우에게 떡상을 내놓는다. 그때에 어디선가 쥐가 한 마리

◆ **고기 배에 장사葬事하다** 물에 빠져 물고기의 밥이 되라는 뜻.
◆ **바람벽** 방이나 칸살의 옆을 둘러막은 둘레의 벽.
◆ **술시戌時** 십이시十二時의 열한째 시. 오후 일곱 시부터 아홉 시까지이다.

뛰어나온다. 둘(아우와 아내)이서는 쥐를 잡느라고 돌아간다. 한참 성화시키던 쥐는 어느 구석에 숨어 버린다. 그들은 쥐를 찾느라고 두리번거린다. 그럴 때에 그가 집에 들어선 것이다.

"상녀, 좀 있으믄 안 들어오리……."

그는 억지로 마음먹고 그 자리에 드러누웠다.

그러나 아내는 밤이 가고 날이 밝기는커녕 해가 중천에 올라도 돌아오지를 않았다. 그는 차차 걱정이 나서 찾아보러 나섰다.

아우의 집에도 없었다. 동네를 모두 찾아보아도 본 사람도 없다 한다.

그리하여 낮쯤, 한 삼사 리 내려간 바닷가에서 겨우 아내를 찾기는 찾았지만, 그 아내는 이전 같은 생기◆로 찬 산 아내가 아니요, 몸은 물에 불어서 곱이나 크게 되고, 이전에 늘 웃음을 흘리던 예쁜 입에는 거품을 잔뜩 물은, 죽은 아내였다.

그는 아내를 업고 집으로 돌아오기까지 정신이 없었다.

이튿날 간단하게 장사◆를 하였다. 뒤에 따라오는 아우의 얼굴에는, '형님, 이게 웬일이오니까?' 하는 듯한 원망이 있었다.

장사를 지낸 이튿날부터 아우는 그 조그만 마을에서 없어졌다. 하루 이틀은 심상히 지냈지만, 닷새 엿새가 지나도 아우는 돌아오지 않았다. 그래서 알아보니까 꼭 그의 아우같이 생긴 사람이 오륙 일 전에 멧산자◆ 봇짐을 하여 진 뒤에, 새빨간 저녁 해를 등으로 받고 더벅더벅 동쪽으로 가더라 한다. 그리하여 열흘이 지나고 스무날이 지났지만, 한번 떠난 그의 아우는 돌아올 길이 없고, 혼자 남은 아우의 아내는 만날 한숨으로 세월을 보내게 되었다.

그도 이것을 잠자코 보고 있을 수가 없었다. 그 불행의 모든 죄는 그에게 있었다.

그도 마침내 뱃사람이 되어 적으나마 아내를 삼킨 바다와 늘 접근하며, 가는 곳마다 아우의 소식을 알아보려고, 어떤 배를 얻어 타고 물길을 나섰다.

그는 가는 곳마다 아우의 이름과 모습을 말하여 물었으나, 아우의 소식은 알 수가 없었다.

이리하여 꿈결같이 십 년을 지나서 구 년 전 가을, 탁탁히◆ 낀 안개를 깨며 연안◆ 바다를 지나가던 그의 배는 몹시 부는 바람으로 말미암아 파선◆을 하여 벗 몇 사람은 죽고, 그는 정신을 잃고 물 위에 떠돌고 있었다.

그가 겨우 정신을 차린 때는 밤이었다. 그리고 어느덧 그는 뭍 위에 올라와 있었고 그를 말리느라고 새빨갛게 피워 놓은 불빛으로 자기를 간호하는 아우를 보았다.

그는 이상히도 놀라지도 않고 천연하게◆ 물었다.

"너, 어떻게 여기 완?"

아우는 잠자코 한참 있다가 겨우 대답하였다.

"형님, 그저 다 운명이외다."

따뜻한 불기운에 깜빡 잠이 들려 하던 그는 화닥닥 깨면서 또 말했다.

"십 년 동안에 되게 파리했구나.◆"

"형님, 나두 변했거니와 형님두 몹시 늙으셨쉐다."

이 말을 꿈결같이 들으면서 그는 또 혼

◆ **생기生氣** 싱싱하고 힘찬 기운.
◆ **장사葬事** 죽은 사람을 땅에 묻거나 화장하는 일.
◆ **멧산자** 한자 山의 모양.
◆ **탁탁히** 두터운.
◆ **연안延安** 황해도에 있는 마을 이름.
◆ **파선破船하다** 풍파를 만나거나 암초 따위의 장애물에 부딪쳐 배가 파괴되다.
◆ **천연天然하다** 시치미를 뚝 떼어 겉으로는 아무렇지 아니한 듯하다.
◆ **파리하다** 이 마르고 낯빛이나 살색이 핏기가 전혀 없다.

혼히◆ 잠이 들었다. 그리하여 두어 시간, 꿀보다도 단 잠을 잔 뒤에 깨어 보니, 아까같이 새빨간 불은 피어 있지만 아우는 어디로 갔는지 없어졌다. 곁엣 사람에게 물어보니까 아까 아우는 형의 얼굴을 물끄러미 한참 들여다보고 있다가, 새빨간 불빛을 등으로 받으면서 터벅터벅 아무 말 없이 어두움 가운데로 스러졌다 한다.

이튿날 아무리 알아보아야 그의 아우는 종적이 없어지고 알 수 없으므로, 그는 할 수 없이 다른 배를 얻어 타고 또 물길◆을 나섰다. 그리하여 그의 배가 해주◆에 이르렀을 때 그는 해주 장에 들어가서 무엇을 사려다가, 저편 가게에 걸핏 그의 아우 같은 사람이 있으므로 뛰어가서 보니 그는 벌써 없어졌다. 배가 해주에는 오래 머물지 않으므로 그의 마음은 해주에 남겨 두고 또다시 바닷길을 떠났다.

그 뒤에 삼 년을 이리저리 돌아다녔어도 아우는 다시 볼 수가 없었다.

그리하여 삼 년을 지나서 지금부터 육 년 전에, 그의 탄 배가 강화도를 지날 때에, 바다를 향한 가파로운 뫼 곁에서 바다를 향하여 날아오는 '배따라기'를 들었다. 그것도 어떤 구절과 곡조는 그의 아우 특색으로 변경된, 그의 아우가 아니면 부를 사람이 없는 그 '배따라기'이다.

배가 강화도에는 머무르지 않아서 거저 지나갔으나, 인천서 열흘쯤 머무르게 되었으므로, 그는 곧 내려서 강화도로 건너갔다. 거기서 이리저리 찾아다니다가 어떤 조그만 객줏집◆에서 물어보니, 이름도 그의 아우요 생긴 모습도 그의 아우인 사람이 묵어 있기는 하였으나 사나흘 전에 도로 인천으로 갔다 한다. 그는 곧 돌아서서 인천으로 건너와서 찾아보았지만, 그 조그만 인천서도 그의 아우를 찾을 바가 없었다.

그 뒤에 눈 오고 비 오며 육 년이 지났지만, 그는 다시 아우를 만나 보지 못하고 아우의 생사까지도 알 수가 없었다.

말을 끝낸 그의 눈에는 저녁 해에 반사하여 몇 방울의 눈물이 번득인다.

나는 한참 있다가 겨우 물었다.

"노형 제수는?"

"모르지요. 이십 년을 영유는 안 가봤으니깐요."

"노형은 이제 어디로 갈 테요?"

"것두 모르지요. 정처가 있나요? 바람 부는 대로 몰려댕기지요."

그는 다시 한 번 나를 위하여 '배따라기'를 불렀다.

아아, 그 속에 잠겨 있는 삭이지 못할 뉘우침! 바다에 대한 애처로운 그리움!

노래를 끝낸 다음에 그는 일어서서 시뻘건 저녁 해를 잔뜩 등으로 받고 을밀대로 향하여 터벅터벅 걸어간다. 나는 그를 말릴 힘이 없어서 눈이 멀거니 그의 등만 바라보고 앉아 있었다.

그날 밤, 집에 돌아와서도 그 '배따라기'와 그의 숙명적 경험담이 귀에 쟁쟁히 울리어 한잠도 못 이루고, 이튿날 아침 깨어서 조반도 안 먹고 기자묘로 뛰어가서 또다시 그를 찾아보았다. 그가 어제 깔고 앉았던 풀은 모두 한편으로 누워서 그가 다녀감을 기념하되, 그는 그 근처에 보이지 않았다. 그러나, 그러나 '배따라기'는 어디선가 쟁쟁히 울리어서 모든 소나무들을 떨리지 않

◆ **혼혼히** 정신이 가물가물하고 희미한 모양.
◆ **물길** 배를 타고 물로 다니는 길.
◆ **해주** 황해도 서남쪽에 있는 시.
◆ **객줏집** 다른 지역에서 온 상인들의 거처를 제공하며 물건을 맡아 팔거나 흥정을 붙여 주는 일을 하던 집.

고는 안 두겠다는 듯이 날아온다.

'모란봉이다. 모란봉에 있다.'

하고 나는 한숨에 모란봉으로 뛰어갔다. 모란봉에는 사람이 하나도 없다. 부벽루에도 없다.

'을밀대다!'

하고 나는 다시 을밀대로 갔다. 을밀대에서 부벽루를 연한, 지옥까지 연한 듯한 골짜기에 물 한 방울을 안 새리라고 빽빽히 난 소나무의 그 모든 잎잎은 떨리는 '배따라기'를 부르고 있지만, 그는 여기도 있지 않다. 기자묘의 하늘을 향하여 퍼져 나간 그 모든 소나무의 천만의 잎잎도, 그 아래쪽 퍼진 천만의 풀들도 모두 그 '배따라기'를 슬프게 부르고 있지만, 그는 이 조그만 모란봉 일대에선 찾을 수가 없었다. 강가에 나가서 알아보니, 그의 배는 오늘 새벽에 떠났다 한다.

그 뒤에 여름과 가을이 가고 일 년이 지나서 다시 봄이 이르렀으되, 잠깐 평양을 다녀간 그는 그 숙명적 경험담과 슬픈 '배따라기'를 남겨 두었을 뿐, 다시 조그만 모란봉에 나타나지 않는다.

모란봉과 기자묘에 다시 봄이 이르러서, 작년에 그가 깔고 앉아서 부러졌던 풀들도 다시 곧게 대가 나서 자줏빛 꽃이 피려 하지만, 끝없는 뉘우침을 다만 한낱 '배따라기'로 하소연하는 그는 이 조그만 모란봉과 기자묘에서 다시 볼 수가 없었다. 다만 그가 남기고 간 '배따라기'만 추억하는 듯이, 기념하는 듯이, 모든 잎잎이 속삭이고 있을 따름이다.

김동인

金東仁, 1900~1951

평양의 부유한 집안에서 태어난 금동琴童 김동인은 일본 명치학원으로 유학을 다녀온 뒤, 톨스토이의 작품에 감동을 받아 문학에 열중하기 시작합니다.

김동인은 〈배따라기〉, 〈감자〉, 〈발가락이 닮았다〉, 〈광염 소나타〉 등의 독창적인 단편소설을 발표하면서 당대 가장 왕성한 활동을 펼쳤습니다. 또한 주요한, 전영택 등과 함께 《창조》라는 문예 동인지를 만들었습니다. 그러나 방탕한 생활과 사업 실패로 인해 생활이 궁핍해졌고, 생활고를 해결하기 위해 신문과 잡지에 〈광염 소나타〉, 〈젊은 그들〉, 〈운현궁의 봄〉 등의 소설과 역사소설을 썼습니다. 그러나 무리한 글쓰기로 병에 걸린 그는 한국전쟁 중 피난길에 타계하였습니다.

김동인은 한국 단편소설 양식의 개척자입니다. 그는 문학과 예술은 인간의 위대한 창조적 정신으로부터 나온 것이라 보고, 문학 창작에 있어서 작가가 인형을 가지고 놀이하듯 작중 인물의 내면을 통제해야 한다는 '인형조종술'을 주장하였습니다. 어떠한 인물을 창조하여 그 인생의 한 단면을 예리하게 포착하는 그의 단편소설 양식은 이러한 문학관에서 비롯되었습니다.

한국 현대 단편소설 양식의 개척자로 인정받는 김동인의 업적을 기리기 위하여 1955년 '동인문학상'이 제정되었습니다. 이 상은 김승옥을 비롯하여 이청준, 오정희, 박완서, 최일남, 신경숙 등 수많은 수상자를 배출한 권위 있는 문학상입니다.

"그저, 운명이 제일 힘셉디다."

1931년에 발표된 〈배따라기〉는 대동강에서 우연히 만난 한 남자의 숙명적인 경험담으로, 아내를 잃고 20년 동안 아우를 찾아 떠돌게 된 한 사내의 슬픈 사연을 들려주고 있습니다.

화창한 어느 봄날, 대동강 근처를 거닐던 '나'는 어디선가 들려오는 '영유 배따라기' 가락을 듣고, 그 노랫소리를 따라 발길을 옮깁니다. 애처롭게 노래하는 사내는 고향인 영유를 떠나 20년 동안 정처 없이 헤매게 된 사연을 들려줍니다.

그는 영유라는 마을에 사는 뱃사람으로, 예쁘고 애교 많은 아내와 단란하게 살았습니다. 다만 상냥한 성격을 지닌 아내가 동네 사내들에게 웃어 주는 것이 못마땅하여 부부싸움을 하곤 했습니다. 뿐만 아니라 내심 아우와 아내의 관계마저 의심쩍게 생각하던 터에, 아우가 밖에서 외도를 하는데 왜 말리지 않느냐며 아내가 화를 낼 때는 심하게 다투기도 했습니다.

그러던 어느 날, 돌이킬 수 없는 사건이 터지고 말았습니다. 장에 나갔다가 아내에게 줄 거울을 사 가지고 돌아와 방문을 열자, 아내와 아우는 옷차림이며 머리가 흐트러진 채였던 것입니다. 쥐가 방 안에 들어와 잡던 중이었다고 하였지만, 그는 그 말을 믿지 않고 아우와 아내를 두드려 팬 뒤 밖으로 내쫓았습니다. 몇 시간 뒤, 방 안에서 쥐 한 마리를 확인한 그는 맥없이 털썩 주저앉았습니다. 다음 날, 그의 아내는 바닷가에 몸을 던져 죽었고, 아우는 그 이튿날 마을을 떠나 버렸습니다.

죄책감에 시달리던 그는 아우를 찾아 나섰습니다. 뱃길을 따라 닿는 곳마다 아우에 대해 물었으나 10년 동안 소식을 알 수 없었습니다. 딱 한 번, 그가 탄 배가 난파되어 정신을 잃었을 때 자신을 간호하던 아우의 얼굴을 보기는 하였습니다. 그러나 의식이 깨어났을 때 아우는 어디론가 떠나고 없었습니다. 그 후로 6년이 흘러, 강화도를 지날 때 아우가 아니면 부를 수 없는 '배따라기' 가락을 들었으나, 끝내 아우를 만날 수는 없었습니다.

이야기를 끝낸 그의 눈에 눈물이 번득였습니다. 그와 헤어진 뒤에도 그의 배따라기 가락이 귀에 쟁쟁하여 한잠도 못 이룬 '나'는 이튿날 아침, 기자묘로 모란봉으로 부벽루로 을밀대로 찾아다녔지만 그는 이미 떠나 버린 뒤였습니다.

김동인과 대동강

이 작품은 1920년대, 작가의 고향이기도 한 평양의 대동강을 배경으로 하고 있습니다. 대동강은 작가 김동인에게 특별한 공간으로, 〈배따라기〉에서는 작가의 분신인 '나'를 내세워 대동강에서 '유토피아'를 떠올리고 있습니다. 대동강은 아름답고 평화로운 공간의 상징인 것입니다.

대동강은 평양 시내를 지나 황해 바다로 흘러가는데, 이 주변에 평양 8경이 모여 있습니다. 대동강 오른쪽 연안으로 야트막하게 솟은 모란봉이 있고, 이 모란봉 안에 을밀대와 부벽루가 있습니다. 이곳들은 그림을 펼쳐 놓은 듯한 강 아래 풍경을 한눈에 감상할 수 있는 경승지입

대동강 풍경

니다. 또한 을밀대 서쪽 언덕에는 기자릉이 있고, 대동강 안에 능라도라는 아름다운 섬이 있습니다.

〈배따라기〉 외의 다른 소설, 〈대동강은 속삭인다〉와 〈눈을 겨우 뜰 때〉에서도 김동인은 대동강과 평양을 배경으로 이야기를 전개하고 있습니다.

액자 구성에서 안 이야기와 바깥 이야기를 연결하는 매개체

〈배따라기〉는 이야기 속에 또 다른 이야기가 펼쳐지는 액자 구성으로 되어 있습니다. 액자의 역할을 하는 바깥 이야기는, 대동강의 봄 경치를 구경하던 '나'가 한 사내를 만나 그의 슬픈 사연을 듣게 되는 내용입니다. 액자 속의 안 이야기는 사내가 고향을 떠나 20년 동안 뱃사람으로 떠돌게 된 사연입니다.

여기서 바깥 이야기와 안 이야기를 이어 주는 매개는 '배따라기'라는 민요입니다. 이 민요는 '배떠나기'의 사투리로, 구슬픈 가락에 뱃사람의 고달픈 삶을 담고 있습니다. '나'는 2년 전, 영유라는 고장에서 '배따라기'를 처음 듣고 속절없는 애처로움을 느꼈던 바, 이곳 대동강변 모란봉에서 '배따라기'를 부르는 사내를 찾아 헤맵니다.

'배따라기'의 슬픈 가사와 곡조는 자연스럽게 이 작품의 안 이야기로 연결됩니다. 즉, 영유에서 어부로 살던 사내가 아내를 잃고 동생을 찾아 떠돌게 되었다는 슬픈 사연과 어우러지는 것입니다. 이때 작품 간간이 등장하는 '배따라기' 가사는 한스러운 정서를 고조시킴으로써 작품의 비극적 분위기를 극대화하고 있습니다.

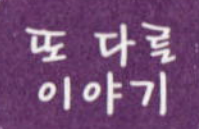

김동인의 유미주의와 자연주의

〈배따라기〉의 앞부분에서 '나'는 아름다운 대동강의 풍경을 감상하다가 '유토피아'를 떠올립니다. 우리 삶의 목적은 유토피아 건설이며, 그러한 의미에서 진나라 시황은 위대한 인격의 소유자이자 '큰 사람'이었다고 생각합니다. 그는 영원히 살기 위해 불로초를 구하고, 예술의 사치를 다해 아방궁을 세운 진정한 인생의 향락자이기 때문입니다.

이 대목은 작가 김동인의 예술관과 인생관을 드러낸 장면으로, 김동인은 문학의 유미주의唯美主義를 지향했습니다. '유미주의'란 예술을 표현할 때 정치성이나 윤리성을 거부하고 예술 그 자체의 아름다움만을 추구하는 정신으로 '탐미주의'라고도 표현합니다. 이러한 김동인의 유미주의가 잘 표현된 작품은 〈광화사〉와 〈광염 소나타〉입니다.

한편 김동인의 문학에는 자연주의 성향이 짙게 담겨 있습니다. 김동인의 '자연주의'란 인간의 삶이 정신의 의지에 따라 변화되기보다는 환경에 의해 결정된다는 견해입니다. 〈배따라기〉에도 그러한 성향이 드러나고 있는데, "운명이 제일 힘셉디다"라고 한 사내의 말 속에 응축되어 있습니다. 아내와 동생과 자신에게 닥친 비극은 인간의 힘으로는 어찌할 수 없는 '운명'에 의한 것이라는 입장입니다.

이러한 김동인의 '환경 결정론'이 가장 잘 표현된 작품이 바로 〈감자〉입니다. 〈감자〉는 순수한 '복녀'가 타락의 길로 들어서고 결국 비참한 죽음을 맞는 과정, 그리고 그녀의 주검을 앞에 두고 왕 서방과 남편이 돈 거래를 하는 장면을 통해 '가난'이라는 현실이 인간의 정신과 삶을 얼마나 황폐하게 만드는가를 일깨운 소설입니다.

- **이 작품에서 '나'와 사내가 만나게 된 계기는 무엇입니까?**

① 대동강의 봄 경치 ② 영유 배따라기 ③ 거울 ④ 뱃놀이하는 기생

- **이 작품에서 평소 사내가 아내와 아우 사이를 의심하게 된 이유가 아닌 것은 무엇입니까?**

① 사내가 남겨 두었던 음식을 아내가 아우에게 주려 해서
② 시골사람답지 않게 얼굴도 희고 늠름한 아우의 외모를 질투해서
③ 아우가 마을에 첩을 두었다는 소문에 아내가 화를 내어서
④ 아내가 거울을 사달라고 부탁해서
⑤ 아내가 쾌활하고 애교를 잘 부려서

- **이 작품은 두 가지의 이야기 흐름이 있습니다. 두 이야기를 시간의 흐름에 따라 순서대로 나열해 보세요.**

① '나'는 사내가 앉아 있던 기자묘에 가보았으나 이미 사내는 떠나 버린 뒤였다.
② 사내의 아내는 바닷물에 빠져 죽고 아우는 고향을 떠난다.
③ 사내는 아우를 찾아 바닷길을 나선다.
④ 영유 바닷가 마을에 형제 내외가 행복하게 살고 있었다.
⑤ 대동강을 거닐던 '나'는 '배따라기'를 부르는 한 사내를 만난다.

● 다음에 인용된 내용을 읽고 주인공의 심리가 어떠할지 생각하여 써 보세요.

> 그는 왜 그러는지 한숨을 짓는다.
> "그저, 운명이 제일 힘셉디다."
> 운명의 힘이 제일 세다는 그의 소리엔 삭이지 못할 원한과 뉘우침 섞여 있다.

● 이 작품 속의 화자인 '나'는 사내의 사연을 듣고 난 다음 날, 사내를 찾아 모란봉 여기저기를 찾아다닙니다. 만약 사내를 만날 수 있었다면 '나'는 무슨 말을 하였을지 생각하여 써 보세요.

- **이 작품에서 '나'와 사내가 만나게 된 계기는 무엇입니까?**

① 대동강의 봄 경치 ② 영유 배따라기 ③ 거울 ④ 뱃놀이하는 기생

답 ②번.

- **이 작품에서 평소 사내가 아내와 아우 사이를 의심하게 된 이유가 아닌 것은 무엇입니까?**

① 사내가 남겨 두었던 음식을 아내가 아우에게 주려 해서

② 시골사람답지 않게 얼굴도 희고 늠름한 아우의 외모를 질투해서

③ 아우가 마을에 첩을 두었다는 소문에 아내가 화를 내어서

④ 아내가 거울을 사달라고 부탁해서

⑤ 아내가 쾌활하고 애교를 잘 부려서

답 ④번.

- **이 작품은 두 가지의 이야기 흐름이 있습니다. 두 이야기를 시간의 흐름에 따라 순서대로 나열해 보세요.**

① '나'는 사내가 앉아 있던 기자묘에 가보았으나 이미 사내는 떠나 버린 뒤였다.

② 사내의 아내는 바닷물에 빠져 죽고 아우는 고향을 떠난다.

③ 사내는 아우를 찾아 바닷길을 나선다.

④ 영유 바닷가 마을에 형제 내외가 행복하게 살고 있었다.

⑤ 대동강을 거닐던 '나'는 '배따라기'를 부르는 한 사내를 만난다.

답 ④-②-③-⑤-①

● **다음에 인용된 내용을 읽고 주인공의 심리가 어떠할지 생각하여 써 보세요.**

> 그는 왜 그러는지 한숨을 짓는다.
> "그저, 운명이 제일 힘셉디다."
> 운명의 힘이 제일 세다는 그의 소리엔 삭이지 못할 원한과 뉘우침 섞여 있다.

그는 사내는 자신의 오해에서 비롯된 비극적인 과거를 '운명'으로 받아들입니다. 즉 아내의 죽음과 아우가 떠난 일, 그리고 자신까지 정처 없이 떠돌게 된 결과는 피할 수 없는 일이었다고 믿는 것입니다. 그러한 비극을 원했던 사람은 아무도 없었기 때문입니다. 자신은 아내와 아우를 사랑했고 영원히 행복하기를 바랐지만 그러한 의지와는 정반대로 삶은 모두에게 비극을 안겨 주었습니다. 그런 사내는 운명 앞에 무기력할 수밖에 없는 슬픔을 안고 있습니다.

● **이 작품 속의 화자인 '나'는 사내의 사연을 듣고 난 다음 날, 사내를 찾아 모란봉 여기저기를 찾아다닙니다. 만약 사내를 만날 수 있었다면 '나'는 무슨 말을 하였을지 생각하여 써 보세요.**

'나'는 사내의 사연을 듣고 나서 밤새 잠을 이루지 못합니다. 그의 가슴 아픈 이야기와 '배따라기'의 슬픈 곡조가 귀에 쟁쟁 울렸기 때문입니다. 여러분이 '나'의 입장이 되어 봅시다. 그를 위로해 주고 싶다면 구체적으로 어떤 말을 할 것인지, 자포자기한 듯한 그의 태도가 마음에 들지 않는다면 어떤 충고를 들려줄 수 있을까요?

흰 종이수염

: 하근찬 :

생각해 볼까요?

부모는 세상살이의 고통이나 서러움을 자식 앞에 노출시키지 않으려 합니다. 자식의 보호자이기 때문입니다. 그러나 여러분도 부모님이 무거운 책임감으로 힘들어 하시는 모습을 발견할 때가 있었을 것이고, 부모님에 대해 안쓰럽고 죄송한 마음도 느껴 봤을 겁니다. 여러분, 〈흰 종이수염〉의 주인공이 되어 이 작품을 읽고, 고단한 부모님을 어떻게 위로해 드릴지 생각해 보세요.

1

아버지가 돌아오던 날, 동길이는 학교에서 공부를 하지 못하고 교실을 쫓겨났다. 다른 다섯 명의 아이와 함께였다.

아이들은 모두 풀이 죽어 있었다. 어떤 아이는 시퍼런 코가 입으로 흘러드는 것도 아랑곳없이 눈만 대고◆ 깜작거렸고, 입술이 파랗게 질린 아이도 있었다. 여생도◆ 둘은 찔끔찔끔 눈물을 짜내고 있었다. 축 처진 조그마한 어깨들이 볼수록 측은했다.

그러나 동길이만은 그렇지가 않았다. 그는 두 주먹을 발끈 쥐고 있었다. 양쪽 볼에는 발칵 불만을 빼물고 있었고, 수박씨만 한 두 눈은 차갑게 반짝거렸다.

'치! 울 엄마 일하는데 어떻게 학교에 오는공. 울 아부지 인제 돈 많이 벌어 갖고 돌아오면 다 줄 긴데 자꾸 지랄같이…….'

동길이는 담임선생의 처사가 도무지 못마땅하여 속으로 또 한번 눈을 흘겼다.

쫓겨 나온 교실이 마음에 있다거나, 선생님의 교탁 안으로 들어간 책보가 걱정이 된다거나 해서가 아니었다. 그런 알량한◆ 몇 권의 헌책 나부랭이, 혹은 사친회비◆를 못 내고 덤으로 앉아서 얻어 배우는 치사스러운 공부 같은 것, 차라리 시원했다. 집으로 돌아가서 돈을 가져오라는 호령 따위도 이미 면역이 된 지 오래여서 시들했다. 그러나 돈을 못 가지고 오겠거든 아버지나 어머니를 학교에 데려오라는 데는 딱 질색이었다. 전에 없던 일이었다.

◆ **대고** 계속하여 자꾸.
◆ **여생도女生徒** 중등학교 이하의 여학생을 이르던 말.
◆ **알량하다** 시시하고 보잘것없다.
◆ **사친회비師親會費** 사친회의 운영을 위하여 학부모들이 일정하게 내는 돈. 지금은 '학교운영비'라 칭한다.

"사람이면 염치가 좀 있어야지. 한두 달도 아니고. 이놈아! 너는 사, 오, 륙, 칠, 넉 달치나 밀렸잖나. 이학년 올라와서 어디 한번이나 낸 일 있나? 지금 당장 가서 가져오든지 그러찮음 아버질 데려와!"

냅다 고함을 지르는 바람에 간이 덜렁했으나 동길이는 또렷한 목소리로,

"아부지 집에 없심더."

했다.

"어디 가고 없노?"

"노무자◆ 나갔심더."

"……."

징용◆에 나갔다는 말을 듣자 선생은 잠시 말이 없다가,

"그럼, 어머니라도 데려와."

했다. 목소리가 꽤 누그러졌으나 매정스럽기는 매양 한가지였다.

"안 데려옴 넌 여름방학 없다. 알겠나?"

"……."

동길이는 대꾸를 하지 않았다. 입을 꼭 다물고 양쪽 볼에 발칵 힘을 주었다. 그리하여 다른 다섯 아이와 함께 책보◆는 말하자면 차압◆을 당하고 교실을 쫓겨났던 것이다.

아이들은 땅바닥을 내려다보며 힘없이 운동장을 걸어나갔다. 여생도 둘은 유난히 단발머리를 떨어뜨리고 걸었다. 목덜미가 따갑도록 햇볕이 쏟아져 내렸다.

맨 앞장을 서서 가던 동길은 발끝에 돌멩이 하나가 부딪치자 그만 그것을 사정없이 걷어차 버렸다. 마치 무슨 분풀이라도 하는 듯이……. 발가락 끝에 불이 화끈했으나 그는 어금니를 꽉 물고 아무렇

지도 않은 체했다.

킥! 하고 한 아이가 웃음을 터뜨리자 다른 아이들도 따라서 낄낄 웃었다. 어쩐지 모두 속이 시원했던 것이다.

그러나 누가 먼저 뒤를 돌아보았는지 모른다. 웃음은 일제히 뚝 그치고 말았다. 그들을 쫓아낸 얼굴이 창문 밖으로 이쪽을 내다보고 있었던 것이다. 여섯 개의 가느다란 모가지가 도로 움츠러들지 않을 수 없었다.

교문을 나서자 아이들은 움츠렸던 목을 쑥 뽑아 들고 다시 교실 쪽을 돌아보았다. 이제 선생님의 얼굴은 보이지 않고, 장단을 맞추어 구구◆를 외는 소리만이 우렁우렁 창밖으로 울려 나왔다.

사—이는 팔, 사—삼 십에 이, 사—사 십륙…….

동길이는 별안간 무슨 생각이 났는지 오른쪽 주먹을 왼쪽 손아귀로 가져가더니 그것을 그만 힘껏 앞으로 밀어내며,

"요놈 먹어라!"

하는 것이었다. 감자를 한 개 내질러 준 것이다. 그리고 후닥닥 몸을 날렸다. 뺑소니를 치면서도 냅다.

"사오 이십, 사륙은 이십사, 사칠은 이십팔……."

하고 고함을 질러 댔다.

다른 아이들도 와아 환호성을 올리며 덩달아 사방으로 흩어져 갔다. 군용 트럭이 한 대 뿌연 먼지를 날리며 달려오고 있었다.

◆ **노무자**勞務者 노동자. 여기서는 한국 전쟁에 동원된 노동자.
◆ **징용**徵用 전쟁 등의 국가 비상사태에 국민을 강제적으로 일정한 업무에 종사시키는 일.
◆ **책보**冊褓 책을 싸는 보자기. 책가방.
◆ **차압**差押 압류.
◆ **구구**九九 구구법(곱셈에 쓰는 기초 공식).

2

"오—이는 십, 오—삼 십에 오, 오—사 이십……."

동길이는 중얼중얼 구구를 외우면서 신작로를 걸었다. 이마에 맺힌 땀이 뺨을 타고 목줄기로 흘러내렸다.

"아아, 덥다."

동길이는 손등으로 아무렇게나 땀줄기를 훔쳤다.

읍들머리에 냇물이 흐르고 있었다. 물 밑에 깔린 자갈들이 손에 잡힐 듯 귀물스럽게◆ 떠올라 보이는 맑은 시내였다. 그 위로 인도교◆와 철교가 나란히 지나가고 있었다.

다리에 이르자 동길이는 아래를 내려다보았다.

"히야, 용돌이 짜식, 벌써 멱 감고 있대이. 학교는 그만두고, 짜식 참 좋겠다."

그리고 쪼르르 강둑을 굴러 내려갔다.

동길이를 보자, 용돌은 물속에서 배꼽을 내밀며,

"동길아! 임마 니 핵교는 안 가고, 히히히……."

웃어 댄다.

"갔다 왔어, 짜식아."

"무슨 놈의 핵교를 그렇게 빨리 갔다 오노."

"돈 안 가져왔다고 안 쫓아내나."

"뭐, 돈?"

"그래, 사친회비 안 냈다고 집에 가서 어무니를 데려오라 안 카나."

"지랄이다. 지랄! 그런 놈의 핵교 뭐 할라꼬 댕기노. 나같이 때리챠 버리라구마."

"그렇지만 임마, 학교 안 댕기면 높은 사람 못 된다. 아나."

"개똥이다 캐라. 흐흐흐……."

그리고 용돌이는 개구리처럼 가볍게 물속으로 잠겨 버린다. 동길이는 물기슭에 서서 때에 전 러닝셔츠와 삼베 바지를 홀랑 벗어 던졌다.

이때,

꽤액.

기적 소리도 요란하게 철교 위로 기차가 달려들었다. 북쪽에서 내려오는 기차였다. 동길이는 까만 고추를 달랑거리며 후닥닥 철교 쪽으로 뛰었다. 용돌이란 놈도 물에서 뿔뿔 기어 나왔다.

커더덩 커더덩…… 요란하게 울리고, 그 위로 시꺼먼 기차가 바람을 일으키며 신나게 달려간다. 차창마다 사람들이 이쪽을 내려다보고 있었다. 어떤 창구에는 철모를 쓴 국군 아저씨가 담배연기를 푸우 내뿜고 있는 것이 보인다. 동길이는 저도 모르게 두 손을 번쩍 쳐들었다.

"만세이!"

그리고 용돌이를 돌아보았다. 용돌이란 놈은 까닭도 없이 대고 주먹으로 감자를 내지르고 있다. 고약한 놈이다.

동길이는 웬일인지 기차만 보면 좋았다.

'울 아부지도 저런 기차를 타고 척 돌아올 기라. 울 아부지 빨리 돌아왔으면 좋겠다.'

사라져 가는 기차 꽁무니를 바라보며 동길이는 잠시 노무자 나간 아버지 생각에 가슴이 뻐근했다. 그러나 얼른,

"용돌아, 임마 내기할래?"

고함을 지르면서 후닥닥 몸을 날렸다. 풍덩! 물소리와 함께 까만 몸뚱어리가 미

◆ **귀물貴物스럽다** 귀중한 물건인 듯하다.
◆ **인도교人道橋** 사람이나 자동차가 다니도록 놓은 다리.

끄러이 물속으로 자맥질해 들어갔다. 용돌이도 뒤따라 풍덩! 물 밑으로 잠긴다.

물고기들 부럽잖게 얼마를 놀았는지 모른다. 뚜 하고 정오를 알리는 사이렌 소리가 울려 왔을 때에야 동길은 물에서 나왔다. 배가 홀쭉했다. 주섬주섬 옷가지를 주워 걸치며,

"짜식아, 그만 안 갈래?"

용돌이를 돌아보았다. 용돌이란 놈은 무슨 물고기 삼신◆인 듯 아직도 나올 생각을 않고 풍덩거리며 벌쭉벌쭉 웃고만 있다.

"배 안 고프나?"

"배사 고프다. 그렇지만 임마, 집에 가야 밥이 있어야지. 너거 집엔 오늘 점심 있나?"

"몰라, 있을 기다."

"정말이가?"

"짜식아, 있으면 니 줄까 바."

그리고 동길이는 타박타박 자갈밭을 걸었다.

다리를 지날 때, 후끈한 바람결에 난데없이 노랫소리가 흘러왔다. 극장에서 울려 나오는 스피커 소리였다. 이 무더운 대낮에 누가 극장엘 가는지 모르지만, 그래도 사람을 끌어 모으려고 아리랑 시리랑…… 하고 악을 써 쌌는다◆.

그러나 동길이는 배가 고파서 그런 건 도무지 흥이 나질 않았다. 오늘따라 왜 이렇게 시장기가 치미는지 알 수 없었다. 너무 오래 멱을 감은 탓일까? 타박타박 옮기는 걸음이 자꾸 무거워만 갔다.

3

집 사립문 앞에 이르자 동길이는 흠칫 그 자리에 멈추어 섰다. 마루에 벌렁 드러누워 있는 사람이 있었던 것이다.

어머니도 아니었다. 남자였다.

동길이는 조심조심 사립 안으로 걸어 들어갔다. 어머니는 부엌문 앞에서 무엇을 북북 치대고 있었다. 인기척에 후딱 뒤를 돌아본 어머니는 마루에 누워 있는 사람을 눈으로 가리켰다. 어머니의 두 눈에는 슬픈 빛이 서려 있었다.

동길이는 어찌 된 영문인지 알 수가 없었다. 그러나 마루에 누워 있는 사람이 누구라는 것을 알아챘다.

"아부지!"

동길이는 얼른 누워 있는 아버지 곁으로 가까이 갔다. 아버지는 자고 있었다. 그러나 동길은 아버지를 향해 꾸뻑 절을 했다.

'아까 그 기차를 타고 오신 모양이지. 헤 참, 그런 줄 알았으면 얼른 집에 올걸 갖다가 야…….'

꼬박 2년 만에 돌아온 아버지—동길은 조심히 아버지의 얼굴을 들여다보았다. 꺼멓게 탄 얼굴에 움푹 꺼져 들어간 두 눈자위, 그리고 코 밑이랑 턱주가리에는 수염이 지저분했다. 목덜미로 식은땀이 흐르고 있었고, 입 언저리에는 파리 떼가 바글바글 엉켜 붙어 있었다. 그러나 아버지는 그런 줄도 모르고 푸푸 코를 불면서 자고만 있다. 동길이는 파리란 놈들을 후쳤다.◆

◆ **삼신三神** 아기를 점지하고 산모와 산아産兒를 돌보는 세 신령.
◆ **쌌다** '~라고 하다'의 뜻을 지닌 경상도 방언.
◆ **후치다** '내쫓다'의 방언.

어머니가 조심스러운 눈길로 동길이를 힐끗 돌아본다.

집에 와서 갈아입었는지 아버지의 입성은 깨끗했다. 징용에 나가기 전, 목공소에 다닐 때 입던 누런 작업복 하의에 삼베 셔츠…… 그런데,

"에!"

이게 웬일일까?

동길이는 두 눈이 휘둥그레지고 입이 딱 벌어졌다. 그러나 어머니는 동길이의 놀라는 모습을 돌아보지 않고 후유, 한숨을 쉴 따름이었다. 동길이는 떨리는 손으로 한쪽 소맷부리를 들추어 보았다.

없다. 분명히 없다.

동길이는 어머니를 향해 소리쳤다.

"어무이! 아부지 팔 하나 없다."

"……."

"팔 하나 없어. 팔!"

"……"

"잉?"

"……."

말없이 돌아보는 어머니의 두 눈에는 눈물이 흥건히 괴어 있었다.

동길이는 아버지가 슬그머니 무서워지는 것이었다.

어머니 곁으로 가서 부엌문에 붙어 서서도 곧장 아버지의 한쪽 소맷자락을 힐끗힐끗 건너다보았다.

어머니는 또 한 번 후유 한숨을 쉬면서 함지박을 들고 부엌으로 들어갔다. 밀가루 수제비를 뜨는 것이었다. 어머니의 손끝에서 똑똑 떨어져서 부글부글 끓어오르는 물속으로 들어가는 수제비를 바라보자, 동길이는 배에서 꼬르르 소리가 났다. 꿀꺽 침을 삼켰다. 아버지의 팔

뚝 생각 같은 것은 이미 없었다.

수제비를 떠서 두 그릇 상에 받쳐 들고 어머니가 부엌을 나오자 동길이는 앞질러 마루로 올라갔다. 아버지는 아직 쿨쿨 자고 있었다. 아버지의 한쪽 소맷자락이 눈에 띄자 동길이는 다시 흠칫했다.

"보이소 예! 그만 일어나이소. 점심 가져왔구마."

어머니가 흔들어 깨우는 바람에 아버지는,

"으으윽."

한 개밖에 없는 팔을 내뻗어 기지개를 켜며 부스스 일어났다. 동길이는 저도 모르게 뒤로 한 걸음 물러섰다. 그리고 얼른 아버지를 향해 절을 하기는 했으나, 겁을 집어먹은 듯 눈이 둥그레졌다. 아버지는 동길이를 보더니,

"으으, 핵교 잘 댕깄나? 어무이 말 잘 듣고?"

그리고 아아윽! 커다랗게 하품이었다.

점심상을 가운데 놓고 아버지와 동길이 마주앉았다. 그 곁에 어머니는 뚝배기를 마룻바닥에 놓고 앉았다.

물씬물씬 김이 오르는 수제비죽— 동길이는 목젖이 튀어나오는 것 같았다. 후딱 숟가락을 들었다. 그리고 그 뜨끈뜨끈한 놈을 푹 한 숟갈 떠 올리기가 무섭게 아가리를 짝 벌렸다.

아버지도 숟가락을 들었다. 왼쪽 손이었다. 없어진 팔이 하필이면 오른쪽이었던 것이다. 어머니는 그것을 보자 이마에 슬픈 주름을 잡으며 얼른 외면을 했다. 그러나 동길이는 수제비를 퍼 올리기에 바빠서 아버지의 남은 손이 왼손이든 오른손이든 그런 건 도무지 아랑곳없었다.

돼지새끼처럼 한참을 그렇게 퍼먹고 나서야 좀 숨이 돌리는 듯 동길이는 힐끗 아버지를 거들떠보았다. 아버지의 숟가락질은 도무지 서툴

기만 했다.

'아부지 팔이 하나 없어져서 참 큰일났제. 저런! 오른쪽 팔이 없어졌구나. 우짜다가 저랬는고이?'

그리고 동길이는 남은 국물을 훌훌 마저 들이마셨다. 콧등에 맺힌 땀방울이 또르르 굴러 내린다.

"아!"

이제 좀 살겠다는 것이다.

4

이튿날 아침.

"동길아, 학교 가자아!"

사립문 밖에서 부르는 소리가 났다. 이웃에 사는 창식이였다.

"동길아, 학교 안 갈래?"

동길은 가만히 마루로 나와 신을 찾았다.

이때, 뒷간에서 나온 동길이 아버지가 한 손으로 을씨년스럽게 고의춤◆을 여미면서,

"누구냐? 이리 들어와서 같이 가거라."

했다.

창식이가 들어섰다. 창식이는 동길이 아버지를 보자 냉큼 허리를 꺾었다. 그리고 동길이 아버지의 팔뚝이 없는 소맷자락으로 눈이 가자, 희한한 것이라도 발견한 듯 두 눈이 번쩍 빛났다.

동길이는 신을 신고 조심조심 마당으로 내려섰다. 아버지는 동길을

보고,

"길아! 니 책보 우쨌노?"

"……."

동길이는 얼른 대답이 나오질 않았다. 마치 저에게 무슨 잘못이라도 있는 것처럼…….

"응? 책보 우쨌어?"

그러자 옆에서 창식이란 놈이 가벼운 조동아리를 내밀었다.

"빼앗깄심더."

"빼앗기다니, 누구한테?"

"선생님한테예."

"뭐, 선생님한테?"

"예."

"와?"

"사친회비 안 낸 아이들은 다 빼앗고, 집으로 쫓았심더. 사친회비 안 가져온 사람은 방학도 없답니더."

동길이 아버지는 입술이 파랗게 굳어져 갔다.

"아부지!"

동길이가 입을 떼었다.

"아부지, 나 학교 안 댕길랍니더."

"뭐?"

"때리챠 버릴랍니더."

"음."

아버지의 입에서 무거운 신음소리가 새어 나왔다. 그리고 왈칵 성이 복받치는 듯,

◆ **고의춤** 고의나 바지의 허리를 접어서 여민 사이.

"까불지 말고 빨리 갓!"

하고 고함을 질렀다. 부엌에서 설거지를 하고 있던 어머니가 눈을 휘둥그레 가지고 바라본다. 동길이는 후딱 밖으로 뛰어나왔다.

동길이와 창식이는 어깨를 나란히 하고 걸었다. 다리를 건너면서 창식이가,

"동길아, 느그 아부지 팔 하나 없어졌제?"

했다.

"……."

"노무자로 나가서 그랬제?"

"……."

"팔이 하나 없어져서 어떻게 목수질하노? 인제 못 하제, 그제?"

"몰라! 이 짜식아."

동길이는 발끈해졌다. 눈꺼풀이 파르르 떨렸다. 곧 한 대 올려붙일 기세였다. 창식이는 겁을 집어먹고 한걸음 떨어져 섰다. 그리고 두 눈을 대고 껌벅거렸다.

창식이는 내빼듯이 똑바로 학교로 갔으나, 동길이는 다리를 건너자 강둑을 굴러 내려갔다.

용돌이가 아직 보이지 않았으나 그런 대로 동길이는 옷을 벗었다.

대낮이 가까워졌을 무렵, 동길이는 아이들이 떠들어 대는 소리를 듣고 다리 위를 쳐다보았다.

"외팔뚝이!"

"하나, 둘, 셋!"

"외팔뚝이!"

다리 난간에 붙어서서 이쪽을 내려다보며 소리를 모아 고함을 질러

대는 아이들은 틀림없는 자기 학급 아이들이었다. 동길이는 귓부리를 한 대 얻어맞은 듯했다. 동길이가 쳐다보자 이번엔 한 놈씩 차례차례 고함을 질러 나간다.

"똥길이 저그 아부지 외팔뚝이!"

"외팔뚝이 새끼 모욕하네!"

"학교는 안 오고 모욕만 하네!"

맨 마지막으로,

"외팔뚝이 오늘 학교에 왔더라!"

하는 소리는 어딘지 모르게 속으로 기어 들어가는 소리였다. 그리고 살금 아이들 뒤로 숨어 버리는 것이 아닌가. 창식이란 놈이 틀림없었다.

동길이는 온몸에 쥐가 나는 듯했다. 치가 떨렸다. 부리나케 물 밖으로 헤엄쳐 나온 그는 후닥닥 돌멩이를 집어 들었다. 돌멩이는 다리 난간을 향해서 핑핑 날았다. 그러나 한 개도 거기까지 가서 닿지는 않았다.

다리 위에서는 와, 환호성을 울리며 좋아라 하고 웃어 댄다. 그리고 어떤 놈이 뱉었는지 침이 날아왔다.

약이 오를 대로 오른 동길이는 두 손에 돌멩이를 힘껏 쥐고 그냥 막 자갈밭을 내달았다. 강둑을 뛰어올라 다리를 향해 마구 달리는 것이었다. 빨간 알몸뚱이가 마치 다람쥐 같았다.

욕지거리를 퍼부어 쌌던 아이들은 큰 소리로 웃어 대면서 우르르 도망을 친다. 도저히 따를 만한 거리가 아니었다. 팔매◆가 가서 닿을 만한 거리도 아니었다. 그러나 동길이는 손에 쥔 돌멩이를 힘껏 내던졌다.

◆ **팔매** 작고 단단한 돌 따위를 힘껏 내던지는 것.

분해서 견딜 수가 없었다.

"짜식들, 어디 두고보자. 창식이 요놈 새끼, 죽여 삐릴 기다. 요놈 새끼……."

5

그날 저녁, 동길이는 아버지에게 되게 꾸지람을 들었다.

아버지는 어디서 술을 마셨는지 얼굴이 뻘겋게 익어 가지고 비칠비칠 사립문을 들어서더니 대뜸,

"길이 이놈 어디 갔노, 응?"

하고 소리를 질렀다. 손에 웬 책보 하나와 흰 종이를 포개 쥐고 있었다.

마루에서 저녁을 먹고 있던 동길이와 어머니는 눈이 둥그레졌다.

"아, 이놈 여깄구나. 이놈, 니 오늘 어딜 갔디노? 핵교 안 가고, 어딜 싸돌아댕깄노? 응?"

마루에 올라와 털커덩 궁둥방아를 찧으며 눈알을 부라렸다.

"아이구, 어디서 저렇게 술을……."

어머니는 혼잣말처럼 중얼거리며 밥상을 가지러 일어선다.

"아, 오늘 김 주사가 한턱 내더라. 우리 목공소 주인 김 주사가 말이지, 징용 나가서 고생 많이 했다고 한턱 내더라니까. 고생 많이 했다고…… 팔뚝을 하나 나라에 바쳤다고…… 으흐흐흐흐……."

그러고는 또,

"이놈! 너, 오늘 와 핵교 안 갔노? 응? 돈이 없어서 안 갔나? 응? 응?

이 못난 자식아! 뭐 핵교를 안 댕기겠다고?"

하고 마구 퍼부어 댄다.

"이놈아, 오늘 내가 핵교에 갔다, 핵교에 갔어. 너거 선생 만나서 다 이얘기했다. 이봐라, 이놈아! 내 팔이 하나 안 없어졌나. 이것을 내보이면서 다 이얘기하니까, 너거 선생 오히려 미안해서 죽을라 카더라, 죽을라 캐. 봐라, 이렇게 책보도 안 받아왔는강."

아버지는 책보를 동길이 앞에 불쑥 내밀었다. 동길이는 책보와 흰 종이를 한꺼번에 받아 안으며 모가지를 움츠렸다.

"이놈아, 아버지가 징용에 나갔다고 선생님한테 와 말을 몬 하노. 아부지가 돌아오면 다 갖다 바치겠다고 와 말을 몬 하노 말이다. 입은 뒀다가 뭐 할라 카는 입이고?"

"아부지 노무자 나갔다고 캤심더."

동길은 약간 보로통해졌다.

"뭐, 이놈아? 니가 똑똑하게 말을 못 했으니까 그렇지. 병신자식 같으니……."

어머니가 밥상을 들고 와서 아버지 앞에 놓으며,

"자아, 그만하고 어서 저녁이나 드이소."

했다. 아버지는 숟가락을 들었다. 그러나 밥을 떠올릴 생각은 않고 연방 떠들어 댄다.

"내가 비록 이렇게 팔이 하나 없어지긴 했지만, 이놈아 니 사친회비 하나를 못 댈 줄 아나? 지금까지 밀린 것 모두 며칠 안으로 장만해 준다. 방학할 때까진 어떠한 일이 있어도 장만해 준단 말이다. 오늘 너거 선생님한테도 그렇게 약속했다. 문제없단 말이다. 애비의 이 맘을 알고 니가 더 열심으로 핵교에 댕기야지, 나 핵교 때리챠 버릴랍니더

가 다 뭐꼬? 이누무 자식, 그게 말이라고 하는 기가?"

동길이는 그만 울먹울먹해졌다. 그러나 한사코 눈물을 흘리지는 않았다.

아버지는 밥을 몇 숟갈 입에 떠 넣다가 별안간 또 무슨 생각이 났는지 이번에는 어머니에게,

"이봐, 나 오늘 취직했어, 취직. 손이 하나 없으니까 목수질은 몬 하지만, 그래도 다 쓰여 먹을 데가……."

정말인지 거짓부리인지 알 수 없는 소리를 대고 주워섬긴다.

"아니, 참말로 카능교? 부로◆ 카능교?"

"허, 부로 카긴 와 부로 캐. 내가 언제 거짓말하더나?"

"……."

"극장에 취직이 됐어. 극장에……."

"뭐, 극장에요?"

"그래 와. 나는 극장에 취직하면 안 될 사람이가? 그것도 다 김 주사, 우리 오야붕◆ 덕택이란 말이여. 팔뚝을 한 개 나라에 바친 그 덕택이란 말이여, 으흐흐흐……. 내일 나갈 적에 종이로 쉬염을 만들어 갖고 가야 돼. 바로 이 종이가 쉬염 만들 종이 앙이가."

동길이가 책보와 함께 받아 가지고 있는 흰 종이를 숟가락으로 가리켰다.

때마침 저녁 손님을 부르는 극장의 스피커 소리가 우렁우렁 울려왔다.

"을씨고, 저 봐라. 우리 극장 선전이다. 이래봬도 나도 내일부턴 극장 직원이란 말이여, 직원. 으흐흐……."

그러고는 벌떡 일어서서 흘러오는 노랫소리에 맞추어 우쭐우쭐 춤

을 추기 시작했다. 하나밖에 없는 팔을 대고 내저으며 제법 궁둥이까지 흔들어 댄다. 꼴불견이다. 동길이는 낄낄낄 웃었다. 그러나 어머니는 이맛살을 찡그리며,

"아이구, 무슨 놈의 술을 저렇게도 마셨노? 쯧쯧쯧……."

혀를 찼다.

아리 아리랑 시리 시리랑…… 하며 돌아 쌌던 아버지는 그만 방 아랫목에 가서 벌떡 드러누우며,

"아으흐!"

하고 괴로운 소리를 질렀다.

"밥 그만 잡숫능교?"

어머니가 묻자,

"안 묵을란다."

했다.

그리고 잠시 후 아버지는 훌쩍훌쩍 느끼기 시작하는 것이었다. 두 눈에서 솟구친 눈물이 양쪽 귓전으로 추적추적 걷잡을 수 없이 흘러내렸다. 동길이는 도무지 어찌 된 영문인지 알 수가 없었다. 그러면서도 덩달아 코끝이 매워 왔다.

6

부엌에서 달그락거리는 소리에 동길이는 눈을 떴다. 어느새 아버지는 일어나서 윗목에 쭈그리고 앉아 뭣을 열심히 만지

◆ **부로** 실없이 거짓으로, '부러'의 방언.
◆ **오야붕**おやぶん 두목.

작거리고 있었다.

동길이는 발딱 몸을 일으켰다. 모기에 물려 부르튼 자리를 득득 긁으면서 아버지 곁으로 다가갔다. 아버지는 가위질을 하고 있었다. 두 발로 종이를 밟고, 왼쪽 손에 든 가위로 을씨년스럽게 그것을 오리고 있는 것이었다.

"아부지, 그거 뭐 합니꼬?"

"쉬염 만든다 안 카더나. 어젯밤에 안 카더나."

"쉬염 만들어서 뭐 하는데예?"

"넌 알기 앙이다."

"……."

"요렇게 좀 삐져나 도고."

동길이는 아버지한테서 가위를 받아 쥐고 종이를 국수처럼 가닥가닥 오려 나갔다. 그리고 아버지가 시키는 대로 그것을 실로 꿰매기 시작했다.

어머니가 밥상을 들고 들어왔을 때는 한 다발의 흰 종이수염이 제법 그럴듯하게 만들어졌다. 어머니는 밥상을 놓으며,

"그걸로 대체 머 하는 게? 광대놀음 하는 게?"

했다.

"광대놀음? 흐흐흐……."

아버지는 서글피 웃었다.

창식이란 놈이 부르러 올 리 없었다. 그러나 동길이는 밥숟갈을 놓기가 바쁘게 책보를 들고 일어섰다. 아버지도 방구석에 걸린 낡은 보릿짚 모자를 벗겨서 입으로 푸푸 먼지를 부는 것이었다. 책보를 옆구리에 낀 동길이가 앞서고, 종이로 만든 수염을 손에 든 아버지가 뒤따

라 집을 나섰다. 아버지와 동길이는 삼거리에서 헤어졌다. 헤어질 때 아버지는 동길이에게,

"걱정 말고 꼭 핵교에 가거래이. 응?"

다짐을 했고 동길이는,

"예!"

또렷한 목소리로 대답을 했다.

동길이는 선생님을 대하기가 매우 거북스러웠다. 그러나 선생님은 별로 못마땅해하는 눈치도 없이,

"결석하면 안 된다. 알겠나?"

예사로 한마디 던질 뿐이었다.

학급 아이들이사 뭐라건 그런 건 조금도 두려울 게 없었다. 감히 동길이 앞에서 뭐라고 빈정거릴 만한 아이도 없기는 했지만……. 그만큼 동길이의 수박씨만 한 두 눈은 반짝거렸고, 주먹은 야무졌던 것이다.

동길이가 등교를 하자 창식이는 고양이를 피하는 쥐새끼처럼 곧장 눈치를 살피며 아이들 뒤로 살금살금 돌아가는 것이었다. 어제 일을 생각하면 창식이란 놈을 당장 족쳐 버렸으면 싶었으나 동길이는 웬일인지 오늘은 얼른 그런 용기가 나지 않았다. 사친회비를 못 가져와서 아무래도 선생님의 눈치가 보이는 탓인지, 혹은 어제 팔 하나 없는 아버지가 학교에 왔었다는 그 때문인지 아무튼 어깨가 벌어지지 않았다.

동길이는 얌전히 앉아서 네 시간을 마쳤다. 동길이네 분단이 청소 당번이었다. 시간이 끝나자 창식이들은 우르르 집으로 돌아갔고 동길이네는 빗자루를 들었다.

청소가 끝나자 동길이는 책보를 옆구리에 끼고 교실을 뛰어나왔다. 운동장에는 뙤약볕이 훅훅 쏟아지고 있었다. 찌는 듯 무더웠다.

'시원한 아이스께끼라도 한 개 먹었으면…….'

동길이는 이런 생각을 하며 침을 꿀꺽 삼켰다. 배도 꽤 고파 왔다.

이마에 맺히는 땀을 씻으며 타박타박 신작로를 걸었다. 냇물로 내려갈까 했으나 아침에 먹다 남겨 놓은 밥사발이 눈앞에 어렁거려 그냥 똑바로 다리를 건넜다.

7

삼거리에 이르렀을 때였다. 동길이는 눈이 번쩍 띄었다. 참 희한한 것을 보았기 때문이다.

저만큼 먼 거리였으나 얼른 보아도 그것이 무슨 광고판이라는 것을 알 수 있었다. 가마니 한 장만이나 한 크기일까? 그런 광고판이 길 한가운데를 이쪽으로 걸어오고 있는 것이었다. 그 움직이는 광고판을 따라 우르르 아이들이 떠들어 대며 몰려오고 있었다.

동길이는 저도 모를 새 뛰고 있었다. 차츰 가까워지면서 보니 그것은 틀림없는 광고판이었다. 그러나 그 광고판에는 다리가 두 개 달려 있고 머리도 하나 붙어 있었다.

사람이었다. 사람이 가슴 앞에 큼직한 광고판을 매달고 걸어오고 있는 것이었다. 등에도 똑같은 광고판을 짊어지고 있는 듯했다. 머리에는 알롱달롱하고 쭈뼛한 고깔을 쓰고 있었고 얼굴에는 밀가룬지 뭔지 모를 뿌연 분이 덕지덕지 칠해져 있었다. 그리고 턱에는 수염이 허옇게 나부끼고 있었다. 아주 늙은 노인인 것 같기도 했고 어찌 보면 그렇지 않은 듯도 했다.

이 희한한 사람이 간간이 또 메가폰을 입에다 갖다 대고 뭐라고 빽빽 소리를 질러 대는 것이 아닌가. 재미있는 구경거리가 아닐 수 없었다.

"아, 오늘 밤에, 아, 오늘 밤에 활동사진은 쌍권총을 든 사나이! 아, 쌍권총을 든 사나이! 많이 구경하러 오이소! 많이 많이 구경하러 오이소!"

그러고는 쑥스러운 듯 얼른 메가폰을 입에서 떼어 버리는 것이었다. 그럴라 치면 이번에는 아이들이 제가끔 목소리를 돋우어,

"아, 오늘 밤에는 쌍권총을 든 사나이!"

"아, 쌍권총을 든 사나이! 구경하러 오이소."

"아, 오늘 밤에 많이 많이 구경하러 오이소."

하고 떠들어 댔다.

동길이는 공연히 즐거웠고 가슴이 울렁거렸다. 우뚝 멈추어 서서 우선 광고판의 그림부터 바라보았다.

시꺼먼 안경을 낀 코쟁이가 큼직한 권총을 두 자루 양쪽 손에 쥐고 있는 그림이었다. 노란 머리카락과 새파란 눈깔을 가진 여자도 하나 윗도리를 거진 벗은 것처럼 하고 권총을 든 사나이 등뒤에 납작 붙어 있었다. 괴상한 그림이었다.

"아, 쌍권총을 든 사나이! 아, 오늘 밤의 활동사진은 쌍권총을 든 사나이! 많이 구경 오이소! 많이 많이 구경 오이소!"

그리고 메가폰을 입에서 뗀 그 희한한 사람의 시선이 동길이의 시선과 마주쳤다.

순간, 동길이는 가슴이 철렁 내려앉고 말았다. 뒤통수를 야물게 한 대 얻어맞은 것 같았다. 그리고 눈물이 핑 돌았다. 어처구니가 없었다.

그 희한한 사람이 바로 아버지였던 것이다.

아버지는 동길이와 눈이 마주치자 약간 멋쩍은 듯했다. 그러고는 얼른 시선을 돌려 버리는 것이었다. 동길이는 코끝이 매워 오며 뿌옇게 눈앞이 흐려져갔다.

아이들은 더욱 신명이 나서 떠들어 댄다.

“아, 오늘 밤에는 쌍권총입니다.”

“아, 쌍권총을 든 사나이, 재미가 있습니다.”

이런 소리에 섞여 분명히,

“동길아! 너가부지다. 너그 아부지 참 멋쟁이다.”

하는 소리가 동길이의 귓전을 때렸다. 용돌이란 놈의 목소리에 틀림없었다.

동길이는 온몸의 피가 얼굴로 치솟는 듯했다. 주먹으로 아무렇게나 눈물을 뿌리쳤다. 뿌옇던 눈앞이 확 트이며 얼른 눈에 들어온 것은 소리를 지른 용돌이가 아닌, 창식이란 놈이었다. 요놈이 나무꼬챙이를 가지고 아버지의 수염을 곧장 건드리면서,

“진짜 앙이다야. 종이로 만든 기다, 종이로.”

하고, 켈켈 웃어 쌌는 것이 아닌가.

동길이는 가슴속에 불이 확 붙는 것 같았다. 순간 동길이의 눈은 매섭게 빛났다. 이미 물불을 가릴 계제◆가 아니었다. 살쾡이처럼 내달을 따름이었다.

“으악!”

비명 소리와 함께 길바닥에 나가떨어진 것은 물론 창식이였다. 개구리처럼 뻗었다. 그러나 동길이는 그 위에 덮쳐서 사정없이 마구 깔고 문댔다.

“아이크! 아야야야…… 캑!”

창식이는 떡이 되는 판이었다.

아이들은 덩달아서 와아와아 소리를 지르며 떠들어 댔다.

동길이 아버지는 두 눈이 휘둥레지며, 손에서 메가폰을 떨어뜨렸다. 어찌된 영문인지 알 수가 없었다. 창식이는 이제 소리도 제대로 지르지 못하고 윽! 윽! 넘어가고 있었다.

"와 이카노! 와 이카노! 잉?! 와 이캐?"

동길이 아버지는 후닥닥 광고판을 벗어던졌다. 그리고 하나 남은 손을 대고 내저으며 어쩔 줄을 몰라했다. 턱에 붙였던 수염의 실밥이 떨어져서 흰 종이수염이 가슴 앞에 매달려 너풀너풀 춤을 춘다.

"이노무 자식이 미쳤나. 와 이카노! 와 이캐! 잉?"

◆ **계제階梯** 어떤 일을 할 수 있게 된 형편이나 기회.

하근찬

河瑾燦, 1931~2007

경상북도 영천에서 태어난 하근찬은 전주사범대학교를 졸업한 후 초등학교 교사 생활을 했습니다. 1957년 〈수난이대〉가 당선되어 본격적으로 소설을 쓰게 되었으며, 잡지사와 신문사에서 기자로 활동하기도 했습니다.

하근찬은 일제강점기를 거쳐 한국전쟁을 직접 경험한 작가로, 전쟁 당시 아버지를 잃는 슬픔을 겪기도 했습니다. 이러한 체험을 토대로 그는 전쟁의 잔혹함을 고발하고 인간성의 회복을 주제로 한 작품을 많이 남겼습니다. 특히 전쟁의 소용돌이가 휘몰아치고 난 뒤에 남겨진 농촌 사람들의 슬픔에 지속적인 관심을 기울인 작가입니다. 그는 비극적인 사실을 간결하고 쉬운 문장으로 묘사하면서도 짙은 감동의 여운을 잘 표현한 작가로 평가받고 있습니다.

〈수난이대〉는 하근찬을 소설가로 활동할 수 있게 해준 작품이자 그의 대표작이기도 합니다. 이후에도 하근찬은 〈흰종이 수염〉, 〈나룻배 이야기〉, 〈홍소〉, 〈붉은 언덕〉 등의 작품을 발표하여 전쟁의 잔인함을 고발하고 그에 맞서 싸우는 인간의 생명력과 의지를 그려 냈습니다.

‘아부지 팔이 하나 없어져서 참 큰일났제.’

1959년 발표된 〈흰 종이수염〉은 전쟁터에서 오른쪽 팔을 잃은 아버지와 어린 아들을 통해 당시 서민들의 애환을 그린 이야기입니다.

동길이는 사친회비를 내지 못해 교실에서 쫓겨났습니다. 쫓겨난 다른 아이들은 기가 죽었지만 동길이 눈에는 서늘한 빛이 반짝였습니다. 일하시는 엄마를 학교에 모셔오라는 담임선생님의 처사에, 교문을 나서던 동길이는 교실을 향해 주먹 감자를 날립니다.

동길이는 다리 밑 개울에서 용돌이와 멱을 감고, 철교 위로 지나가는 기차를 보면서 징용 간 아버지가 빨리 돌아오기를 바랍니다. 그런데 집으로 돌아오니 아버지가 마루 위에 누워 계신 것이 아닙니까. 아버지의 새카만 얼굴을 들여다보던 동길이는 아버지의 한쪽 소매 안에 팔이 없는 것을 보고 깜짝 놀랍니다. 동길이는 문득 겁이 났지만 배가 너무 고픈 나머지 수제비를 떠먹느라 정신이 없습니다.

이튿날 아침, 동길이는 학교에 가지 않고 냇가에서 시간을 보냈습니다. 학교를 파하고 나온 아이들은 동길을 향해 다리 위에 모여 외팔이 된 동길이 아버지를 놀려 댑니다. 그날 저녁, 술에 취해 귀가한 아버지는 학교에 찾아가 담임선생과 이야기했으니 열심히 학교에 다니라고 하면서, 내일부터 극장일을 하게 되었다고 말합니다.

다음 날 아침, 일찍 일어난 아버지는 흰 종이를 오려 수염을 만들고 계셨습니다. 동길이가 아버지를 도와 실로 꿰맸더니 종이수염이 그럴듯하게 완성되었습니다. 그런데 학교에서 돌아오는 길에 동길이는 커다란 광고판을 앞뒤로 멘 아버지와 마주쳤습니다. 머리에는 알록달록

한 고깔을 쓰고 턱에는 흰 종이수염을 메단 아버지를 본 순간 동길이 눈에는 눈물이 고였습니다. 창식이가 나무꼬챙이를 들고 아버지의 종이수염을 건드리자, 동길이는 살쾡이처럼 달려들어 사정없이 후려쳤습니다. 광고판을 벗어던지고 하나뿐인 팔을 내젓는 아버지의 턱에는 실밥 풀린 흰 종이수염이 매달려 너풀거리고 있습니다.

전쟁을 끝낸 1950년대의 한국 사회

〈흰 종이수염〉은 한국전쟁 직후를 배경으로 하고 있습니다. 그러한 사실은 동길이의 아버지가 '징용'에서 돌아왔다는 내용에서 명확히 알 수 있습니다. 당시 전쟁을 끝낸 우리나라의 형편은 세계 최빈국이라 할 정도였습니다. 전쟁으로 인해 국토는 폐허나 다름없었고, 거리에는 전쟁고아, 실업자, 부상자들로 가득했습니다. 변변히 경작할 만한 농경지도 별로 없었고, 도시의 많은 시설물들은 파괴된 상태였습니다. 가난한 서민들은 먹을거리가 부족하여 나무껍질이나 풀뿌리를 캐어 끼니를 대신해야 할 정도였습니다.

이 작품에서도 그러한 시대 상황을 짐작할 수 있는 장면이 자주 나타나는데, 동길이가 사친회비를 내지 못해 학교에서 쫓겨나는 장면이나 용돌이가 학교에 가지 않고 냇가에서 멱을 감는 장면 등이 그러합니다. 그러나 이보다 더 가슴 아픈 것은, 전쟁에서 한쪽 팔을 잃고 돌아온 동길이 아버지가 국가로부터 아무런 보상이나 지원도 받지 못하여 흰 종이수염을 달고 광고판을 둘러야 하는 것입니다. 이처럼 〈흰 종이수염〉은 전쟁 이후 서민층이 겪는 물질적 고통과 정신적 상처를 담담하고도 따뜻한 시선으로 들려주고 있습니다.

주제를 효과적으로 전달하는 상징의 기법

이 작품에서 아버지가 쓰고 있는 흰 종이수염은 상징적인 장치로서, 아버지의 무력한 실상을 효과적으로 전달하고 있습니다. 즉 흰 종이수염을 통해 작가는 무력한 아버지의 모습을 극적으로 드러내고 있습니다.

보통 수염은 권위와 힘의 상징이지만, 이 소설에서는 그 반대의 상징으로 작동하고 있습니다. 특히 아버지의 수염은 흰색으로, 여기서 '희다'는 것은 맑고 깨끗함이라기보다는 늙고 힘없음을 의미합니다. 마지막 장면에서 아버지의 턱에 달려 있던 종이수염의 실밥이 떨어져서 너풀너풀 춤을 추는 것은 바로 이러한 상징을 극대화한 것입니다.

이처럼 소설에서는 어떤 상징적인 사물이나 사건을 통해 작가가 말하려는 바를 함축적으로 제시합니다.

전쟁의 아픔을 이야기한 하근찬의 또 다른 작품, 〈수난이대〉

〈흰 종이수염〉은 하근찬의 〈수난이대〉와 공통점이 많은 작품입니다. 두 작품의 배경, 인물, 사건, 주제는 마치 짝을 이룬 느낌마저 들게 합니다. 1957년에 발표된 〈수난이대〉 역시 전쟁에 징용되어 신체 불구가 된 인물들의 이야기로, 전쟁이 남긴 상처와 삶의 애환을 이야기하고 있습니다. 〈수난이대〉의 자세한 줄거리는 다음과 같습니다.

박만도는 한국전쟁에 나갔던 아들 진수가 돌아온다는 소식에 이른 아침 집을 나섭니다. 아들이 병원에 있었다는 이야기가 마음에 걸렸지만 불길한 생각을 애써 떨쳐 냅니다. 읍에 당도한 만도는 시장에서 진수에게 줄 고등어 한 손을 사서 정거장으로 향합니다.

정거장 대합실에 앉아 기차를 기다리던 만도는 십이삼 년 전의 일을 떠올립니다. 만도는 일제 때 태평양 전쟁에 노동자로 동원되어, 이 정거장에서 아내와 이별을 했습니다. 그는 외딴 섬으로 끌려가 산에 굴 파는 작업을 하다가 다이너마이트 폭발사고가 발생하여 왼팔을 잃었습니다.

옛날 생각에 잠겨 있을 때 기차가 들어오고, 수많은 사람들 중에 다리 하나를 잃은 아들의 모습이 보입니다. 전쟁 중 수류탄에 맞아 다리를 절단하게 된 것입니다. 집으로 가던 중 부자는 외나무다리에 맞닥뜨립니다. 만도는 등을 내밀고 진수는 미안한 마음으로 그 등에 업힙니다. 진수를 업은 만도가 휘청거리면서 외나무다리를 건너는 모습을 용머리재가 가만히 내려다보고 있습니다.

● 이 작품의 마지막 부분에서 동길이가 창식이를 때린 이유는 무엇인가요?

① 아버지를 무시하는 행동에 화가 나서
② 동길이의 가방을 빼앗아서
③ 동길이한테 거짓말을 해서
④ 동길이를 놀려서

● 동길이 아버지는 극장에서 일을 하게 되었다며 기뻐하다가는 자리에 누워 흐느끼기 시작합니다. 동길이 아버지가 눈물을 흘린 이유는 무엇인가요?

① 극장 광고일을 할 수밖에 없는 가장의 책임이 무겁고 서글퍼서
② 자신의 장애를 받아들이기 힘들어서
③ 동길이 선생님과 사이가 나빠서
④ 참전을 해서 몸을 다쳤는데도 나라에서 보상을 해주지 않아서
⑤ 전쟁에서 겪은 고통스러운 기억 때문에

● 이 작품의 시대적 배경을 짐작할 수 있는 단어를 5개 이상 찾아 써 보세요.

● 동길이는 한쪽 팔을 잃은 아버지를 대하는 마음의 변화를 겪습니다. 시간의 흐름에 따라 정리해 보세요.

● 〈흰 종이수염〉은 〈수난이대〉와 공통점이 많습니다. 어떠어떠한 점에서 비슷한지 설명해 보세요.

● **이 작품의 마지막 부분에서 동길이가 창식이를 때린 이유는 무엇인가요?**

① 아버지를 무시하는 행동에 화가 나서
② 동길이의 가방을 빼앗아서
③ 동길이한테 거짓말을 해서
④ 동길이를 놀려서
답 ①번.

● **동길이 아버지는 극장에서 일을 하게 되었다며 기뻐하다가는 자리에 누워 흐느끼기 시작합니다. 동길이 아버지가 눈물을 흘린 이유는 무엇인가요?**

① 극장 광고일을 할 수밖에 없는 가장의 책임이 무겁고 서글퍼서
② 자신의 장애를 받아들이기 힘들어서
③ 동길이 선생님과 사이가 나빠서
④ 참전을 해서 몸을 다쳤는데도 나라에서 보상을 해주지 않아서
⑤ 전쟁에서 겪은 고통스러운 기억 때문에
답 ①번.

● **이 작품의 시대적 배경을 짐작할 수 있는 단어를 5개 이상 찾아 써 보세요.**

사친회비, 책보, 활동사진, 노무자, 아이스케키, 징용, 정오를 알리는 사이렌 소리 등.

● **동길이는 한쪽 팔을 잃은 아버지를 대하는 마음의 변화를 겪습니다. 시간의 흐름에 따라 정리해 보세요.**

동길이는 징용 나간 아버지를 그리워하며 어서 돌아오기만을 기다립니다. 그런데 마루에서 자고 있는 아버지를 발견하고 반가워합니다. 동길이는 한쪽 팔이 없는 모습에 충격을 받아 조금은 두렵기도 하고 불구가 된 아버지가 낯설기도 합니다. 그 후 아버지가 흰 종이수염을 붙이고 극장 광고판을 메고 있는 모습을 보았을 때는, 돈을 벌기 위해 광대처럼 희한한 모습을 할 수밖에 없는 아버지에 대한 연민을 느낍니다.

● **〈흰 종이수염〉은 〈수난이대〉와 공통점이 많습니다. 어떠어떠한 점에서 비슷한지 설명해 보세요.**

첫째, 아버지와 아들의 관계를 다루었다는 점. 둘째, 전쟁에 참전하여 신체 불구자로 돌아왔다는 점. 셋째, 전쟁이 남긴 상처를 딛고 일어서고자 하는 개인의 의지를 표현하고 있다는 점이 유사합니다.

요람기 搖籃期

: 오영수 :

생각해 볼까요?

어렸을 때의 추억을 떠올릴 때 가장 인상 깊었던 순간은 언제이며, 이유는 무엇인가요? 사람들은 대개 친구들과 놀이를 하면서 재미있었던 순간, 산과 바다에서 자연을 흠뻑 느꼈던 시간 등을 되새기면서 순수한 감성에 젖어 들기도 하지만, 때로는 현재를 반성하는 기회를 삼기도 합니다. 이러한 과정을 통해 한층 성숙해지죠. 순수했던 시절을 되돌아보면서 〈요람기〉를 읽어 봅시다.

기차도 전기도 없었다. 라디오도 영화도 몰랐다. 그래도 소년은 마을 아이들과 함께 마냥 즐겁기만 했다. 봄이면 뻐꾸기 울음과 함께 진달래가 지천으로 피고 가을이면 단풍과 감이 풍성하게 익는, 물 맑고 바람 시원한 산간 마을이었다.

먼 산골짜기에 얼룩덜룩 눈이 녹기 시작하고 훈바람이 불어오면 양지쪽에 몰려 앉아 볕을 쬐던 마을 아이들은 들로 뛰쳐 나가 불놀이를 시작했다. 잔디가 고운 개울둑이나 논밭두렁에 불을 놓는 것을 아이들은 '들불놀이'라고 했다. 겨우내 움츠리고 무료에 지친 아이들에게 아직도 바람 끝이 매운 이른 봄, 이 들불놀이만큼 신명나는 일도 없었다. 바람 없는 날, 불꽃은 잘 보이지 않으면서도 마치 흡수지가 물을 빨아들이듯 꺼멓게 번져 가는 잔디 언덕이나 큰 먹구렁이가 굼실굼실 기어가듯 타 들어가는 논밭두렁을 바라보고 있노라면 아지랑이는 온통 현기증이 나도록 하늘로 피어올랐다. 이런 날일수록 산에는 안개가 짙고, 산 발치◆ 초가집 삭정이◆ 울타리에는 빨래가 유난히도 희었다.

불탄 두렁에는 유독 살진 쑥이 뾰얗게 돋았고, 쑥을 뜯는 가시내들은 불탄 두렁으로만 옹기종기 모여들었다.

성터 돌무더기 밑에 너구리굴이 있었다. 이 굴 속에는 오래 전부터 늙은 너구리가 살고 있다고 했다. 아이들은 들불놀이를 하고 돌아갈 때에는 으레 이 너구리굴에다 불을 지폈다. 너구리가 연기를 먹고 목이 막혀서 기어 나오면 산 채로 잡자는 것이었다.

이래서 아이들은 마른 나무와 함께 청솔가지를 꺾어다가 불을 붙이고 눈알이

◆ **발치** 사물의 꼬리나 아래쪽이 되는 끝 부분.

◆ **삭정이** 살아 있는 나무에 붙어 있는, 말라 죽은 가지.

빨개지도록 불을 불었다. 그러나 너구리보다도 아이들이 먼저 연기를 먹고 물러났다. 윗도리를 벗어 부채 대신 휘둘러 보기도 했으나 너구리는 쉽사리 나오지 않았다. 너구리는 연기가 스며드니까 굴 속 깊숙이 들어가 버렸는지, 아니면 굴 속이 훈훈해지니까 사지를 뻗고 늘어지게 낮잠이라도 자고 있는지도 몰랐다. 아무튼 늙은 너구리가 조무래기들에게 그리 호락호락 잡힐 것 같지가 않았다.

진달래가 피고 잔디가 새로 돋아나기 시작하면 아이들은 약속이나 한 듯 밤밭골로 모여들었다. 이 밤밭골은 산도 아니고 들도 아닌 펑퍼짐한 구릉으로서, 이 고장 아이들의 놀이터로 돼 있었다. 둘레에는 잡목과 가시 덩굴들이 얽혔지만, 등성이로는 오솔길이 나 있고 군데군데 잔디를 곱게 입은 무덤들이 도래솔◆에 둘려 있었다.

여기에서 아이들은 패를 갈라 씨름도 하고 말타기도 했다. 씨름에도 지치고 말타기도 싫증이 나면 산을 향해 고함을 질러 돌아오는 메아리에 귀를 기울여 보기도 하고, 만만한 나무를 휘어잡아 까닭 없이 흔들어 보기도 했다. 잔디에 배를 깔고 삘기◆를 까 씹기도 하고, 왕개미를 잡아다가 손바닥에 놓고 놀려 보기도 했다.

춘돌이라는, 김 초시네 머슴이 있었다. 나이는 아이들보다 배나 먹었어도 늘 조무래기 아이들과만 어울려 놀았다. 씨름이나 말타기를 하면 으레 이 춘돌이가 심판을 했고, 어떤 때에는 아이들에게 쇠꼴◆을 베게 해놓고 저는 묏등에 번듯이 누워 있기도 했다. 어떻게 해선지는 몰라도 아이들은 춘돌이 말을 고분고분 잘 들었고, 또 잘 듣지 않으면 이 밤밭골에 오지 못하는 걸로 돼 있었다.

언젠가 아이들이 물까마귀 한 마리를 잡은 적이 있었다. 날개를 다쳐 날지 못하는 것을 아이들이 몰아 덮친 것이었다. 아이들은 이 물까마귀를 어떻게 할까 하고 한동안 티격태격하다가 결국 구워 먹기로 했다. 마른 나무를 주워다 쌓고 그 위에다 물까마귀를 통째로 얹어 불을 지폈다. 배를 갈라 속을 내야겠으나 칼이 없어 그대로 굽기로 했다. 지지지, 노린내와 함께 금세 털이 홀랑 타버리고 알몸만 남았다. 까투리보다는 좀 작은 알몸에서는 자글자글 기름이 끓고, 구수한 냄새와 함께 살이 노르께하니 익어 가는 참인데, 이때 춘돌이가 나무 지게를 받쳐 놓고 어슬렁어슬렁 다가왔다.

"그게 뭐냐?"

"물까마귀다."

"웬 거냐?"

"잡은 거다."

"누가?"

"우리가."

춘돌이는 아이들이 터주는 자리에 비집고 들었다.

"이거 어떻게 할 거냐?"

"먹을 거다."

그러자 춘돌이는 아이들을 하나하나 둘러보고는 또 말했다.

"요새 물까마귀 먹으면 어찌 되는지 알기나 하나?"

"몰라, 어떻게 되는데?"

"'끼루룩' 하고 뛰게 돼!"

"왜?"

"몰라, 그건."

"봤나?"

"어른들이 그러더라."

◆ **도래솔** 무덤가에 죽 둘러선 소나무.
◆ **뺄기** 띠의 어린 이삭.
◆ **쇠꼴** 소에게 먹이기 위하여 베는 풀.

"참말?"

"그래!"

아이들이 서로 얼굴만 쳐다보고 말이 없자 춘돌이는 한 꼬마에게 제 지게에서 낫을 가져오라고 했다. 꼬마는 냉큼 달려가 낫을 가져왔다. 춘돌이는 낫으로 거의 다 익은 물까마귀 배를 갈라 김이 모락모락 나는 배 속을 몽땅 꺼내고는 다시 불 위에 얹었다. 아이들은 그저 지켜만 볼 뿐 어느 한 아이도 말이 없었다. 춘돌이는 불을 솟구치고 고기를 이리저리 뒤치고 하다가 한 다리를 북 찢어 가지고 바로 옆에 있는 아이의 입에다 불쑥 디밀었다.

"자, 먹어 봐라."

그 아이가 뒤로 움찔 물러나며 손등으로 입술을 훔치자,

"그러면 너 한번 먹어 봐라."

하고 그다음 아이에게 또 디밀었다. 다음 아이 역시 고개를 돌리고 물러났다.

"그러면 넌?"

"싫어, 안 먹어."

"넌?"

"나도 안 먹어."

"너도?"

"그래."

그제서야 춘돌이는,

"그러면 내가 한번 먹어 볼까."

하고는 살점을 한 입 찢어 질겅질겅 씹다가 꿀꺽 삼켜 버렸다.

"히야아……."

춘돌이 눈에서 흰자위가 한편으로 몰리는 것 같았다. 조마조마하니 바라보고 있던 아이들 중에는 벌써 양 손에 한 짝씩 신을 벗어 쥐는 아이도 있었다.

춘돌이는 엉거주춤하고 흰자위를 두어 번 굴리다가 갑자기 '끼루룩' 하고 껑충 솟구어 뛰었다. 아이들이 궁둥이부터 미적미적 달아날 작정을 하자 춘돌이는 더 큰 소리로 '끼루룩 끼루룩' 하고 껑충껑충 뛰기 시작했다. 아이들은 그만 등성이를 향해 줄달음을 쳤다. 미처 따라오지 못해 우는 아이도 한둘 있었다. 이런 뒤로 아이들은 춘돌이를 슬슬 피했으나, 춘돌이는 아무렇지도 않았다.

아카시아 꽃이 지고 밤꽃이 피면 보리가 누렇게 익고, 무논◆에는 모내기가 한창이었다. 보리를 거둬들이고 모내기가 끝나면 산도, 들도, 마을도 온통 푸르름으로 싸여 버렸다. 이 푸르름 속에서 뻐꾸기는 온종일을 지겹도록 울어대고, 마을 앞 느티나무 그늘에서는 노인들이 장기판도 벌였다.

해가 서쪽으로 한 발쯤만 기울면 아이들은 소를 앞세우고 밤밭골로 모여들었다. 마을 아이들은 소를 좋아했고, 소 뜯기기를 좋아했다.

소년은 소가 없었다. 소 한 마리 먹이기가 소년은 늘 소원이었다. 소는 어질고 순해서 어린아이들에게도 순순히 따르고 말도 잘 들었다. 고삐를 걷어 뿔에 감고 놓아두면 소들은 여기저기 흩어져서 제멋대로 풀을 뜯어먹었다. 실컷 풀을 먹고 난 소들은 나무 밑이나 잔디밭에 배를 깔고 졸면서 천천히 새김질을 하거나, 젖먹이를 달고 온 어미 소면 혓바닥으로 새끼 몸뚱이를 핥아 주기도 했다.

젖먹이 새끼소는 참 귀여웠다. 새끼 때

◆ **무논** 물이 괴어 있는 논.

귀엽지 않은 짐승이 있을까마는, 갓난 송아지만큼 귀여운 짐승도 없을 것 같았다. 젖먹이 송아지를 안고 얼굴을 비비대 보면 털이 비단결보다도 더 보드랍고 매끈했다. 속눈썹의 그늘이 진 둥글고 큰 눈망울은 한 오리의 불평도, 의심도 없이 언제나 맑고 조용하기만 했다.

그러나 송아지는 개나 고양이 새끼와는 달리 안기기만 하면 뛰쳐나가려고 잘 바동거렸다. 바동거려도 놓아주지 않으면 '메에' 하고 울기도 했다. 송아지가 '메에' 하고 울면 어미 소가 '무우' 하고 어슬렁어슬렁 다가오기도 했다. 이럴 때 제 새끼를 놓아주지 않으면 어미 소는 '푸우푸우' 하고 숨결이 거칠어지고 때로는 받기도 했다.

멧새집을 찾아 뒤지고 꿩 새끼를 쫓고 하는 동안 해가 뉘엿뉘엿 넘어가면 아이들은 제각기 소를 찾아 앞세우고 마을로 내려왔다.

고장의 여름은 어디를 봐도 산과 논과 콩밭과 수수밭뿐이었다. 이 산과 논과 콩밭과 수수밭을 동서로 갈라 남천강이 허리띠처럼 돌아가고, 강기슭으로 띄엄띄엄 원두막이 서 있었다. 아이들은 강에서 멱을 감다가도 참외밭을 넘겨다보면서 군침도 몹시 삼켰다.

원두막 주인에 돌래 영감이 있었다. 등 너머 돌래라는 마을에 살기 때문에 돌래 영감이라고 불렀는데, 이 영감은 가는귀가 좀 먹었었다. 이 돌래 영감은 멱감는 아이들이 영 질색이었다. 멱만 감는 게 아니라 둑에 올라와서 외순◆을 다치기 때문이었다. 그러나 아이들은 물장구와 자맥질◆에 지치면 돌을 뒤져서 게나 징거미◆를 잡기가 일쑤였고, 그것도 싫증이 나면 살금살금 원두막 쪽으로 올라갔다.

날이 더운 한낮이면 영감은 대개 낮잠을 잤었다. 그러나 아이들이 참외밭 가까이에 채 얼씬도 하기 전에 영감은 고래고래 고함을 지르고 막을 내려왔다. 가는귀는 먹었으나 신통하게도 잠귀는 밝았다.

"네 요놈들, 게서 뭘 하느냐?"

"방아깨비 잡아요!"

"무엇이 어째?"

아이들은 입가에 손나팔을 하고,

"방아깨비요!"

하고 외쳤다. 영감은 그제서야 알아듣고,

"왜 하필이면 남의 참외밭에서 방아깨비냐? 방아깨비가 어디 참외밭에만 있다더냐? 빨리 썩 나가지 못해!"

이렇게 목에 가래가 걸린 쉰 목소리로 소리를 지르면서 허우적허우적 밭두렁을 돌아왔다. 그러나 아이들은 겁을 먹거나 달아나기는커녕 도리어,

"방아깨비도 할아버지네 건가요?"

하고 약을 올렸다. 그러면 돌래 영감은,

"아니, 요놈들이 무엇이 어째고 어……."

하다가 그만 기침에 자지러졌다. 한동안 쿨룩거리다가 간신히 기침을 달랜 영감은,

"오냐, 어디 한 놈 잡기만 해봐라."

마치 술래잡기라도 하듯 두 팔을 벌리고 한 발 앞까지 다가오는 영감을, 아이들을 이리 빠지고 저리 뛰고 하면서 피했다. 영감이 아무리 바둥거리고 몰아 봐도 검잡을 것이 없는 알몸뚱이 아이놈들은 쉬 잡혀 주질 않았다. 그러다가 혹 잡힐 만하면 모두 둑으로 몰려가 퐁당퐁당 속으로 뛰어들었다.

바람 한 점 없이 쨍쨍한 대낮, 원두막

◆ **외순** 참외 순. '외'는 참외의 방언.
◆ **자맥질** 물속에서 팔다리를 놀리며 떴다 잠겼다 하는 짓.
◆ **징거미** 징거미새우.

너머로는 일쑤 뭉게구름이 솟아올랐다. 이런 날은 또 소나기가 오게 마련이었다.

장독대 옆 감나무 밑에 두어 평가량의 평상이 놓여 있었다. 여름 한낮, 그늘이 짙은 이 평상에 누워 매미 소리를 듣는 것이 퍽도 즐겁고 시원했다. '지이지이' 우는 왕매미, '새에릉새에릉' 우는 참매미, '시옷시오옷' 우는 무당매미, '맴맴맴맴부랑' 하고 끝을 맺는 무슨 매미……. 이런 때 누나는 수틀을 받쳐 들고 송학◆에 달을 놓고 있었다. 해가 지기 전에 산그늘이 먼저 내려왔다. 벼 포기에 물방울이 맺히고 모깃불 타는 향긋한 풀 냄새에 쫓기듯 반딧불이 날았다.

"누나."

"응?"

"박꽃은 왜 밤에만 피지?"

"낮에는 부끄러워서 그런대."

"왜, 뭐가 부끄러워?"

"건 나도 몰라."

"……누나."

"응?"

"별똥, 참말 맛있나?"

"그렇대."

"먹어 봤나?"

"아니."

"우리 집에 별똥 하나 떨어지면 좋겠지?"

"별똥은 이런 집에는 안 떨어진대."

"왜?"

"몰라. 먼 먼 산 너머 아무도 못 가는 그런 데만 떨어진대."

누나 동무들이 모였다. 다림질감을 가지고도 오고, 옥수수와 감자를 가지고도 왔다. 추석 옷감 이야기며, 누구는 어디 혼삿말이 있고 누구는 시집살이가 고되다는 그런 이야기들……. 소년은 누나 옆에 누워 별똥을 세면서, 어른이 되면 별똥을 주우러 가겠다고 다짐을 하다가 잠이 들곤 했다.

콩이 누렁누렁 익으면 고장 아이들은 콩 서리◆를 잘 해먹었다. 마른 나무를 주워다가 불을 피우고 콩 가지를 꺾어다 올려놓으면 콩은 '피이 피' 하고 김을 뿜으며 익었다. 가지에서 콩꼬투리가 떨어져 까뭇까뭇해지면 불을 헤집고 콩을 주워 까먹었다. 참 구수하고 달큼했다. 한동안 이렇게 콩 서리를 해놓고 나면 입 가장자리는 꼭 굴뚝족제비◆ 같이 까맣게 되어 서로 바라보면서 웃어댔다.

초가을 무렵부터 밤밭골에는 콩 서리 연기가 모락모락 피어오르지 않은 날이 별로 없었다. 혹 마을 어른들이 지나더라도,

"이놈들, 한 밭에서만 너무 많이 꺾지 마라!"

할 뿐 별로 나무라지는 않았다. 그것은 어른들 자신도 아이 때에는 밀 서리, 콩 서리를 하며 컸기 때문이었다.

한번은 콩을 푸짐하게 꺾어다 한창 콩 서리를 하는 참인데 언제 왔는지 춘돌이가 불을 둘러싼 아이들 뒤에서 지켜보고 있었다. 아이들이 자리를 터주자 춘돌이는 아무 말도 없이 비집고 들어와 막대기로 불을 솟구고 연기를 불고 하다가 나무를 더 주워 오라고 했다. 그러나 아이들이 나무를 더 주워 왔을 때

◆ **송학松鶴** 소나무와 학.
◆ **서리** 시골에서, 떼를 지어 남의 과일이나 곡식을 훔쳐 먹는 장난.
◆ **굴뚝족제비** 굴뚝에서 빼 놓은 족제비. 지저분하고 가냘픈 사람을 비유적으로 이르는 말.

에는 콩이 거의 다 익어 춘돌이가 불을 헤치고 있었다. 아이들이 주워 온 나무를 팽개쳐 버리고 뼹 둘러앉자 춘돌이는 아이들에게 꼬챙이를 하나씩 가지라고 했다. 꼬챙이를 하나씩 가지니까 이번에는 그걸로 땅바닥을 치면서 '범버꾸범버꾸' 하고 소리를 내보라고 했다. 아이들이 시키는 대로 땅을 치면서 '범버꾸범버꾸' 하니까 춘돌이는 됐다면서,

"너희들은 그렇게 '범버꾸범버꾸' 하고 먹어라. 나는 '얌냠' 하고 먹을게."

하고 말했다. 아이들은 콩을 두어 알씩 입 속에 까 넣고는 하라는 대로,

"범버꾸범버꾸."

했다. 그러니까 이번에는,

"꼬챙이로 땅을 두드려야지."

했다. 이래서 아이들이 또 꼬챙이로 땅을 치면서 '범버꾸범버꾸' 하는 동안 춘돌이는 '얌냠' 하고 냉큼냉큼 잘도 주워 먹었다. 꼬챙이로 땅을 치다 보니 언제 콩을 주울 새도 없었고, 입 속에 두어 알씩 까 넣는 콩마저 '범버꾸범버꾸' 하다 보니 씹을 수도 없었다. 그래도 아이들은 서로 얼굴을 바라보고 꼬챙이로 장단을 맞추듯 땅을 치면서 '범버꾸'를 하는 것이 재미있었다.

큰댁 머슴에, 고향이 퍽 멀다는 이대롱이라는 사람이 있었다. 이대롱은 떠꺼머리 총각◆으로, 퉁소를 잘 불었다. 더구나 억새밭인 동산에 달이 밝은 밤이면 이대롱은 어린 과부가 나이 많은 딸을 찾아 금강산으로 간다는 곡조를 청승맞도록 구슬프게 불었다.

미나리꽝◆ 옆에 사는 무당네 딸 득이는 어느 해 봄, 배꽃이 눈보라

처럼 지던 날 이대롱을 따라 먼 마을로 살림을 떠났다. 옷 다듬는 방망이 소리가 요란하고 지붕에 서리가 하얗게 내리던 밤, 소년은 바느질에 여념이 없는 누나 옆에서 이대롱과 득이를 생각했다.

이대롱은 마음씨가 좋았다. 일쑤◆ 까치집을 뒤져 까치 새끼도 내려주고, 박달나무로 팽이도 다듬어 주었다. 얼음판에서는 지게 위에 올려 앉히고 밀어 주기도 했다. 득이는 더 마음씨 좋고 인물도 고왔다. 언젠가 득이네 집 뒤 울타리에서 찔레 순을 꺾다가 가시에 찔려 운 적이 있었다. 그때 득이는 소년의 피나는 손가락을 제 입으로 빨고 빨고 하다가 쑥잎을 뜯어 붙이고 저고리 안섶에서 실을 뽑아 처매◆ 주었다. 실을 뽑는 득이 앙가슴◆이 눈물 속으로 보얗게 어렸었다. 소년이 눈을 깜짝여 괸 눈물을 짜버리자 득이는 얼굴을 붉히고 옆으로 몸을 돌려버렸다. 큰댁에 큰일이 있을 때마다 득이 모녀는 일을 잘 왔었다.

이대롱과 득이 소식은 아무도 아는 사람이 없었다. 다만 지붕에 박이 여물고 동산에 달이 밝은 밤이나, 배꽃이 지고 찔레가 피는 철이 되면 소년은 불현듯 이대롱과 득이를 생각하고, 왠지 또 뭔지도 모를 아쉬움과 애상에 잠기곤 했었다.

높새◆가 불기 시작하면 아이들은 기를 쓰고 연을 날렸다. 이 고장은 유독 연날리기가 심했다. 아이들뿐만이 아니라 어른들도 연을 무척 좋아했고 많이 날렸다. 한 말로 연이라지만, 연에도 여러 가지가 있었다. 가오리연, 문어연, 솔개연, 방구연……. 방구연에는 홍연과 상주연이 있었다. 홍연은 종이에 물을 들인 붉은 연이고, 상주연은 흰 종이 그대로 발라 만든 연이다.

◆ **떠꺼머리 총각** '노총각'을 비유적으로 이르는 말.
◆ **미나리꽝** 미나리를 심은 논.
◆ **일쑤** 드물지 아니하게 흔히.
◆ **처매다** 친친 감아서 매다.
◆ **앙가슴** 두 젖 사이의 가운데.
◆ **높새** 높새바람.

연의 재미는 역시 연싸움에 있었다. 당사에다 아교를 먹여 유리 가루를 묻히는 것을 '사砂를 먹인다'라고 했다. 사가 잘 먹은 실에는 손을 베이기가 일쑤였다. 이렇게 사를 먹인 실을 얼레◆가 두툼하게 감고 홍연을 높직이 바람을 태워 가지고 싸움에 나설 때에는 마치 전장에 나가는 장수 같은 기세였다.

이런 것은 주로 어른들의 연이고, 아이들은 꽁지가 긴 가오리연이나 솔개연이 고작이었다. 멀리서 싸움 연이 거만하게, 또는 위풍당당하게 싸움을 걸어오면 아이들은 재빨리 연을 감아 버리거나 달아나 버려야 했다. 그러나 싸움연이 워낙 빨라서 미처 피하기도 전에 얽히고 보면 영락없이 떼이고 말았다. 떼인 연이 가까운 곳에 내려앉으면 주워 오기도 하지만, 개울이나 무논에 떨어지면 그만이었다. 연을 떼이고 발버둥을 치면서 우는 아이도 많았다.

연날리기도 정월 보름까지였다. 보름이 지난 뒤에도 연을 날리면 상놈이라고 했다. 그래서 정월 보름날이면 어른 아이 할 것 없이 연을 날려 보내기로 돼 있었다. 숯가루를 꼭 궐련 모양으로 한지韓紙에 말아 가지고 연에서 두어 자 앞 실에다 매달고 꽁무니에 불을 붙여 연을 올린다. 이때에는 실이 닿는 한 멀리 높게 올린다. 숯가루 궐련이 점점 타 들어가서 실에 닿으면 연은 실과 얼레와 주인을 남기고 팔랑 떠나가 버린다. 어쩌면 새처럼, 어쩌면 나뭇잎처럼 까마득히 떠나가는 연을 바라보면서 아이들은 제 연이 멀리멀리 떠나가기를 마음속으로 바랐다.

언제나 가보고 싶으면서도 가보지 못하는 산과 강과 마을, 어쩌면 무지개가 선다는 늪, 이빨 없는 호랑이가 담배를 피우고 산다는 산속, 집채보다도 더 큰 고래가 헤어 다닌다는 바다, 별똥이 떨어지는 어디쯤……. 소년은 멀리멀리 떠가는 연에다 수많은 꿈과 소망을 띄워 보내면서 어느 새 인생의 희비애환과 이비◆를 아는 나이를 먹어 버렸다.

◆ **얼레** 연줄, 낚싯줄 따위를 감는 데 쓰는 기구.
◆ **이비理非** 옳음과 그름.

오영수

吳永壽, 1914~1979

경상남도 울주군에서 태어난 작가 오영수는 한학자인 아버지의 영향으로 어린 시절 서당에서 한문 공부를 하였고, 14세에 현대 교육기관인 보통학교에 입학하여 20세에 졸업하였습니다. 가난으로 학업을 중단하고 우체국에서 일을 하다가 4년 뒤 일본 오사카로 유학을 떠납니다.

이후 만주로 건너가 방랑 생활을 하다가 고국으로 돌아온 뒤부터는 문학에 적극적인 관심을 갖게 되었습니다. 해방 후에는 부산에서 미술과 국어 교사로 활동하였는데, 그 무렵 소설가 김동리와 각별한 친분을 맺게 되었습니다. 그리고 김동리의 추천을 받은 〈남이와 엿장수〉로 문단에 등단하였습니다.

한국전쟁이 터지자 오영수는 종군작가로 전쟁에 참가하였고, 그 체험을 토대로 여러 작품을 발표했습니다. 종군작가란 전쟁터에 나가 목격하고 체험한 것을 취재하여 작품에 반영하는 작가를 뜻합니다.

오영수는 유년기의 기억을 회상하거나 향토적인 정서를 담은 단편 소설을 주로 썼으며, 가장 많이 알려진 작품으로는 〈요람기〉, 〈누나별〉, 〈갯마을〉 등입니다. 그는 전쟁 이후의 궁핍한 현실 속에서 자연과 조화를 이루며 살아가는 사람들의 모습을 따뜻한 시선으로 그려 내었습니다.

오영수는 한 순간의 감동과 정서를 제대로 전달하고자 하는 고집스러운 열정 때문에 평생 동안 단 한 편의 장편소설도 쓰지 않은 작가로 유명합니다.

기차도 전기도 없었다. 라디오도 영화도 몰랐다.

1967년에 발표된 〈요람기〉는 화자가 어린 시절 뛰어놀았던 산골마을에서의 추억을 회상하는 이야기입니다.

기차도 전기도 없고, 라디오도 영화도 몰랐던 시절, 산간 마을에 사는 아이들의 봄은 들불놀이로 시작됩니다. 불탄 두렁에 쑥이 돋으면 쑥을 뜯느라 가시내들이 옹기종기 모여 앉아 있고 아이들은 너구리굴에 불을 지펴 보지만 너구리는 호락호락하지 않습니다.

아이들은 매번 김 초시네 머슴인 춘돌이에게 당하면서도 함께 어울리곤 합니다. 한번은 물까마귀를 잡아 구워 먹으려는데 춘돌이 나타나 물까마귀를 먹으면 '끼루룩' 하고 펄쩍 뛰어오른다고 겁을 주고는 구운 고기를 춘돌이 먹어 버립니다. 그러고는 '끼루룩' 하며 펄쩍 뛰어오르는 장난을 쳐 아이들은 혼비백산하여 달아납니다.

모내기가 끝난 무렵이면 아이들은 소를 앞세우고 밤밭골로 모여들어 풀을 뜯깁니다. 소년은 자기 소를 키우는 게 소원입니다. 날이 더워지면 아이들은 남천강에서 멱을 감다가 참외밭 쪽으로 살금살금 기어갑니다. 원두막에서 참외밭을 지키는 돌래 영감은 낮잠을 자다가도 아이들 기척이 느껴지면 벌떡 일어나 고함을 지릅니다.

소년은 수를 놓는 누나 옆에서 박꽃은 왜 밤에만 피는지 묻기도 하고, 별똥을 먹으면 맛있는지 묻기도 합니다. 소년은 별똥을 세면서 어른이 되면 별똥을 주우러 가겠다고 다짐을 하다가 잠이 듭니다.

초가을이 되면 밤밭골에는 아이들이 서리한 콩을 굽느라 연기가 그칠 날이 없습니다. 한번은 춘돌이가 나타나 아이들에게 꼬챙이로 땅바닥을 치면서 '범버꾸범버꾸' 소리를 내며 먹으라고 하고는 자신은 '얌냠' 소리를 내며 콩을 먹습니다. 꼬챙이로 땅을 치느라 콩을 주울 새도 없고 '범버꾸범버꾸' 소리를 내느라 입 속에 넣은 콩도 빨리 씹지 못하지만 아이들은 마냥 즐겁습니다.

큰댁 머슴 이대롱은 무당집 딸 득이와 혼인을 하여 먼 마을로 떠났습니다. 소년은 떠나간 이대롱과 득이를 생각할 때면 알 수 없는 아쉬움과 애상에 잠깁니다. 겨울이 되어 높새가 불면 마을 사람들은 연을 날립니다. 연줄에 유리가루를 먹인 연을 높이 띄워 연싸움을 하고, 정월 보름날이 되면 연을 날려 보냅니다. 이렇게 연에다 꿈과 소망을 띄워 보내다가 어느덧 소년은 인생을 아는 나이가 되었습니다.

수채화 같은 동심의 세계

〈요람기〉의 이야기가 어느 시대, 어느 고장에서 이루어지고 있는지는 밝혀 있지 않습니다. 다만 기차와 전기가 없던 시대, 산간마을이라는 정도만 알 수 있습니다. 또 산골 아이들이 사계절의 변화에 따라 어떤 놀이를 하였는지를 먼 거리로 관찰하듯 보여줄 뿐, 인물 간의 갈등은 드러나지 않습니다. 이처럼 평화로운 자연을 배경으로 천진하게 노는 아이들의 모습은 한 편의 아름다운 수채화와도 같습니다.

이처럼 작가가 시대와 공간의 배경을 구체적으로 밝히지 않고, 사건이나 인물의 갈등 구조를 만들지 않은 이유는 무엇일까요? 그것은 순수한 동심의 세계를 보여주기 위한 장치라고 할 수 있습니다. 도시문명의 생활에 지친 현대인들에게 자연에서의 행복했던 옛 추억을 회상케 할 때 구체적인 장소나 사건은 불필요하기 때문입니다. 이 소설의 마지막 문장 "소년은 멀리멀리 떠가는 연에다 수많은 꿈과 소망을 띄워 보내면서 어느새 인생의 희비애환과 이비를 아는 나이를 먹어 버렸다."에서 이러한 작가의 주제의식을 엿볼 수 있습니다.

소설의 삽화적 구성

소설은 작가가 '꾸며 낸 이야기'입니다. 이때 작가는 이야기를 구체적으로 표현하기 위해 인물, 사건, 배경을 정합니다. 이것이 바로 소설의 구성, 즉 플롯입니다. 이 구성을 어떤 방식으로 할 것이냐에 따라 작품의 주제가 결정됩니다.

〈요람기〉는 삽화挿話적 구성을 취하고 있습니다. '삽화'란 이야기에 포함된 짧은 토막 이야기로서, '에피소드'라고도 합니다. 〈요람기〉에는 봄, 여름, 가을, 겨울에 따른 아이들의 놀이와 몇몇 인물들에 대한 간략한 정보들로 구성되어 있습니다. 더욱이 등장인물 간의 갈등이 발생하지 않으며, 이렇다 할 중심 사건도 없습니다. 산골 마을에서 펼쳐지는 다양한 사건과 다양한 이야기들이 직선적으로 나열될 뿐입니다.

삽화적 구성을 지닌 대표적인 작품으로는 박태원의 〈천변풍경〉을 들 수 있습니다. 이 소설은 1930년대 서울의 청계천변에 사는 70여 명의 인물들이 살아가는 풍경을 묘사한 작품으로, 핵심적인 줄거리는 없지만 당시 서민층의 세세한 생활 풍경을 엿볼 수 있습니다.

인간의 순수성을 표현한 오영수의 대표작 〈후조〉

〈후조〉는 한국전쟁 직후 부산과 서울을 배경으로, 구두닦이 소년과 교사의 따뜻한 우정을 그린 작품입니다.

전쟁이 터져 부산으로 피난을 갔던 민우는 W중학교의 천막 학교에서 아이들을 가르칩니다. 민우는 이곳에서 구두 닦는 일을 하여 '구칠'이라는 별명을 가진 소년을 만납니다. 민우는 붙임성 있고 생활력 강한 구칠이에게 구두를 닦을 수 있도록 배려해 줍니다.

교장이 바뀌면서 민우는 학교를 그만두고 서울로 돌아왔고, 자연스럽게 구칠이도 잊고 살았습니다. 그러던 10월 중순경, 동대문 밖 숙소에서 우연히 구칠이를 만나게 됩니다. 구칠이는 부산을 떠나게 된 억울한 사연과 집안 이야기를 하면서 눈물을 흘립니다. 그 후로 구칠이는 민우가 퇴근할 때를 기다려 인사를 하고 구두를 닦아 줍니다. 구둣방을 차리겠다는 꿈을 지닌 구칠이가 씩씩하게 살아가는 모습에서 민우는 이북에 두고 온 막내 조카를 떠올리며 애정을 느낍니다. 그런 민우에게 구칠이는 민우에게 미제 헌 구두를 구해 주겠다고 약속을 합니다.

5월의 어느 토요일, 민우는 구두를 훔치다 들켜서 달아나는 구칠이를 발견합니다. 구칠이는 민우에게 미제 구두를 선물하기 위해 남의 구두를 훔치려 한 것입니다. 어느새 여름이 지나고 가을이 오자, 민우는 하늘을 날아가는 기러기 떼를 바라보며 구칠이가 다시 돌아오기를 고대합니다.

소설의 제목 '후조'는 삶의 터전을 찾아다니는 구칠이를 의미하며, 이 작품은 철새처럼 떠돌며 어렵게 살아가는 구칠이를 통해 각박한 현실 속에도 인정이 살아 있음을 일깨워 주는 작품입니다.

● **이 작품에서 산간 마을 사람들에 대한 설명으로 잘못된 것은 무엇인가요?**

① 어른들은 아이들이 콩 서리하는 것을 싫어한다.
② 이대롱과 득이는 다른 마을로 살림을 떠났다.
③ 소년은 소를 키우는 것이 소원이다.
④ 마을 사람들은 정월 대보름이 지나면 연을 날리지 않는다.
⑤ 기차도 없고 전기도 들어오지 않던 시대이다.

● **이 작품에서 소년의 누나는 박꽃이 밤에만 피는 이유는 무엇이라고 대답했나요?**

① 햇빛에 무척 약한 식물이라
② 꽃 색깔이 어두워서 자신을 보호하기 위해
③ 낮에는 부끄러워서
④ 이름이 박꽃이라서
⑤ 기온에 예민해서

● **이 작품에서 아이들이 계절에 따라 어떤 놀이를 하였는지 적어 보세요.**

봄 :
여름 :
가을 :
겨울 :

● 이 작품에서 춘돌이는 자신보다 어린 순진한 아이들을 놀려먹는 행동을 하곤 합니다. 작가는 춘돌이를 통해서 아이들의 어떤 모습을 강조하고자 했을까요?

● 어린 시절에는 궁금한 것도 많고 가보고 싶은 곳도 많습니다. 여러분은 어린 시절에 어떤 곳에서 어떤 놀이를 하였는지, 친구들과 함께 어울렸던 즐거운 추억을 이야기해 보세요.

● **이 작품에서 산간 마을 사람들에 대한 설명으로 잘못된 것은 무엇인가요?**

① 어른들은 아이들이 콩 서리하는 것을 싫어한다.

② 이대롱과 득이는 다른 마을로 살림을 떠났다.

③ 소년은 소를 키우는 것이 소원이다.

④ 마을 사람들은 정월 대보름이 지나면 연을 날리지 않는다.

⑤ 기차도 없고 전기도 들어오지 않던 시대이다.

답 ①번.

● **이 작품에서 소년의 누나는 박꽃이 밤에만 피는 이유는 무엇이라고 대답했나요?**

① 햇빛에 무척 약한 식물이라

② 꽃 색깔이 어두워서 자신을 보호하기 위해

③ 낮에는 부끄러워서

④ 이름이 박꽃이라서

⑤ 기온에 예민해서

답 ③번.

● **이 작품에서 아이들이 계절에 따라 어떤 놀이를 하였는지 적어 보세요.**

봄 : 개울둑이나 논밭두렁에 불을 놓는 '들불놀이', 너구리 잡기.

여름 : 강물에서 멱감기, 참외 서리.

가을 : 콩 서리.

겨울 : 연날리기.

● **이 작품에서 춘돌이는 자신보다 어린 순진한 아이들을 놀려먹는 행동을 하곤 합니다. 작가는 춘돌이를 통해서 아이들의 어떤 모습을 강조하고자 했을까요?**

춘돌이는 조무래기 아이들을 쥐락펴락합니다. 물까마귀 고기를 먹기 위해 장난도 치고 서리한 콩을 많이 차지하기 위해 아이들에게 막대기로 바닥을 치면서 '범버꾸범버꾸' 소리를 내도록 시킵니다. 그러나 늘 속아 넘어가는 아이들은 마냥 즐거울 뿐입니다. 이러한 춘돌이의 짓궂은 장난을 통해 작가는 물정 모르는 아이들의 순수함을 부각시키고 있습니다.

● **어린 시절에는 궁금한 것도 많고 가보고 싶은 곳도 많습니다. 여러분은 어린 시절에 어떤 곳에서 어떤 놀이를 하였는지, 친구들과 함께 어울렸던 즐거운 추억을 이야기해 보세요. .**

이 작품의 배경은 TV도 없고 라디오조차 없던 시절의 산골 마을이어서, 아이들은 자연 속에서 놀이거리를 찾았습니다. 그러나 지금은 문명이 발달해서 다양한 놀이 문화가 생겨났습니다. 친구들과 어떤 놀이를 하였는지 여러분의 어린 시절을 떠올려 적어 보세요.

흑산도黑山島

: 전광용 :

생각해 볼까요?

망부석望夫石은 절개 곧은 아내가 멀리 떠난 남편을 기다리다 죽어서 돌이 되었다는 설화 속의 바위입니다. 그래서 바닷가의 고개나 산마루에 가면 이런 설화가 깃든 바위를 종종 볼 수 있습니다.

언제 다시 만날지 알 수 없는 사람을 애타게 기다려야 하는 사람들이 있습니다. 아무런 말도 없이 어딘가로 떠나버린 친구나 연인, 바닷가에 고기를 잡다가 실종된 가족을 기다리는 사람들이 아마도 그러할 것입니다.

애타게 누군가를 기다리고 있는 사람들의 심정을 생각해 보며 〈흑산도〉를 읽어 봅시다.

첫 조금◆이 지난 달무리였다. 철에 고깝지 않게 포근한 날씨가 새벽 눈이라도 내릴 것만 같았다.

손바닥 오그린 모양으로 오붓하고 아늑하게 생긴 좌청룡左青龍 우백호右白虎에 감싸인 마제형◆의 형국形局이라는 나루였다.

펑나무, 누럭나무, 재배나무가 우거진 속 용왕당◆이 버티고 서 있는 당산◆ 기슭에 감아붙어 갯밭에 오금◆을 고이고 조개껍질처럼 닥지닥지 조아 붙은 마을 한 기슭으로 뒷주봉 나왕산 골짜기에 꼬리를 문 개울이 밀물을 함빡 삼켰다가 썰물에 구렁이처럼 갯벌로 꿈틀거리고 흘러내리는 것이 희미한 달빛에 비늘처럼 부서진다.

갯가에서는 마을 장정들의 흥겨운 노랫소리가 꽹과리, 장구 소리에 섞여 당산까지 울렸다가는 숨죽은 듯 고요한 바다 위로 다시 퍼져 흩어진다.

인실이네 마당에서는 큰애기◆들이 손에 손을 잡고 둘레를 돌면서 메기고◆ 받는 강강수월래가 그칠 줄을 모른다.

딸아 딸아 망내딸아

인실이 어머니의 메기는 소리다.

강강수월래—

큰애기들은 목청을 돋우어 받는다. 빨리 돌 때는 큰애기들의 삼단 같은 머리◆

◆ **조금潮減** 조수간만의 차가 가장 낮은 때. 대개 매월 음력 7, 8일과 22, 23일.
◆ **마제형馬蹄形** 말굽처럼 된 모양이나 요형凹形 같은 것.
◆ **용왕당龍王堂** 용왕을 모시는 사당.
◆ **당산堂山** 토지나 마을의 수호신이 있다고 하여 신성시하는 마을 근처의 산이나 언덕.
◆ **오금** 무릎의 구부러지는 오목한 안쪽 부분.
◆ **큰애기** '처녀'의 방언.
◆ **메기다** 편이 노래를 주고받고 할 때 한편이 먼저 부르다.
◆ **삼단 같은 머리** 삼을 묶은 단처럼 숱이 많고 긴 머리.

채가 궁둥이를 치고 허리통에 휘감긴다.

너만 곱게 잘만 커라
강강수월래—

어느덧 노래는 그들이 가장 즐기는 '둥당의 타령'◆으로 바뀌었다.

둥당에다 둥당에다
당기둥당에 둥당에다

큰애기들은 흥겨워 저도 모르게 어깨춤에 가랭이질◆이 섞인다.

저기 가는 저 생애喪輿는
남생앤가 여생앤◆가
여생질◆에 가거들랑
우리 엄마 만나거든
어린자식 보챈다고
백수벵에 젓을 싸서
한숨으로 마개 막아
무지개로 끈을 달아
전하라소 전하라소
안개 속에 전하라소

까막개黑浦의 밤은 추위도 모르고 깊어만 갔다.

북술이는 동무들과 맞잡고 둥당의 노래를 부를 때는 아무 시름도 없이 즐겁기만 했다. 그러나 혼자서 이 노래를 읊조리면 얼굴 모습조차 기억 속에 더듬기 어려운 어머니의 옛이야기처럼 서러움이 꿀컥 치밀었다. 둘레를 돌면서도 북술이의 눈은 이따금 갯가로 옮겨졌고, 그럴 때마다 용바우의 믿음직한 목소리가 귓전을 어루만져 슬픔을 가라앉히곤 했다.

갯가에서는 막걸리를 나누는 참이었는지 한참 잦았던 징소리가 이번에는 더 세차게 마을을 스쳐서는 뒷주봉에 메아리를 울렸다.

'한아부지◆가 기다릴라.'

아쉬운 생각도 없지 않았지만 노래 중간에서 빵소니를 쳐 나온 북술이의 걸음은 집에 가까울수록 무거워만 졌다.

당산 밑 낭떠러지에 등을 대고 다가붙은 갯집 큰방에는 불빛도 보이지 않았다. 정지◆와 큰방과 마루를 둘러싼 앞마당은 그대로 행길이자 갯가였다.

"인자사 와……."

굴뚝 뒤로 우거진 동백나무 그림자에서 불쑥 튀어나오는 소리였다.

"아이고 놀랐재라우, 누고……."

"나야, 나."

용바우의 크고 벌어진 어깨가 북술이 앞으로 다가왔다.

"난 또 누구라고, 갯가에서 벌써 왔는지라우."

"안 갔재라, 내일이 유왕님龍王 고사 모시는 날이랑이께."

◆ **둥당의 타령** 둥당기 타령. 전라도 해안 지방, 다도해 섬지방에서 불리는 소리춤.
◆ **기랭이질** 두 팔을 들어 휘젓는 춤사위.
◆ **남생애, 여생애** 남자 상여, 여자 상여.
◆ **여생질** 여자가 죽어 상여로 가는 길.
◆ **한아부지** '할아버지'의 방언.
◆ **정지** 부엌의 방언.

"응, 그랴."

북술이는 깜빡 잊었던 용왕제가 생각났다.

"그렁께로 술도 고기도 못 먹고 정히◆ 한다이께."

까막개 사람들은 바다와 싸우면서 바다를 의지하고 살아왔다. 폭풍우를 만나면 바다가 적이었고, 고요하게 잠자는 날이면 바다보다 다사로운 벗은 없었다.

이 섬에서는 일 년의 넉 달은 농사가 살려 주고 나머지 여덟 달은 바다가 키워 주어 미역과 자반과 생선으로 목숨을 이었다.

그들은 바다에서 나서 바다에서 죽었다. 용바우 아버지도 그랬고, 북술이 아버지도 그러했다. 원수인 바다에 끝없는 저주를 보내면서 바다에 대한 지성◆은 그들의 신앙이었다.

그러기에 가장 허물없고 깨끗한 젊은이들이 해마다 정초에는 용왕제 집사◆로 뽑혔다. 용바우도 금년에는 이 정성스러운 일에 한 몫 들었다.

용바우는 열다섯에 첫 배를 탔다. 털보영감으로 통하는 안 선달과 두 살 맏이이지만 알이 작기에 대추씨라는 별명을 가진 두칠이 틈에 끼여 북술이 할아버지 박 영감과 함께 칠산 바다에서 연평 앞개◆까지 올리훑는◆ 조기잡이로 시작된 뱃길이 어느새 십 년이 흘렀다.

세월은 박 영감의 등에서 살점을 앗아 가고, 머리빛을 갈아 내고, 이마에 밭이랑 같은 주름을 박아 가는 사이에 용바우는 제법 소금섬 두 가마씩을 단숨에 지고 발판을 나는 듯이 뱃전으로 오르내리게 되었다. 간물◆에 전 검붉은 얼굴은 윤기를 띠었고 이글이글 타는 화경◆ 같은 눈동자는 박 영감의 가슴속 빈 구석을 채워 주었다.

용바우에게 북술이는 거리낌도 수줍음도 없었다. 나이야 먹어 가든 말든 그대로 장난이요 반말이었다. 그러던 북술이가 어느덧 용바우 앞에서 옷고름을 물지 않으면 앞섶을 만지작거리는 버릇이 생겼다.

박 영감은 박 영감대로 용바우에 대한 속셈을 했고 용바우는 어느새 북술이가 제 물건처럼 소중해졌다. 북술이도 노상 용바우가 싫지는 않았다.

"그라문 간물에 몸을 씻고 가지라우."

"내일 새벽 일찍이 씻는당께."

"배는 언제 떠나고."

"이자 배꼴◆을 박고 끄스리문 모레쯤 떠나제, 올에는 새로 묵은 배니께 흥두 날게라."

"그랑이께, 두 밤 자문?"

"응, 그랴."

용바우는 달빛에 어린 북술이의 얼굴이 봉오리 벌어지는 동백꽃보다 더 아름답다고 느껴졌다. 몸집이 마음놓고 굵어진 것 같아 부푼 가슴이 풀 먹은 인조견 저고리 앞자락을 슬며시 들고 일어섰다.

"북술이는 또 나이 하나 더 먹었으니께 인자 열아홉이제."

"누군 나이를 안 먹구 나만 먹는지라우."

고름 끝을 비비는 북술이의 입가에는 엷은 웃음이 어렸다. 용바우는 북술이의 입이 가장 복스럽다고 생각되었다. 그 입으로 말이건 웃음이건 거푸거푸 새어 나오게 하고만 싶었다.

'북술이는 지 어무니를 닮았재라우, 고

◆ **정淨히** 조심스럽게 다루어 깨끗하고 온전하게.
◆ **지성至誠** 지극한 정성.
◆ **집사執事** 각종 의식에서 주관자를 도와 의식을 진행시키는 사람.
◆ **앞개** 앞바다.
◆ **올리훑다** 아래에서 위로 올라가면서 훑다.
◆ **간물** '바닷물'의 방언.
◆ **화경火鏡** 볼록렌즈.
◆ **배꼴** 배 몸체의 튼 곳을 메우는 재료.

복스런 입이 더.'

입버릇처럼 뇌까리는 인실이 어머니의 말이 떠올랐다.

"인자 씨집도 가양께."

처음 하는 소리였다. 그러나 지난봄부터 용바우의 혀끝에서 맴도는 한마디였다.

"누가 씨집간다는지라우."

"그랴문 씨집두 안 가구 큰애기로 늙으라제."

"언제 누가 큰애기로 늙는당께……, 남의 걱정 말구 장가나 가라재라우."

북술이도 이번에는 가슴이 탁 트이도록 소리를 내어 웃었다.

어느 사이엔지 용바우의 삿대 같은 팔은 북술이의 겨드랑이를 스쳐 사등뼈◆가 바스라지도록 껴안는 판에 가슴은 숨막히게 가빴다. 용바우의 뜨거운 입김이 북술이의 이마를 확확 달구었다.

"어디 참말 씨집 앙가나 보자이께."

"누구는……."

봉창문◆이 삐걱 소리를 내었다. 박 영감의 쿨룩거리는 기침 소리였다.

"누구라."

"……."

"누가 왔는게라."

"나 북술이라우."

"응 북술이라."

"야."

북술이의 허리를 놓은 용바우는 슬며시 갯가로 돌아 까막바위 쪽으로 내려갔다.

"누가 왔지로."

"저, 용바우가."

"새날이문 유왕님 고사에 나갈 놈이 가시나하고 무슨 짓이라."

다시 박 영감이 해소◆가 끊이지 않는 사이에 북술이는 방에 들어가 쪼그리고 누웠다. 그러나 용바우의 입김은 아직도 이마에 뜨거웠다.

먼동이 트기 전부터 내리는 눈은 솜송이◆같이 함박으로 퍼부어 미처 녹다 못해 오래간만에 쌓여졌다. 당산에서는 본당本堂 정면에 단청丹靑으로 그려진 남녀 괘화◆ 앞에 소 한 마리가 사각◆과 두족◆으로 동강이 나 놓여 있고, 이 한 해의 잡귀◆를 몰고 풍어◆를 기원하는 고축◆도 끝났다. 만선◆을 축원하는 용바우의 머릿속에는 북술이가 크게 자리 잡고 있었다.

한낮이 되자 하늘은 개고 거의 녹아 버린 눈길에 마을 사람들은 명절보다 더 기뻤다.

달이 나왕봉 마루에 기울기 시작했다. 까막바위 앞에 웅크리고 앉은 두 그림자는 이슥하도록 움직이지 않았다. 잔물결이 바위 밑에 부서졌다가는 밀려가는 것이 차츰 거세어졌다.

"그라이께, 새벽참에 꼭 떠나야제."

"그랴."

"한아부지가 보름이나 지나믄 나가자는디."

"물감자(고구마)도 그만 다 떨어졌지라,

◆ **사등뼈** '척추뼈'의 방언.
◆ **봉창문** 벽에 작은 구멍을 내고 종이로 발라놓은 문.
◆ **해소** '해수咳嗽'의 변한말. '기침'을 한 방에서 이르는 말.
◆ **솜송이** 솜뭉치. 솜덩어리.
◆ **괘화掛畵** 걸개그림.
◆ **사각四脚** 짐승의 네 다리.
◆ **두족頭足** 소, 돼지 따위의 머리와 발을 아울러 이르는 말.
◆ **잡귀雜鬼** 잡스러운 모든 귀신.
◆ **풍어豐漁** 물고기가 많이 잡힘.
◆ **고축告祝** 천지신명에게 고하여 빎.
◆ **만선滿船** 물고기 따위를 많이 잡아 가득히 실음. 또는 그런 배.

먹을 것이 바닥이 났으라우."

"그랄 테지라, 하지만……."

"아니오, 보름 전에 한 축은 해야 한다이께."

용바우는 담배를 말아서 불을 붙였다. 두툼한 양 볼이 오무라지게 빨았다가는 길게 내뿜었다. 눈 온 뒤에는 꼭 바람이 터진다는 할아버지의 말이 다시 떠올라 북술이는 어쩐지 불안스러웠다.

"보름을 쇠구 가제, 그라요."

"보름은 손구락을 빨구 쉰당께. 새벽참에 떠나문 보름 전에 돌아오지라."

잊었던 찬 기운이 겨드랑이로 스며들었다. 북술이는 용바우 무릎에 바싹 다가앉았다.

"그라이께 말이여, 이번 한 채만 잘 하믄 그걸 포라서◆ 북술이 신발을 싸고 나도 작업복이나 한 벌 갈아입어야제."

"……."

용바우의 거북등 같은 손아귀에 꽉 쥐인 북술이의 손은 해면◆처럼 오그라들었다. 북술이는 용바우가 껴안는 대로 잠자코 있었다. 머루알 같은 젖꼭지에 용바우의 손끝이 닿으니 등줄기가 저리도록 간지러웠다.

용바우는 박 영감을 찾았다.

"나두 인자 이만큼 하이께 한아부지는 그만 쉬지라우, 올해는 셋이서 넷 몫을 하랍니데."

"글쎄라……."

"털보영감과 두칠이두 그랬지로, 해소가 심한디 조섭◆을 해야지라고."

"이래도 배에만 오르믄 상관없는지라."

박 영감은 곰방대를 들면서 긴 한숨을 꺾었다.

"가알秋도 아니고 절冬에 안 되지라."

"그래섰지마는 어디 그랄 수야……."

벌써 몇 번이나 되풀이되는 이야기였다. 정지에서 뱃점심◆ 고구마를 솥에 앉히고 있던 북술이는 코허리가 시큰했다. 눈꺼풀을 까물거리니 기어코 방울이 떨어졌다. 설 보름과 제사 때만 맛보던 쌀밥이건만 아버지 제사에 쓰려던 멥쌀을 갈라서 고구마 솥에 깔았다.

첫닭이 울었다. 배는 물때◆를 따라서 떠나야 했다. 앞개에 늘어선 배마다 불이 환했다. 나루터는 찾는 소리 대답하는 소리에 왁자지껄 고아 댔다.

털보영감은 홍어 주낫◆을 올리고 두칠이와 용바우는 뒷장에 그물을 실었다. 물동이를 이고 나오는 북술이의 뒤에 박 영감이 따라섰다.

두칠이는 돛을 올리고 털보영감은 뒷줄을 풀었다. 용바우가 삿대를 내려밀자 털보영감은 이내 키를 잡았다. 두칠이는 노를 풀어 놋좆◆을 제자리에 박고 노걸이◆를 걸었다.

배가 움직이기 시작했다. 어둠 속에 썰물을 타고 달아나는 뱃머리에 부딪는 물결 소리만이 아우성에서 멀어져 가는 새벽의 고요를 깨뜨렸다.

"알맞은 샛마西南風라, 돛을 올리제."

털보영감의 의기를 띤 소리였다. 용바

◆ **폴다** '팔다'의 방언.
◆ **해면** 수세미 등으로 활용되는 해면동물.
◆ **조섭調攝** 건강이 회복되도록 몸을 보살피고 병을 다스림.
◆ **뱃점심** 배에서 먹는 점심. 새참.
◆ **물때** 아침저녁으로 밀물과 썰물이 들어오고 나가고 하는 때.
◆ **주낫** '주낙'의 방언. 물고기를 잡은 기구의 하나.
◆ **놋좆** 배 뒷전에 자그맣게 나와 있는 나무못. 노의 허리에 있는 구멍에 이것을 끼우고 노질을 한다.
◆ **노걸이** 노의 손잡이에 거는 줄. 이 줄을 걸면 노의 움직이는 범위가 한정된다.

우와 두칠이는 돛대를 발바닥으로 지그시 밀면서 총줄◆을 팽팽이 죄었다. 용두줄◆을 당기어 뒷장에 꼽을돛◆을 올리고 허리돛◆마저 올렸다. 새벽바람에 활처럼 탱겨진 돛은 바람 먹은 복어가 물 위에 떠가듯 가볍게 미끌어졌다.

안개를 벗어난 지 이슥해서 용바우는 멀리 홍도紅島께를 내다보았다. 먼동이 트기 시작하나 수평선은 아직 어둠 속에 잠겼다. 아득히 석끼미 등대불만이 깜박거렸다.

용바우의 머리에는 간밤 진주알 같은 눈망울로 쳐다보던 북술이의 모습이 떠올랐다. 가슴이 뛰었다.

'만선을 해갖구 들어가야제.'

이렇게 바다로 나가는 것이, 아니 사는 것이 모두 북술이 때문에 보람 있는 것같이 그런 심정으로 자꾸만 이끌어졌다.

'언제 누가 큰애기로 늙는당께.'

북술이의 말소리가 아직도 귓가에서 떠나지 않았다.

큰 바닥◆에 나오니 바람은 휘몰아치고 너울은 점점 거세어졌다.

"치(키)를 좀 외로 틀제."

이무장◆에 걸터앉은 털보영감은 뒷장에 서 있는 용바우를 건너다 넌지시 한마디 던지고는 담배를 피워 물었다. 털보영감은 까칠해진 손을 비비면서 아들놈도 장성해 가니 이제 금년으로 뱃길은 끝내야겠다고 생각에 잠겼다. 그러고는 애숭이 같은 것이 그래도 하이칼라랍시고 머리밑을 도리고 다니는 아들녀석의 굵어 가는 뼉다구를 가늘어진 눈 언저리에 그리며 만족한 듯한 미소를 입 가장자리에 여물렸다.

아직도 갯가에 서 있는 박 영감은 지금쯤은 배가 옥섬 모퉁이는 돌았겠다고 생각되었다. 뭇 배가 다 떠나고 갯밭이 조용해질 때까지도 박 영감은 돌처럼 그 자리에서 움직이지 않았다.

얼마 동안을 지났던지 비금도 쪽에 포개졌던 엷은 구름이 가시고 햇발이 솟아오르기 시작했다. 육십평생 보아 온 하늘이건만 하루도 똑같은 날은 없었다.

'바다가 유헨덕◆이라면 하늘이사 제갈량이제, 참 조홰야, 암만 가구 싶어도 하누님이 말면 못 가이께.'

박 영감의 눈은 동녘 하늘에 못 박히고 있다. 활대구름이 허리띠처럼 가로놓여 있기 때문이었다.

'거기다 해까지 노란 씨레를 달았군, 옘평 가마깨에서 배가 곤두박질한 것도 저 구름이었다. 아들놈이 서바닥◆ 호쟁이꼴에서 소식이 없어진 것도 바로 저 구름이었지…… 오늘 밤엔 하누바람北風◆이 터질 테라.'

갯밭에서 마을 길로 옮기면서도 박 영감의 시선은 항시 구름에서 떨어지질 않았다.

누더기가 되다시피 한 솜옷 위에 언젠가 데구리◆ 선장이 던지고 갔다는 군복 잠바를 걸친 박 영감은 뒤로 보아서는 야윈 얼굴이 짐작될 바도 아니나 옆에서 치켜보면 목덜미의 힘줄이 지렁이처럼 내솟구고 있다.

'올해사나 잘 되문 가알에는 성례◆를 시켜야제.'

◆ **총줄** 배의 돛대가 흔들리지 않게 하기 위해 돛대 꼭대기에 매어두는 줄.
◆ **용두줄** 돛의 올림과 내림에 사용되는 줄.
◆ **꼽을돛大帆** 큰 돛.
◆ **허리돛** 삼대선에서 고물 쪽의 돛.
◆ **바닥** '바다'의 방언.
◆ **이무장前舷** 뱃머리.
◆ **유헨덕** 유현덕. 유비. 중국 삼국 시대 촉한의 초대 황제.
◆ **제갈량** 중국 삼국시대 촉한의 정치가 겸 전략가.
◆ **서바닥** 연도. 전라남도 여수시 남면 연도리에 딸린 섬.
◆ **하누바람北風** 북쪽에서 불어오는 바람.
◆ **데구리** 일본어 '데구리아미てぐりあみ'의 준말. (손으로 끌어올리는) 후릿그물.
◆ **성례成禮** 혼인의 예식을 지냄.

박 영감은 한순간 흐뭇한 기분으로 중얼거렸다. 북술이는 귀엽고 용바우는 고마웠다. 멀리 안깨로 들어서는 긴차쿠◆의 고동 소리가 박 영감에게는 못마땅했다.

해초海草 뜯기는 조금께가 제일 알맞았다. 북술이는 바구니를 들고 까막바위 쪽으로 돌아갔다.

정이월부터 삼사월까지는 좌반과 우무◆를 뜯고, 오뉴월이면 잠질◆해서 생복이나 성게를 땄다. 칠팔월에는 미역이 한창이었고, 구시월 접어들어 동지섣달까지는 김(해태)을 주웠다. 갯밭을 파는 조개잡이는 사철 가리지 않아 이렇게 까막개 아낙들은 여름은 여름대로 겨울은 겨울대로 바다와 더불어 손끝이 닳아 갔다.

"잉아, 북술이 니는 뭍陸地에 가봤제."

작년 봄에 과부가 된 새댁이 북술이 허벅다리를 꾹 찔렀다.

"응, 한 번."

"나도 꼭 한번 목포에……."

큰애기 머리채처럼 치렁치렁한 좌반 포기를 바구니에 주워 담던 그들은 허리를 폈다. 그들의 눈길은 멀리 동쪽 기좌도 팔금도의 희미한 능선에 머물렀다. 까막개 큰애기들에게는 뭍이 향수鄕愁처럼 그리웠다.

"인자 그만 뭍에 가 살았으문……."

새댁은 바위 끝에 주저앉으며 동의를 구하는 듯한 눈매로 북술이를 쳐다보았다. 북술이의 마음도 그러했다. 바다를 떠나서는 살 수 없으면서도 해마다 그 꼴로 되풀이되는 섬 살림이 이젠 진절머리가 났다.

"그랴문 새댁은 뭍으로 가세."

"북술이는 용바우가 있으니끼로 안 되지라우."

"……."

북술이의 가슴은 화살을 맞은 것 같았다. 사실 북술이도 뭍이 빠져리게 그리웠다.

"누가 용바우 때문이라우."

"유왕제 전날 밤도 살금이 새어서 용바우를 만났제."

"……."

머리를 저었으나 북술이의 얼굴은 붉어졌다.

지난 여름 물物을 실어 간 건착선의 곱슬머리가 찾아왔다.

"북술이, 금년에도 물 좀 부탁해."

"야."

"이거는 빨래고."

곱슬머리가 다녀간 후 보따리를 헤치니 빨랫비누 세 개와 담뱃갑이 굴러 나왔다.

할아버지는 그거는 왜 받았느냐고 몹시 나무랐다. 그러나 얼마 안 가서 노인은 풀잎을 썰어 피우던 쌈지를 밀어 놓고 궐련을 끄집어내기에 북술이도 겨우 마음을 놓았다.

떠나는 뱃길이 썰물이라면 돌아오는 뱃길은 밀물이었다. 갯벌은 장작 횃불에 야시◆처럼 환했다. 그러나 간밤부터 몰아치는 돌개바람은 아직도 가라앉지 않고 너울은 굶주린 이리 떼처럼 태질◆을 했다.

마을 사람들은 나루터에서 밤을 새웠으나 아직도 배 세 척이 돌아오지 않았다.

◆ **긴차쿠巾着船** '건착선'의 일본식 발음. 건착망으로 고기를 잡는 배.
◆ **우무** 우뭇가사리.
◆ **잠질** 해녀들의 물질.
◆ **야시夜市** 야간에만 영업하는 시장.
◆ **태질** 바람이나 물결 따위가 강하게 휘몰아치는 일.

열흘 만에야 하태도에 불려 갔던◆ 구장네 배가 돌아왔다. 그러기에 그들은 아직도 한가닥의 희망은 버리지 않았다. 이제 순돌이네 배와 용바우가 탄 배만 돌아오면 되었다.

바다는 언제 그런 폭풍우가 있었느냐는 듯이 시치미를 딱 떼고 거울같이 맑았다. 마을 사람들은 아무 일도 없은 듯이 또 배를 타고 바다로 나갔고, 아낙네들은 바구니를 들고 갯벌로 나갔다.

북술이는 나왕봉 꼭대기로 올라갔다. 이 마루턱에 서면 멀리 홍도가 검은 바윗빛으로 나타나고 그 사이에 호쟁이꼴이 가로놓여 있기 때문이었다.

북술이의 마음속에는 용바우가 꼭 살아서 돌아올 것만 같은 생각이 들었다. 북술이는 하루 종일 홍도 바다에 눈을 박고 장승처럼 섰다. 그러나 해가 하늘 끝에 기울어도 수평선에 까물거리는 고랫배◆외에는 낯익은 아무 것도 나타나지 않았다.

북술이 아버지 제삿날 밤이었다. 같은 날에 세 사람의 제사였다. 그러나 까막개에는 이것이 그렇게 신기한 일은 아니었다. 다행히 같은 배에서 살아오는 사람이 있으면 죽은 날이 밝혀졌고, 기다리다 지쳐서 단념을 하게 되면 떠나던 날이 제삿날로 되었다.

바다는 그들에게서 눈물을 훑아 갔고 한숨마저 뿌리채 빼어 갔다.

"하이키◆로 구만 예禮를 올리제."

희망 잃은 구장◆의 말이었다. 그러나 아무도 대꾸하는 사람이 없었다. 성복◆을 한다는 것은 망령亡靈에 대한 산 사람들의 정성이겠지만 가족들에게는 그것이 혹 살아올지도 모르는 요행마저 도려 가는 것 같아서 석 달이고 반년이고 파묻어 두는 일이 예사였다.

"그놈의 기골◆이 그렇게 비명으로 죽을 놈은 아닌디."

무거운 침묵을 깨뜨리고 박 영감의 입이 열렸다.

"글쎄 인실이 아부지도 그때 석 달 만에 살아왔으니께."

다른 사람에게 틈을 주지 않고 불길不吉을 막으려는 듯 용바우 어머니가 가로챘다.

"인실이 아부지 같은 천명天命이야 어떻게 바란다우. 대마도까지 불려 갔으니께."

하나도 이치에 어긋나는 이야기가 아니건만 가족들은 구장의 말이 제각기 못마땅하였다.

"그놈의 긴차쿠 요다키夜焚인가 불바다가 돼 가지구 하룻밤에 우리가 잡는 일년 몫을 쓸어 가는지라, 나갈 제는 소 잡으러 나가는 것처럼 소리치고 나가지만 들어올 때는 죽을 지경으로 들어오니께."

박 영감의 말이었다.

"데구리까지 제멋대로 끌고 당기이께 양짝서는 펴 실어도 가운데서는 못 잡지라우."

곱새등이 입을 내밀었다.

"왜정 때만 했어도 연해◆ 삼십 마일 밖에라야 데구리 허가를 했는데 요새는 손 앞에서 막 해먹으니께로 고기 종자가 없제."

도무지 세상 되어먹는 꼴이 눈꼴사납다는 듯한 구장의 말투였다.

"맹아더론(맥아더라인),◆ 그것도 상관없는지라."

이번에는 구레나룻의 주걱턱이 맞장구를 쳤다.

◆ **불려 가다** 바람에 밀려 가다.
◆ **고랫배捕鯨船** 고기잡이 배.
◆ **하이끼はいき** 무릎을 꿇고 절함.
◆ **구장區長** 시골 동네의 우두머리.
◆ **성복成服** (죽은 이의 친족이) 상복을 입다.
◆ **기골氣骨** 기혈.
◆ **연해沿海** 육지에 가까이 있는 바다. 즉 대륙붕을 덮고 있는 바다를 이른다.
◆ **맹아더론(맥아더라인)** 1945년 맥아더 장군이 일본인의 어로 활동 범위를 확정한 제한선. 대일 강화조약 이후 없어졌다.

까막개의 밤은 이야기로 새었고, 주리고 부은 얼굴들엔 그렇게라도 해야 어지간히 화풀이가 되었다.

벌써 두 달이 꼬박이 흘러갔다. 마을 사람들은 길어진 해가 원망스러울수록 허리띠를 더 졸라맸다. 집집마다 계량◆이 끊어졌다.

이젠 그들의 입에서 털보영감이나 용바우 이야기가 점점 사라져 갔다. 기억 속에서도 아지랑이처럼 흐려 갔다. 그러나 북술이만은 날이 갈수록 용바우의 윤곽이 더 뚜렷이 돋아 올랐다. 구릿빛으로 타는 얼굴이 눈에 선했다.

북술이는 나루터로 나갔다. 어젯저녁 꿈자리가, 오늘은 꼭 용바우가 돌아올 것만 같았다. 그러나 밤이 이슥하도록 고기가 낚이지 않아, 빈 배로 돌아오는 마을 사람들의 시들어진 얼굴 속에 용바우의 모습은 보이지 않았다.

이튿날 아침 북술이는 묵을 쑬 우무를 고아서 동이에 받아 놓고 집을 나섰다. 인실이 어머니를 찾아 산으로 올라갔다. 벌써 달포나 우려먹은 우무묵과 좌반나물에 시달려 종아리가 허전했다.

칡뿌리 파기에는 힘이 겨워 송기◆를 벗겼다. 소나무의 곧은 줄기라곤 다 없어지고 앵드러진 가지밖에 남지 않았다. 한나절이 지나서야 송기는 바구니에 반이나 찼다.

"북술애 쪼금 쉬재이."

"그라재라우."

인실이 어머니가 주저앉은 옆에 북술이도 다리를 뻗고 앉았다. 인실이 어머니의 얼굴은 멀겋게 부었다. 만삭이 되어서 그런지 몸뚱어리도 부은 것같이 유별히 크게 보였다.

인실이 어머니는 다리를 쭉 펴고 정강이를 엄지손가락으로 꾹 눌렀다가 떼었다. 한참 있어도 손가락 자리는 부풀지 않았다.

"이렇게 배도 부었제라."

북술이는 마음이 쓰렸다. 이번에는 그 손가락으로 북술이의 정강이를 더 힘주어 눌렀다.

북술이 다리도 손가락 자리가 옴폭했다. 그러나 손바닥으로 문지르니 그 자리는 금방 그대로 되었다. 북술이는 제 손가락으로 이렇게 되풀이하면서 쓴웃음을 지었다.

인실이 어머니는 북술이 다리를 베고 누워 북술이에게 머릿니를 잡히면서 이야기를 시작했다.

"북술이는 꼭 지 어무니를 닮았제, 고 입이 더, 북술이 어무니는 소문나게 고왔재라, 마을 머시마들이 오금을 못 썼으이께, 그랸디 육지루만 씨집가겠다구 그랴는지라."

처음 듣는 이야기였다. 북술이는 이 잡던 손을 멈추고 인실이 어머니 입만 내려다보았다.

"그랴, 북술이 아부지가 홍도에 장가를 갔었는디 가서 잔칫날 각시를 다리고 오고는 사흘 만에 첫질◆ 가는디 풍파가 심했어라. 좋은 날 받아 갈라니 또 풍파가 일구 또 일구 그래서 북술이를 낳아 갖구 첫질을 갔재라."

북술이는 침을 꿀꺽 삼키고 또 인실이 어머니의 입만 지키고 있다.

"그란디 그다음 해 호갱이꼴에서 그만 북술이 아부지가……."

인실이 어머니는 숨을 길게 들이켰다. 북술이의 눈 언저리가 흐려졌다.

◆ **계량繼糧** 한 해에 추수한 곡식으로 다음 해 추수할 때까지 양식을 이어 감.
◆ **송기松皮** 소나무의 속껍질.
◆ **첫질** 첫 물질.

"북술이 어무니는 날마다 나왕봉에 올라갔제라 석 달을 두고…… 옛날에도 그래 망부석◆이 있어라. 그런디 인실이 아부지 오이께◆ 소식을 듣고 병이 났지라."

북술이의 눈물이 인실이 어머니의 이마에 떨어졌다.

"그런디 북술이 어무니는 밤에 없어졌제라."

"어디로?"

잠자코 듣고만 있던 북술이가 다급하게 물었다.

"물에 빠져 죽었다이께…… 육지에서 봤다는 사람도 있제."

"육지에……."

어머니가 죽었다고만 들은 북술이는 제 귀를 의심했다. 육지가 어머니의 젖가슴처럼 그리워졌다. 북술이는 급기야 흐느껴 울었다. 인실이 어머니는 무릎에서 일어났다.

"울지 말라이께, 다 옛말이라, 인자 북술이도 육지로 씨집을 가야제."

북술이는 용바우가 돌아오지 않는 바다라면 정말 싫증이 났다. 바다가 미워졌다. 아예 바다를 떠나야만 살 것 같았다.

북술이의 머리에는 건착선의 곱슬머리가 떠올랐다. 육지에 같이 가 살자고 그렇게 조르는 곱슬머리에게 오늘은 대답하리라고 마음먹었다.

북술이는 정지에 들어서자 난데없는 자루에 눈이 둥그래졌다. 풀어 보니 쌀자루에 고무신 한 켤레가 들어 있었다. 그러잖아도 풀물만 마시고 누워 있는 할아버지에게 쌀 미음 한 그릇이라도 따끈히 권하고 싶은 요사이의 심정이었다.

"한아부지, 쌀이라우."

방 쪽을 향하여 묻는 말이었다.

"응, 북술이라. 그 긴차쿠 젊은이가 가져왔지라."

지난번 담배 때와는 딴판으로 별로 나무라는 눈치는 아니었다.

오래간만에 다루어 보는 쌀이었다. 북술이는 쌀을 한움큼 쥐어서는 부서져라 비비고 손바닥을 살그머니 폈다. 오드득 소리나게 마른 쌀이 손가락 사이로 간지럽게 흘러 내려갔다.

이번에는 고무신을 신어 보았다. 발에 맞기는 하나 눈처럼 흰 빛이 소복◆ 같아서 용바우에 대한 무슨 불길한 예감이 떠올라 겁이 났다.

그러나 미음 솥에 불을 지피면서도 북술이는 오래간만에 가슴이 후련했다. 부지깽이로 정짓문을 내밀치고 마당에 나섰다. 당산 끝 낭떠러지에 팽꽃◆이 한창이었다. 둔부꽃도 피기 시작했다. 동백새가 짝을 찾는지 찢어지는 소리를 내며 숲 속으로 사라졌다. 저녁 노을이 나왕봉 마루에 걸렸다. 차츰 땅거미가 산골짜기에서 갯벌로 퍼졌다.

할아버지는 쌀 미음에 구슬땀이 흘렀다. 북술이도 치마끈을 늦추었다. 그러나 할아버지도 손녀도 다시는 쌀자루에 대한 이야기는 없었다.

까막조개 등잔에서 뱀 혀끝 같은 심지가 빠지작빠지작 타들어 갔다.

새벽에 진통이 시작하였다는 인실이 어머니가 해질 무렵에 어린애가 걸린 대로 죽었다는 소문이 온 마을에 퍼졌다. 다물도에 배를 가지고 갔던 인실이 아버지가 의사를 모시고 돌아온 것은 이미 운명한 뒤였다.

북술이는 송기 벗기러 갔을 때의 손가락 자리가 종시◆ 솟아나지 않던 인실이 어머니의 다리가 자꾸만 눈앞에 어른거

◆ **망부석望夫石** 정조를 굳게 지키던 아내가 멀리 떠난 남편을 기다리다 그대로 죽어 화석이 되었다는 전설적인 돌.
◆ **오이께** 오니까.
◆ **소복素服** 하얗게 차려입은 옷. 흔히 상복으로 입는다.
◆ **팽꽃** 팽나무의 꽃.
◆ **종시終是** 끝까지 내내.

렸다. 나도 시집을 가면 저러랴 싶으니 등골이 오싹했다.

'의사가 있는 육지에 가 살아야지.'

북술이의 마음은 자꾸만 육지로 줄달음쳤다.

곱슬머리가 사흘째 찾아왔다.

"긴차쿠가 내일 저녁 목포로 떠나, 꼭 같이 가지?"

"그라재라우!"

북술이의 눈망울은 안개보다 깊었다.

"내일 저녁 해 떨어지문 곧……."

"야."

"까막바위로 와."

"가지라우."

곱슬머리에게 승낙을 하고 난 북술이의 마음은 한곬◆으로 정해졌다. 육지에 가서 자리만 잡으면 할아버지도 모시자는 곱슬머리의 눈동자에는 진정이 고였다고 생각되었다.

자기를 아껴 주는 사람이면 다 고마웠다. 북술이의 머리에는 언제인가 한번 보았던 육지의 화려한 모습이 그물코처럼 연달아 떠올랐다. 기차를 타고 자꾸자꾸 가고만 싶었다. 곱게 생겼다는 어머니의 얼굴도 그려 보았다. 그럴수록 북술이의 머릿속은 엉클어져 뜬눈으로 밤을 새웠다.

집을 나선 북술이는 끝내 까막바위로 나갔다.

해는 수평선에 가라앉았다. 어둠이 밀물처럼 스며들었다.

뎀마(거룻배)가 까막바위에 와 닿았다. 그러나 북술이는 보이지 않았다. 곱슬머리는 북술이가 자기를 놀라게 하려고 숨었나 싶었다. 몇 차례나 바위를 돌았다. 아무리 돌아도 북술이의 모습은 찾을 길 없었다.

곱슬머리는 뎀마를 나루터로 돌렸다. 그러나 마을 어느 구석에도 북술이의 그림자는 찾아볼 수 없었다. 건착선에서는 연달아 고동이 울려 왔다. 뎀마◆가 갯가에서 사라진 후 얼마 안 되어 건착선은 앞개를 떠났다.

까막바위에 선 북술이의 눈앞에는 고래등 같은 용바우가 가로막고 섰다. 할아버지의 꿀대를 파고 솟구치는 가래침 소리가 목덜미를 잡았다. 다음 용왕당과 나루터와 갯벌이 머릿속이 비좁게 감돌았다.

'그랴문 씨집도 안 가구 큰애기로 늙으라제.'

용바우의 황소 같은 목소리가 어깻죽지를 붙잡았다.

뎀마의 물 가르는 소리가 점점 까막바위로 가까워 왔다.

북술이는 갑자기 마을 쪽으로 쏜살같이 달아났다. 용바우가 내일 틀림없이 연락선으로 돌아올 것만 같았다.

까막개의 아낙네들은 그리다가 목마르고, 기다리다 지쳐서 쓰러지면서도 바다와 더불어 살았다.

자리를 털고 일어난 박 영감은 끌◆과 자귀◆를 들고 밖으로 나섰다. 굴뚝 뒤 바위 위에 엎어 놓은 낡은 고깃배를 끌어 내렸다. 해풍에 강마른◆ 뱃바닥에 햇볕이 새었다. 박 영감은 앨기◆ 끝에 배꼴을 끼워 벌어진 틈을 메우기 시작했다. 부러진 노를 이었다. 박 영감은 아픈 허리를 두드리면서 아들보다 용바우가 더 그리웠다.

저물녘에는 짚불을 피워 배연애◆가 까

◆ **한곬** 한 자리.
◆ **뎀마** 큰 배와 육지 또는 배와 배 사이의 연락을 맡아 하는 작은 배.
◆ **끌** 망치로 한쪽 끝을 때려서 나무에 구멍을 뚫거나 겉면을 깎고 다듬는 데 쓰는 연장.
◆ **자귀** 나무를 깎아 다듬는 연장의 하나. 나무 줏대 아래에 넓적한 날이 있는 투겁을 박고, 줏대 중간에 구멍을 내어 자루를 가로 박아 만든다.
◆ **강마르다** 성미가 부드럽지 못하고 메마르다.
◆ **앨기** 배의 몸에 틈이 벌어진 곳을 메우는 데 쓰는 기구.
◆ **배연애** 뱃전.

맣게 된 고깃배가 나루터에 떴다. 배 윗장에서 이마에 손을 대고 북녘 하늘을 쳐다보는 박 영감의 긴장된 얼굴이 엷은 경련을 일으켰다.

'갈바람南風이제, 고기사 밤에 잘 물재라.'

주낙(줄낚시)을 실은 박 영감은 뼈만 남은 양 어깨가 부서지도록 노를 저었다. 배는 나루터에서 멀어져 갔다. 바다는 속물이 약해지는 첫 께끼◆였다.

박 영감의 가슴에는 장수라는 별명을 듣던 삼십대의 시절이 번개같이 어렸다.

'혼자서 셋 몫은 실히 해넘겼겠다. 유왕제가 끝나면 첫 조금에서 열물을 넘어 마지막 께끼를 되풀이하는 사이 서바닥에서 한몫 보구, 간나안 앞바닥에서 상어잡이가 끝나면 칠산에서 옘평까지 조기 떼를 따라 물줄기를 거스르며, 용호동에서 만선에 기를 지르고 강화로 들어갔겠다. 생선회에 한 말 술을 기울이면 객줏집 계집들도 노상 파리 떼 모이듯 했겠다.'

흥겨웠던 뱃노래가 어제 일같이 또렷했다.

어야 디어— 어가이여—차
영—차 영—차
우리네 배 임자 신수가 좋아서
칠산 옘평에 도장원 하였네
어—요 에—어—야
우리배 사공님 정심이 좋아서
안암팎 두물에 만선이 되었네
어—요 에—어—야

멀리 나루터의 북술이 그림자가 주먹만큼 했다가 팥알만큼 변하는 대로 박 영감의 시야에서 아물아물 사라졌다.

흑산도黑山島!

숙명처럼 발목을 매어 잡는 이름이었다.

할아버지의 배가 사라진 영산 모퉁이에서 옮겨진 북술이의 눈은 하늘을 건너 아득한 육지 쪽에 얼어붙었다.

해풍에 나부끼는 머리카락 밑으로 저녁 노을에 비낀 양 뺨은 흠뻑 젖어들었다.

◆ **께끼** 물때를 가리키는 용어의 하나.

전광용

全光鏞, 1919~1988

함경남도 북청에서 태어난 작가 전광용은 서울대 국어국문학과를 졸업한 뒤 같은 대학 대학원에서 문학박사 학위를 받았습니다. 1939년 《동아일보》 신춘문예에 동화 〈별나라 공주와 토끼〉로 등단한 뒤 16년 뒤인 1955년, 《조선일보》 신춘문예에 〈흑산도〉가 당선되어 등단하였습니다.

전광용은 창작 활동을 하는 동시에 서울대학교 국문과 교수로 재직하면서 문학 연구자로도 활동하였습니다. 그는 신소설에 대해 체계적으로 연구한 〈신소설 연구〉를 비롯하여 다양한 평론과 논문을 발표하였습니다.

전광용은 스스로를 '머리로 쓰는 작가'가 아니라 '발로 쓰는 작가'라고 했을 만큼 소설을 쓸 때 철저한 자료 수집과 현장 답사를 한 작가로 유명합니다. 그리하여 철저하게 자신의 개인적 체험과 감상의 세계를 배제하고 현실세계에 대한 냉엄한 관찰을 통해 작품을 창작했습니다. 그 대표적인 작품이 〈흑산도〉로, 작가가 직접 섬에 찾아가 방언과 토속 민요 등을 채집하여 쓴 작품입니다.

뿐만 아니라 전광용은 사회 현실에 만연한 부정적인 요소를 강하게 고발하고 인간 심리를 섬세하게 표현한 〈꺼삐딴 리〉, 민족의 비극적인 상황을 그리고 있는 〈사수〉 등의 작품을 남겼습니다. 〈꺼삐딴 리〉는 일제강점기에는 철저한 친일파였다가 소련군이 진주하자 이에 아부하고, 휴전선이 그어지자 미군에 아부하는 카멜레온적인 인물을 풍자한 작품입니다.

흑산도, 숙명처럼 발목을 매어 잡는 이름이었다

1955년에 발표된 〈흑산도〉는 흑산도 사람들의 삶을 제재로 하여 바닷가 사람들의 삶과 애환을 그린 작품입니다.

까막개 사람들은 바다와 싸우면서 바다를 의지하며 살아왔습니다. 일 년의 넉 달은 농사로, 나머지 여덟 달은 고기잡이로 생계를 이어 온 섬사람들은 삶의 터전인 바다와 더불어 살아갈 수밖에 없습니다. 그래서 사람들은 고깃배의 무사고와 풍어, 마을의 평안을 기원하며 용왕제를 지냅니다.

북술이 할아버지인 박영감과 단 둘이 살고 있는 손녀딸 북술이는 열아홉이 되었습니다. 그리고 10년 동안 박 영감과 함께 배를 타 온 용바우는 스물다섯입니다. 용왕제가 있기 전날 밤, 용바우와 북술이는 서로 좋아하는 마음을 확인합니다.

식량이 다 떨어져 가자 용바우는 박 영감을 찾아와 고기잡이를 다녀오겠다고 합니다. 기침이 심해서 같이 배에 타지 못한 박 영감은 심상치 않은 날씨를 살피며 걱정스러운 마음으로 바다로 나가는 그들을 지켜봅니다.

용바우가 탄 배는 열흘이 지나고 두 달이 지나도록 돌아오지 않았습니다. 용바우가 돌아오기만을 기다리던 북술이는 양식을 캐러 산에 갔다가 인실이 어머니로부터 자신의 어머니 이야기를 듣게 됩니다. 죽은 줄로만 알았던 어머니를 육지에서 누군가 봤다는 것입니다. 그 이야기를 들은 북술이는 육지로 떠나고 싶은 유혹을 느끼며, 육지로 나가 함께 살자는 건착선의 곱슬머리를 떠올립니다. 산에서 내려온 북술이는 부엌에 놓인 쌀과 고무신 한 켤레를 발견합니다. 곱슬머리가 몰래 두고 간 것입니다.

다음 날, 북술이는 육지로 함께 가서 살자는 곱슬머리의 제안을 받아들이지만, 결국 곱슬머리와 만나기로 한 장소에 나가지 않습니다. 대신 용바우가 내일은 틀림없이 연락선으로 돌아올 것이라 여기며 섬에 남아 살기로 다짐합니다. 박 영감은 죽은 아들보다도 용바우를 더 그리워하며 바다로 나갈 채비를 합니다.

남도 섬 특유의 토속성을 살린 소설

〈흑산도〉는 바다를 원망하면서도 바다에 의지해 살아가는 섬사람들의 숙명적인 삶의 모습과 육지를 그리워하면서도 결국 바다의 삶을 버리지 못하는 섬 여인네들의 애환을 사실적으로 그려 낸 작품입니다.

그러한 이야기의 사실감을 더해 주는 것은 섬 아낙들과 뱃사람들의 애환이 담긴 민요, 그리고 구수한 남도 사투리입니다. 예를 들어 이 소설은 섬 처녀들이 손에 손을 잡고 둘레를 돌면서 메기고 받는 '강강술래'로 시작하여 뱃노래로 끝맺고 있는데, 이 민요들은 섬 특유의 토속적인 분위기를 전하고 있습니다. 뿐만 아니라 현장에 직접 가지 않으면 묘사할 수 없는 어휘 표현들이 남해 섬마을의 사실감을 더해 줍니다. 예컨대 박 영감이 "거기다 해까지 노란 씨레를 달았군, 옘평 가마깨에서 배가 곤두박질한 것도 저 구름이었다. 아들놈이 서바닥 호쟁이꼴에서 소식이 없어진 것도 바로 저 구름이었지…… 오늘밤엔 하누바람北

風이 터질 테라." 말하는 대목을 비롯하여 유왕님(용왕님), 한아버지(할아버지), 잠질(잠수질) 등의 용어들은 철저한 자료 수집과 현장 답사를 거친 작가의 노력에서 태어난 것입니다.

체험 문학의 매력

소설은 기본적으로 작가의 상상에서 비롯된 '허구'이지만 어떤 작가는 철저하게 자신의 체험을 토대로 하여 소설을 쓰기도 합니다. 이렇듯 작가 자신의 경험을 소재로 삼은 문학을 '체험 문학'이라고 합니다.

한국 문학에서 체험 문학을 실현한 대표적인 작가는 최서해입니다. 최서해는 가난으로 인해 소학교조차 제대로 다니지 못했으나 독학으로 문학을 공부하여 등단한 작가로서, 궁핍과 방랑의 체험을 작품의 소재로 활용했습니다. 대표적인 작품 〈탈출기〉를 비롯하여 〈기아와 살육〉, 〈박돌의 죽음〉, 〈홍염〉 등의 단편소설들은 일제시대 사회 하층민의 처절한 삶이 사실적으로 묘사된 작품입니다.

이에 비해 서울대학교 교수인 전광용은 사회적으로 최서해와는 상반된 환경에서 살아온 소설가입니다. 그러나 가난하고 소외된 자들이 겪는 삶의 고통과 애환을 사실주의적으로 표현한 작가라는 점에서, 그리고 체험 문학을 지향했다는 점에서 두 작가는 같은 선상에 있다고 할 수 있습니다.

전광용은 소설을 쓸 때 철저한 자료 수집과 현장 답사를 하는 작가로 유명했습니다. 서울대학교 교수로 재직할 당시 그는 해마다 방학이 되면 노트를 꼭 챙겨서 산이든 바다든 여행을 떠났다고 합니다. 낯선 땅에서 만난 사람들, 거기서 보고 겪은 일들을 노트에 기록하는 것을 곧 여행으로 삼았던 것입니다.

용왕제와 흑산도

용왕제는 용왕에게 뱃길 떠나는 어부의 무사안녕과 풍어를 비는 제의입니다. 고대 기록에도 이러한 제사를 지냈다는 내용이 확인되는 것으로 보아 어촌 주민들은 아주 오래전부터 바다와 물을 관장하는 신, 즉 용왕에게 굿을 하고 제사를 드렸음을 알 수 있습니다.

〈흑산도〉의 까막개 사람들은 바다와 싸우면서도 바다를 의지하고 살아가는 사람들입니다. 용왕제 전날에는 술과 고기 먹는 것을 삼가고 마음을 깨끗하게 함으로써 정성을 기울이는데, 이는 바다를 믿고 따르고자 하는 경건함에서 비롯된 금기입니다.

흑산도는 전라남도 신안군 흑산면에 속한 섬입니다. 목포에서 남서쪽으로 97.2km 떨어져 있으며, 산과 바다가 푸르다 못해 검게 보인다 하여 흑산도로 불리게 되었다고 합니다. 흑산도에 사람이 처음으로 정착한 것은 통일신라시대인 828년으로, 장보고가 왜구들을 막기 위해 이 섬에 반월성을 쌓으면서부터입니다.

용왕제를 드리는 모습

흑산도는 육지로부터 워낙 멀리 떨어져 있어 유배지로도 유명한데, 특히 《자산어보》를 남긴 정약전과 구한말 항일 의병운동을 일으킨 면암 최익현이 이곳에서 유배 생활을 했습니다.

또 다른 이야기 1

전광용의 대표작 〈꺼삐딴 리〉

〈꺼삐딴 리〉는 일제 강점기에서부터 한국전쟁 이후의 변혁기를 거쳐 온 외과의사의 삶을 비춘 작품으로, 일본·소련·미국에 아부하여 권세를 누리는 기회주의자의 모습을 그리고 있습니다.

주인공 이인국은 일제 강점기에 종합병원을 운영하던 외과의사입니다. 그는 뛰어난 수술 실력을 지녔지만 돈이 많은 사람들이나 일본인 간부들만 치료하는 사람이며, 자식들을 일본 학교에 보내고 집에서도 일본 말만 쓰는 친일파입니다.

그 후 해방을 맞이하여 그가 살고 있던 북쪽엔 소련군이 진주하였고, 그는 꼼짝없이 민족 반역자로 낙인 찍혀 감옥에 갇히게 됩니다. 그런데 재판을 기다리며 감옥 생활을 하던 중 감옥에 전염병이 돌기 시작합니다. 의사인 이인국은 응급치료실에서 환자를 돌보라는 명령을 받고 감방 생활에서 벗어납니다.

이 일을 기회로 삼아 그는 정성스럽게 환자들을 돌보고 러시아어 공부도 열심히 합니다. 거기에 더해 소련인 고문관인 스텐코프의 왼쪽 뺨에 흉물스럽게 붙어 있던 혹을 수술로 제거해 주어 구사일생으로 목숨을 건집니다.

다음 해, 한국전쟁이 일어나자 이인국은 청진기 가방 하나만 들고 남쪽으로 피난을 갑니다. 여기서도 그는 처세술을 발휘하여 상당히 높은 지위까지 올라갑니다.

이인국은 귀한 도자기를 들고서 미국 대사관의 브라운을 찾아갑니다. 브라운은 이인국에게 미국으로 갈 수 있는 모든 준비를 해주겠다는 약속을 합니다. 이인국은 오늘의 성공에 이르기까지 험난했던 자신의 과거를 되돌아봅니다. 그리고 소련으로 유학을 보낸 아들과 미국으로 유학을 보낸 딸을 떠올리며, 자신의 성공을 확신합니다.

- **이 작품의 맨 마지막에 바다로 나간 사람은 누구인가요?**

  ① 박 영감 ② 순돌이 ③ 털보영감 ④ 인실이 아버지 ⑤ 두칠이

- **이 작품에서 용바우는 바다로 나가기 전에 북술이에게 무엇을 사주겠다고 약속했나요?**

  ① 한복 ② 솜옷 ③ 신발 ④ 노리개 ⑤ 금반지

- **이 작품에서 용왕제 집사로 뽑힌 용바우는 용왕제를 모시기 위한 금기를 지키기 위해 갯가에서 벌어지는 잔치에 참석하지 않았습니다. 구체적으로 어떤 금기 사항이었나요?**

- **이 이야기에서 북술이는 육지에 가서 함께 살자는 곱슬머리의 말에 승낙했지만 결국은 섬을 떠나지 못합니다. 왜 복술이가 섬에 남을 수밖에 없었는지 그 이유를 말해 봅시다.**

● 이 작품에서 흑산도 사람들은 바다를 어떤 대상으로 여기고 있는지 말해 봅시다.

● 이 작품에서 까막개 사람들은 바다에서 돌아오지 않는 사람들을 기다리며 살아갑니다. 이들의 '기다림'이 무엇을 의미하는지 생각해 봅시다.

● **이 작품의 맨 마지막에 바다로 나간 사람은 누구인가요?**

① 박 영감 ② 순돌이 ③ 털보영감 ④ 인실이 아버지 ⑤ 두칠이

답 ①번.

● **이 작품에서 용바우는 바다로 나가기 전에 북술이에게 무엇을 사주겠다고 약속했나요?**

① 한복 ② 솜옷 ③ 신발 ④ 노리개 ⑤ 금반지

답 ③번.

● **이 작품에서 용왕제 집사로 뽑힌 용바우는 용왕제를 모시기 위한 금기를 지키기 위해 갯가에서 벌어지는 잔치에 참석하지 않았습니다. 구체적으로 어떤 금기 사항이었나요?**

술과 고기를 먹어서는 안 되며 마음을 맑고 깨끗하게 하는 것.

● **이 이야기에서 북술이는 육지에 가서 함께 살자는 곱슬머리의 말에 승낙했지만 결국은 섬을 떠나지 못합니다. 왜 복술이가 섬에 남을 수밖에 없었는지 그 이유를 말해 봅시다.**

까막개의 아낙네들이 바다가 집어 삼킨 사람들을 기다리는 삶을 자신의 운명으로 받아들였던 것처럼 복술이도 사랑하는 용바우가 돌아올 것이라 믿으며 살아가기로 마음을 먹었기 때문입니다.

● 이 작품에서 흑산도 사람들은 바다를 어떤 대상으로 여기고 있는지 말해 봅시다.

섬마을 사람들은 바다와 싸우면서 바다를 의지하며 살아갑니다. 즉, 바다는 두려움과 증오의 대상인 동시에 삶의 터전인 것입니다.

● 이 작품에서 까막개 사람들은 바다에서 돌아오지 않는 사람들을 기다리며 살아갑니다. 이들의 '기다림'이 무엇을 의미하는지 생각해 봅시다.

까막개 사람들은 바다와 싸우면서 바다를 의지하고 살아갑니다. 그들에게 바다는 생활의 터전이기도 했지만 가족과 이웃의 목숨을 빼앗아 가는 적이기도 했습니다. 그러나 까막개 사람들은 바다에 저주를 보내면서도 신앙심을 가지고 섬깁니다.
바다에서 나서 바다에서 죽는 것이 자신들의 운명이라고 까막개 사람들은 생각합니다. 언제 돌아올지 모르는 사람을 기다리며 사는 것은 바로 자신의 운명을 받아들이기로 했기 때문입니다.

난쟁이가 쏘아 올린 작은 공

: 조세희 :

생각해 볼까요?

요즘 우리나라 도시의 주거 형태는 아파트화되었습니다. 그렇다면 언제부터 한국에 아파트가 본격적으로 지어졌을까요? 바로 우리나라 산업이 급속히 성장하기 시작한 1970년대부터입니다. 그런데 그 과정에는 내쫓기듯이 집을 떠나야만 했던 서민들의 억울한 사정이 있습니다. '개발'의 희생양이 된 이들의 삶을 생각하며 《난쟁이가 쏘아올린 작은 공》을 감상해 봅시다.

1

사람들은 아버지를 난쟁이라고 불렀다. 사람들은 옳게 보았다. 아버지는 난쟁이였다. 불행하게도 사람들은 아버지를 보는 것 하나만 옳았다. 그 밖의 것들은 하나도 옳지 않았다. 나는 아버지, 어머니, 영호, 영희, 그리고 나를 포함한 다섯 식구의 모든 것을 걸고 그들이 옳지 않다는 것을 언제나 말할 수 있다. 나의 '모든 것'이라는 표현에는 '다섯 식구의 목숨'이 포함되어 있다. 천국에 사는 사람들은 지옥을 생각할 필요가 없다. 그러나 우리 다섯 식구는 지옥에 살면서 천국을 생각했다. 단 하루라도 천국을 생각해 보지 않은 날이 없다. 하루하루의 생활이 지겨웠기 때문이다. 우리의 생활은 전쟁과 같았다. 우리는 그 전쟁에서 날마다 지기만 했다. 그런데도 어머니는 모든 것을 잘 참았다. 그러나 그날 아침 일만은 참기 어려웠던 것 같다.

"통장이 이걸 가져왔어요."

내가 말했다. 어머니는 조각마루 끝에 앉아 아침식사를 하고 있었다.

"그게 뭐냐?"

"철거 계고장◆예요."

"기어코 왔구나!"

어머니가 말했다.

"그러니까 집을 헐라는 거지? 우리가 꼭 받아야 할 것 중의 하나가 이제 나온 셈이구나!"

어머니는 식사를 중단했다. 나는 어머니의 밥상을 내려다보았다. 보리밥에 까

◆ **계고장戒告狀** 행정상의 의무 이행을 재촉하는 내용을 담은 문서.

만 된장, 그리고 시든 고추 두어 개와 조린 감자.

나는 어머니를 위해 철거 계고장을 천천히 읽었다.

낙 원 구

주택 : 444, 1——　　　197×. 9. 10

수신 : 서울특별시 낙원구 행복동 46번지의 1839 김불이 귀하

제목 : 재개발사업 구역 및 고지대 건물 철거 지시

귀하 소유 아래 표시 건물은 주택개량촉진에 관한 임시 조치법에 따라 행복 3구역 재개발지구로 지정되어 서울특별시 주택개량 재개발사업 시행 조례 제15조, 건축법 제5조 및 동법 제42조의 규정에 의하여 197×. 9. 30까지 자진 철거할 것을 명합니다. 만일 위 기일까지 자진 철거하지 않을 경우에는 행정 대집행법의 정하는 바에 의하여 강제 철거하고 그 비용은 귀하로부터 징수하겠습니다.

철거 대상 건물 표시

서울특별시 낙원구 행복동 46번지의 1839

구조　건평　평

끝

낙원구청장

어머니는 조각마루 끝에 앉아 말이 없었다. 벽돌공장의 높은 굴뚝 그림자가 시멘트담에서 꺾어지며 좁은 마당을 덮었다. 동네 사람들이 골목으로 나와 뭐라고 소리치고 있었다. 통장은 그들 사이를 비집고 나와 방죽 쪽으로 걸음을 옮겼다. 어머니는 식사를 끝내지 않은 밥상을 들고 부엌으로 들어갔다. 어머니는 두 무릎을 곧추세우고 앉았다. 그리고, 손을 들어 부엌 바닥을 한 번 치고 가슴을 한 번 쳤다. 나는

동사무소로 갔다. 행복동 주민들이 잔뜩 몰려들어 자기의 의견들을 큰 소리로 말하고 있었다. 들을 사람은 두셋밖에 안 되는데 수십 명이 거의 동시에 떠들어 대고 있었다. 쓸데없는 짓이었다. 떠든다고 해결될 문제는 아니었다.

나는 바깥 게시판에 적혀 있는 공고문을 읽었다. 거기에는 아파트 입주 절차와 아파트 입주를 포기할 경우 탈 수 있는 이주 보조금 액수 등이 적혀 있었다. 동사무소 주위는 시장바닥과 같았다. 주민들과 아파트 거간꾼◆들이 한데 뒤엉켜 이리 몰리고 저리 몰리고 했다. 나는 거기서 아버지와 두 동생을 만났다. 아버지는 도장포◆ 앞에 앉아 있었다. 영호는 내가 방금 물러선 게시판 앞으로 갔다. 영희는 골목 입구에 세워 놓은 검정색 승용차 옆에 서 있었다. 아침 일찍 일들을 찾아 나섰다가 철거 계고장이 나왔다는 소리를 듣고 돌아온 것이었다. 누군들 이런 날 일을 할 수 있을까. 나는 아버지 옆으로 가 아버지의 공구들이 들어 있는 부대를 둘러메었다. 영호가 다가오더니 나의 어깨에서 그 부대를 내려 옮겨 메었다. 나는 아주 자연스럽게 그것을 넘겨주면서 이쪽으로 걸어오는 영희를 보았다. 영희의 얼굴은 발갛게 상기되어 있었다. 몇 사람의 거간꾼들이 우리를 둘러싸고 아파트 입주권을 팔라고 했다. 아버지가 책을 읽고 있었다. 우리는 아버지가 책을 읽는 것을 처음 보았다. 표지를 쌌기 때문에 무슨 책을 읽는지도 알 수 없었다. 영희가 허리를 굽혀 아버지의 손을 잡아끌었다. 아버지는 우리들의 얼굴을 물끄러미 쳐다보더니 자리를 털고 일어났다. '난쟁이가 간다'고 처음 보는 사람들이 말했다.

◆ **거간꾼** 사고파는 사람 사이에 들어 흥정을 붙이는 일을 하는 사람.
◆ **도장포圖章鋪** 도장을 돈을 받고 새겨 주는 가게.

어머니는 대문 기둥에 붙어 있는 알루미늄 표찰◆을 떼기 위해 식칼로 못을 뽑고 있었다. 내가 식칼을 받아 반대쪽 못을 뽑았다. 영호는 어머니와 내가 하는 일이 못마땅한 모양이었다. 그러나 마음에 드는 일이 우리에게 일어나 주기를 바랄 수는 없는 일이었다. 어머니는 무허가 건물 번호가 새겨진 알루미늄 표찰을 빨리 떼어 간직하지 않으면 나중에 괴로운 일이 생길 것이라는 것을 알고 있었다.

어머니는 손바닥에 놓인 표찰을 말없이 들여다보았다. 영희가 이번에는 어머니의 손을 잡아끌었다.

"너희들이 놀게 되지만 않았어도 난 별 걱정을 안 했을 거다."

어머니가 말했다.

"스무날 안에 무슨 뾰족한 수가 생기겠니. 이제 하나하나 정리를 해야지."

"입주권을 팔려고 그래요?"

영희가 물었다.

"팔긴 왜 팔아!"

영호가 큰 소리로 말했다.

"그럼 아파트 입주할 돈이 있어야지."

"아파트로도 안 가."

"그럼 어떻게 할 거야?"

"여기서 그냥 사는 거야. 이건 우리 집이다."

영호는 성큼성큼 돌계단을 올라가 아버지의 부대를 마루 밑에 놓았다.

"한 달 전만 해도 그런 이야길 하는 사람이 있었다."

아버지가 말했다. 어머니가 내준 철거 계고장을 막 읽고 난 참이었다.

"시에서 아파트를 지어 놨다니까 얘긴 그걸로 끝난 거다."

"그건 우릴 위해서 지은 게 아네요."

영호가 말했다.

"돈도 많이 있어야 되잖아요?"

영희는 마당가 팬지꽃 앞에 서 있었다.

"우린 못 떠나. 갈 곳이 없어. 그렇지, 큰오빠?"

"어떤 놈이든 집을 헐러 오는 놈은 그냥 놔두지 않을 테야."

영호가 말했다.

"그만둬."

내가 말했다.

"그들 옆엔 법이 있다."

아버지 말대로 모든 이야기는 끝나 버린 것이나 마찬가지였다. 마당가 팬지꽃 앞에 서 있던 영희가 고개를 돌렸다. 영희는 울고 있었다. 어렸을 때부터 영희는 잘 울었다. 그때 나는 말했다.

"울지 마, 영희야."

"자꾸 울음이 나와."

"그럼, 소리를 내지 말고 울어."

"응."

그러나, 풀밭에서 영희는 소리를 내어 울었다. 나는 손으로 영희의 입을 막았다. 영희의 몸에서는 풀냄새가 났다. 개천 건너 주택가 골목에서는 고기 굽는 냄새가 났다. 나는 그것이 고기 굽는 냄새인 줄 알면서도 어머니에게 묻고는 했다.

"엄마, 이게 무슨 냄새야?"

◆ **표찰標札** 거주자의 성명을 써서 문 따위에 걸어 놓는 표.

어머니는 말없이 걸었다. 나는 다시 물었다.

"엄마, 이게 무슨 냄새지?"

어머니는 나의 손을 잡았다. 어머니는 걸음을 빨리하면서 말했다.

"고기 굽는 냄새란다. 우리도 나중에 해먹자."

"나중에 언제?"

"자, 빨리 가자."

어머니는 말했다.

"너도 공부를 열심히 하면 좋은 집에 살 수 있고, 고기도 날마다 먹을 수 있단다."

"거짓말!"

어머니의 손을 뿌리치면서 내가 말했다.

"아버지는 나쁜 사람야."

어머니가 우뚝 섰다.

"너 방금 뭐라고 했니?"

"우리 아버지는 나쁜 사람야."

"너 매 좀 맞아야겠구나. 아버지는 좋은 분이다."

"나도 주머니가 달린 옷을 입고 싶어."

"빨리 가자."

"엄마는 왜 우리들 옷에 주머니를 안 달아 주지? 돈도 넣어 주지 못하고, 먹을 것도 넣어 줄 게 없어서 그렇지?"

"아버지에 대해 말을 막 하면 너 매맞을 줄 알아라."

"아버지는 악당도 못 돼. 악당은 돈이나 많지."

"아버지는 좋은 분이다."

"알아."

나는 말했다.

“수백 번도 더 들었어. 그렇지만 이젠 속지 않아.”

“엄마, 큰오빠는 말을 안 들어.”

영희는 부엌문 앞에 서서 말했다.

“엄마 몰래 또 고기 냄새 맡으러 갔었대. 나는 안 갔어.”

어머니는 아무 말이 없었다. 나는 영희를 흘겨보았다. 영희는 또 말했다.

“엄마, 큰오빠가 고기 냄새 맡으러 갔었다고 말했더니 때리려고 그래.”

영희는 좀처럼 울음을 그치지 못했다. 나는 영희의 입에서 손을 떼었다. 영희를 풀밭으로 끌고 들어간 것이 잘못이었다. 영희를 때려 주고 나는 후회했다. 귀여운 영희의 얼굴은 눈물로 젖었다. 우리는 그때 주머니 없는 옷을 입고 있었다.

아버지는 철거 계고장을 마루 끝에 놓고 책을 읽었다. 우리는 아버지에게서 무엇을 바라지는 않았다. 아버지는 그동안 충분히 일했다. 고생도 충분히 했다. 아버지만 고생을 한 것이 아니다. 아버지의 아버지, 아버지의 할아버지, 할아버지의 아버지, 그 아버지의 할아버지…… 또…… 대대로 거슬러 올라간다. 그들은 아버지보다 더 심한 고생을 했을 수도 있다. 나는 공장에서 이상한 매매 문서가 든 원고를 조판◆한 적이 있다. 그 내용의 일부를 짜기 위해 나는 열심히 손을 놀렸다. ‘婢(비)◆ 金伊德(김이덕)의 한 소생◆ 奴(노)◆ 今同(금동) 庚寅生(경인생), 奴(노) 今同(금동)의 양처 소생 奴(노) 金今伊(김금이) 丁卯生(정묘생), 奴(노) 今同(금동)의 양처 소

◆ **조판組版** 원고에 따라서 골라 뽑은 활자를 원고의 지시대로 순서, 행수, 자간, 행간, 위치 따위를 맞추어 짬.
◆ **婢(비)** 여자 종.
◆ **소생所生** 자기가 낳은 아들이나 딸.
◆ **奴(노)** 사내 종.

생 奴(노) 德水(덕수) 己巳生(기사생), 奴(노) 今同(금동)의 양처◆ 소생 奴(노) 存世(존세) 辛未生(신미생), 奴(노) 今同(금동)의 양처 소생 奴(노) 永石(영석) 癸酉生(계유생), 奴(노) 金今伊(김금이)의 양처 소생 奴(노) 鐵壽(철수) 丙戌生(병술생), 奴(노) 金今伊(김금이)의 양처 소생 奴(노) 今山(금산) 무자생(戊子生).' 나는 그때 이것이 무엇인지 몰랐다. 그 판을 짜고 다음 판을 짜나가다 겨우 알았다. 노비매매 문서의 한 부분이었다. 나는 열흘 동안 같은 책을 조판했다. 그 열흘 동안 나는 아버지와 아무 말도 하지 않았다. 어머니하고도 이야기를 하지 않았다. 나는 어머니의 어머니, 어머니의 할머니, 할머니의 어머니, 그 어머니의 할머니들이 최하층의 천인으로서 무슨 일을 해왔는지 알고 있었다. 어머니라고 달라진 것은 없었다. 마음 편할 날 없고, 몸으로 치러야 하는 노역은 같았다. 우리의 조상은 세습하여 신역◆을 바쳤다. 우리의 조상은 상속, 매매, 기증, 공출◆의 대상이었다. 어느 날 어머니는 나에게 말했다.

"너희들은 엄마를 잘못 두어 이 고생이다. 아버지하고는 상관이 없단다."

어머니는 장남인 나에게만 말했다. 외할머니에게 들은 말을 나에게 전한 것이었다. 천년을 두고 우리의 조상은 자손들에게 이 말을 남겼다. 그러나 나는 알고 있었다. 아버지도 씨종◆의 자식이었다.

할아버지의 아버지대에 노비제는 사라졌다. 증조부 내외분은 아무것도 몰랐다. 나중에서야 해방을 맞았다는 것을 알았으나 두 분이 한 말은 오히려 '저희들을 내쫓지 마십시오'였다. 할아버지는 달랐다. 할아버지는 유습◆에서 벗어나려고 했다. 늙은 주인은 할아버지에게 집과 땅을 주었다. 그러나 쓸데없는 일이었다. 모르는 면에서는 할아버지나 증조부나 같았다. 증조부대까지는 선조들이 살아온 경험이 도움이 되었으나 할아버지 대에는 그것이 도움을 주지 못했다. 할아버지에게는 어떤 교육도 없었고 경험도 없었다. 할아버지는 집과 땅을 잃었다.

"할아버지도 난쟁이였어?"

언젠가 영호가 물었다.

나는 영호의 머리를 쥐어박았다.

좀 큰 영호는 말했다.

"왜 지난 일처럼 쉬쉬하는 거야? 변한 것이 없는데 우습지도 않아?"

나는 가만있었다.

영희는 손수건을 꺼내 두 눈에 대었다 떼었다. 아버지는 계속 책을 읽었다. 어머니는 뒷집 명희 어머니와 이야기하고 있었다.

"얼마에 파셨어요?"

"십칠만 원 받았어요."

"그럼 시에서 주겠다는 이주 보조금보다 얼마 더 받은 셈이죠?"

"이만 원 더 받았어요. 영희네도 어차피 아파트로 못 갈 거 아녜요?"

"무슨 돈이 있다구!"

"분양 아파트는 오십팔만 원이구 임대 아파트는 삼십만 원이래요. 거기다 어느 쪽으로 가든 매달 만오천 원씩 내야 된대요."

"그래 입주권을 다들 팔고 있나요?"

"영희네도 서두르세요."

어머니는 괴로운 얼굴로 서 있었다. 어머니를 명희 어머니가 다그쳤다.

◆ **양처良妻** 어질고 착한 아내.
◆ **신역身役** 나라에서 성인 장정에게 부과하던 군역과 부역.
◆ **공출供出** 국민이 국가의 수요에 따라 농업 생산물이나 기물 따위를 의무적으로 정부에 내어놓음.
◆ **씨종** 대대로 내려가며 종노릇을 하는 사람.
◆ **유습謬習** 잘못된 버릇이나 습관.

"저희는 내일이라도 떠날 준비가 돼 있어요, 영희네가 돈을 해준다면. 집이야 도끼질 몇 번이면 무너질 테구."

영희의 눈에 다시 눈물이 괴었다. 커도 마찬가지였다. 계집애들은 잘 울었다. 내가 영희 옆으로 다가갔을 때 영희는 장독대 바닥을 가리켰다. 장독대 시멘트 바닥에 '명희 언니는 큰오빠를 좋아한다'고 씌어 있었다. 집을 지을 때 남긴 낙서였다. 영희가 웃었다. 우리에게는 그때가 제일 행복했다. 아버지와 어머니가 도랑에서 돌을 져왔다. 그것으로 계단을 만들고, 벽에는 시멘트를 쳤다. 우리는 아직 어려 힘든 일을 못 했다. 그래도 할 일이 많았다. 우리는 며칠 동안 학교에 가지 않았다. 하루하루가 즐거웠다. 처음 보는 사람들이 하루에도 몇 차례씩 떼를 지어 동네를 돌았다. 그때만은 더러운 옷을 입은 어린아이들도 울음을 그쳤다. 윽박지르는 주인의 기세에 눌린 개들도 짖기를 멈추고 뒤로 물러섰다. 온 동네가 조용해졌다. 갑자기 평화스러워져 어안이 벙벙할 정도였다. 나는 우리 동네에서 풍기는 냄새가 창피했다. 그들은 아버지에게 허리를 굽혀 인사했다. 그들과 악수할 때 아버지는 발뒤꿈치를 들었다. 아버지가 어떤 자세를 취했건 상관이 없었다. 난쟁이 아버지가 우리들에게는 거인처럼 보였다.

"너 봤지?"

내가 물었다.

영호가 고개를 끄덕였다.

"나도 봤어."

영희가 말했다.

그때 아버지에게 허리를 굽혀 인사한 사람은 개천에 다리를 놓고 도로를 포장하고, 우리 동네 건물을 양성화◆시켜 주겠다고 말했다. 우리는 어른들을 따라 크게크게 손뼉을 쳤다. 다음 사람은 먼저 사람이 다리를 놓고, 도로를 포장하겠다고 하니 구청장으로 보내고, 자기는 이러이러한 나랏일을 하겠으니 그 일을 하게 해달라고 말했다. 어른들은 또 손뼉을 쳤다. 우리도 따라 쳤다. 커서까지 나는 그때 일을 종종 생각하고는 했다. 두 사람의 인상은 아주 진하게 나의 머릿속에 남았다. 나는 그들을 증오했다. 그들은 거짓말쟁이였다. 그들은 엉뚱하게도 계획을 내세웠다. 그러나 우리에게 필요한 것은 계획이 아니었다. 많은 사람들이 이미 많은 계획을 내놓았다. 그런데도 달라진 것은 없었다. 설혹 무엇을 이룬다고 해도 그것은 우리와는 상관이 없는 것이었을 것이다. 우리가 필요로 하는 것은 우리의 고통을 알아주고 그 고통을 함께 져줄 사람이었다.

"그런 사람이 또 있겠니!"

어머니가 말했다.

"누구 말씀이세요?"

영호가 물었다.

"명희 엄마 말이다. 얼마나 고마우냐. 십오만 원을 대줘 건넌방 전셋돈을 빼줬잖니."

"영희 엄마."

명희 어머니는 담 너머에서 말했다.

"섭섭하게 생각하지 말아요."

"그럼요."

어머니가 말했다.

"어떻게든 해드릴 테니 걱정 마세요."

"그 돈이 보통 돈이우."

◆ **양성화陽性化** 어떤 사물 현상을 겉으로 드러냄.

"알고 있어요. 명희 생각을 하면 가슴이 메어져요."

나도 마찬가지였다.

"명희 언니."

영희가 소리쳐 불렀었다.

"놀러 와. 우리 집에 놀러 와."

"새집이라 좋지?"

"응."

"네가 장독대에 써놓은 거 지우지 않으면 너희 집에 놀러 가지 않을 거야."

"지울 수가 없어."

"왜?"

"세멘이 굳어져서 못 지워."

"그럼 난 안 가."

영희는 몹시 실망하는 눈치였다. 그러나 나는 명희를 만났다. 그때는 방죽 오른쪽은 숲이었다. 거기 앉아 있으면 숲 사이로 인쇄 공장의 불빛이 보였다. 그곳 공원들은 밤중에도 일을 했다.

"네가 약속하면 허락할 테야."

명희가 말했다.

"무슨 약속?"

내가 물었다.

"넌 저 공장에 나가면 안 돼."

"미쳤어? 난 저 따위 공장엔 안 나가."

"정말이다? 약속했어."

"그래. 약속했어."

"그럼, 만져 봐."

명희는 나에게 가슴을 맡겼다. 아주 작은 가슴이었다.

"네가 처음야."

명희가 말했다.

"내 가슴을 만져 본 사람은 너밖에 없어."

나는 왼팔로 명희의 어깨를 안고 오른손으로 그 애의 가슴을 만졌다. 동그스름한 가슴이 따뜻했다.

"아무에게도 말하면 안 돼."

명희가 속삭이듯 말했다. 그 애의 입김이 귀밑에 느껴졌다.

"말 안 할게."

"동생들한테도 말하지 마."

"말 안 해."

"네가 비밀을 지키고, 아까 한 약속을 지키면 네가 하고 싶은 대로 하게 해줄 테야."

"정말이지?"

"정말야."

"지금 다른 데 만지면 안 되니?"

그런데, 명희는 만날 때마다 힘이 없어 보였다. 어떤 때는 정신없이 가만히 앉아만 있었다.

"왜 그러니?"

나는 걱정이 되었다.

"너 어디 아프니?"

"아니."

"그럼 왜 그래?"

"우리 집 밥은 먹기가 싫어."

"왜?"

"질렸어."

"그럼 넌 죽어."

"죽고 싶어."

"명희야, 난 저따위 공장엔 안 나갈 거야. 공부를 해서 큰 회사에 나갈 테야. 약속해."

"배가 고파."

작은 명희가 웃으며 말했다.

"뭐가 먹고 싶니?"

내가 물었다.

명희는 나의 손을 잡았다. 그 애는 나의 손가락을 하나하나 짚어 가며 말했다.

"사이다, 포도, 라면, 빵, 사과, 계란, 고기, 쌀밥, 김."

명희는 나의 손가락 하나를 마저 짚지 못했다. 그때의 명희에게는 그 이상의 것은 필요하지 않았을 것이다. 그 명희가 자라면서 다방 종업원이 되고, 고속버스 안내양이 되고, 골프장 캐디가 되었다. 그 애가 어느 날 핼쑥해진 얼굴로 집에 돌아왔다. 그 애로서는 마지막 인사였다. 어머니는 명희가 집에 올 때마다 배가 불러 있었다고 나중에 말했다. 명희는 음독자살 예방 센터에서 숨을 거두었다. "싫어! 엄마! 싫어!" 독약 기운에 빠져 명희는 소리쳤다. 성장한 명희는 마지막 순간에 어렸을 적 일들 속을 헤매었을 것이다. 그 애가 남긴 예금통장에 십구만 원이 들어 있었다.

"십오만 원야요."

명희 어머니가 말했다.

"우선 건넌방 사람들을 내보내세요."

어머니는 돈을 받아 들었다. 아무 말도 못 했다.

"헐릴 집이라는 걸 알면서 세 들어올 사람이 있겠어요?"

"그래서 그래요."

"모진 소리 더 듣지 말고 우선 나가겠다는 사람은 내보내세요."

"이게 어떤 돈인데!"

"명희 언니는 큰오빠를 좋아했어."

영희가 말했다.

"큰오빠도 알았지?"

"그만둬."

영희가 기타를 쳤다. 나는 벽돌공장 굴뚝 위에 떠 있는 달을 보았다. 나의 라디오는 고장이 났다. 며칠 동안 나는 방송통신고교의 강의를 받지 못했다.

나는 명희와의 약속을 지킬 수 없었다. 중학교 3학년 초에 학교를 그만두었다. 더 이상 나갈 수 없었다. 아버지와 어머니는 내가 공부를 계속하기를 바랐다. 그러나 밀어 줄 힘이 없었다. 자세히 보면 아버지는 같은 또래의 사람들보다 많이 늙어 보였다. 우리 식구들밖에 모르는 일이었다. 아버지의 신장은 백십칠 센티미터, 체중은 삼십이 킬로그램이었다. 사람들은 이 신체적 결함이 주는 선입관에 사로잡혀 아버지가 늙는 것을 몰랐다. 아버지는 스스로 황혼기에 접어들었다는 체념과 우울에 빠졌다. 실제로 이가 망가져 잠을 못 이루는 밤이 많았다. 눈도 어두워지고 머리의 숱도 많이 빠졌다. 의욕은 물론 주의력과 판단력도 줄었다. 아버지가 평생을 통해 해온 일은 다섯 가지이다. 채권◆ 매매, 칼 갈기, 고층건물 유리 닦기, 펌프 설치하기, 수도 고치기이다. 이 일들만 해온 아버지가 갑자기 다른 일을 하겠다고 했다. 서커스단의 일이었다. 아버지는 처음 보는 꼽추 한 사람을 데리고 와 여러 가지 이야기를 했다. 처음 얼마 동안은 그의 조수로 일하면 된다고 했다. 두 사람은 자기들이 무대 위에서 해야 할 연기에 대해 이야기했다. 그러자 어머니가 아버지에게 대들었다. 우리들도 아버지를 성토◆ 했다. 아버지는 힘없이 물러섰다. 꼽추는 멍하니 앉아 우리를 보았다. 꼽추는 눈물이 핑 돌아 돌아갔다. 그의 뒷모습은 아주 쓸쓸해 보였다. 아버지의 꿈은 깨어졌다. 아버지는 무거운 부대를 메고 일을 찾아 나갔다. 그날 저녁이었다.

"얘들아!"

어머니가 우리를 불렀다.

"아버지의 음성이 이상해지셨어."

"왜 그러세요?"

내가 물었다. 아버지는 아무 말 안 했다.

"약방엘 다녀와야겠다."

어머니가 봉당◆ 으로 내려섰다.

"백반을 사와."

아버지가 말했다. 아버지의 목소리 같지 않았다. 아주 짧은 혀가 안으로 말려드는 소리를 냈다. 어머니가 히비탄 트로키라는 약을 사왔다.

"백반은 안 나오고 이게 더 좋은 약이래요. 이걸 빨아 잡수세요."

아버지는 말없이 약을 받아 입에 넣었다. 아버지는 그 일 이후 말을 잘 안 했다. 혀가 안으로 말려든다고만 했다. 잠을 잘 때는 혀를 이로 물었다.

"아버지는 너무 지치셨다."

어머니가 말했다.

"알겠니? 이젠 아버지를 믿지 마라. 너희들이 아버지 대신 일해야 한다."

어머니가 울었다. 어머니는 인쇄소 제본공장에 나가 접지◆ 일을 했다. 고무 골무를 끼고 인쇄물을 접었다. 나는 겁이 났다. 나는 인쇄소 공무부◆ 조역◆으로 출발했다. 땀을 흘리지 않고는 아무 것도 얻을 수 없다는 것을 뒤늦게 알았다. 명희는 나를 만나 주지 않았다. 아주 쌀쌀했다. 영호와 영희도 몇 달 간격을 두고 학교를 그만두었다. 마음이 차라리 편해졌다. 우리를 해치는 사람은 없었다. 우리는 보이지 않는 보호를 받고 있었다. 남아프리카의 어느 원주민들이 일정한 구역 안에서 보호를 받듯이 우리도 이질 집단으로서 보호를 받았다. 나는 우리가 이 구역 안에서 한 걸음도 밖으로 나갈 수 없다는 것을 깨달았다. 나는 조역, 공목空木/空目, 약물約物, 해판解版의 과정을 거쳐 정판◆에서 일했다. 영호는 인쇄에서 일했다. 나는 우리가 한 공장에서 일하는 것이 싫었다. 영호도 마찬가지였다. 그래서 영호는 먼저 철공소 조수로 들어가 잔심부름을 했다. 가구 공장에서도 일했다. 그 공장에 가 일하는 영호를 보았다. 뽀얀 톱밥 먼지와 소음 속에 서 있는 작은 영호를 보고 나는 그만두라고 했다. 인쇄 공장의 소음도 무서운 것이었으나 그곳에는 톱밥 먼지가 없었다. 우리는 죽어라 하고

- ◆ **채권債權** 재산권의 하나. 특정인이 다른 특정인에게 어떤 행위를 청구할 수 있는 권리이다.
- ◆ **성토聲討** 여러 사람이 모여 국가나 사회에 끼친 잘못을 소리 높여 규탄함.
- ◆ **봉당** '뜰'의 방언.
- ◆ **접지摺紙** 제본할 때 페이지 순서대로 인쇄된 종이를 접음.
- ◆ **공무부工務部** 기업에서, 공장에 관한 사무를 맡아보는 부서.
- ◆ **조역助役** 일을 거들어 주는 역할.
- ◆ **정판整版** 오자나 조판의 잘못된 부분을 교정의 지시대로 고쳐서 활자를 바꿔 끼우거나 판을 다시 짜는 일.

일했다. 우리의 팔목은 공장 안에서 굵어 갔다. 영희는 그때 큰길가 슈퍼마켓 한쪽에 자리 잡은 빵집에서 일했다. 우리가 고맙게 생각한 것은 환경이 깨끗하다는 것 하나뿐이었다. 영희는 하늘색 빵집 제복을 입고 일했다. 영호와 나는 유리창 밖에서 영희가 일하는 것을 보았다. 영희는 예뻤다. 사람들은 영희가 난쟁이의 딸이라는 것을 믿지 않으려고 했다. 우리는 무슨 일이 있든 공부는 해야 한다고 생각했다. 공부를 하지 않고는 우리 구역에서 벗어날 수가 없다고 생각했다. 세상은 공부를 한 자와 못 한 자로 너무나 엄격하게 나누어져 있었다. 끔찍할 정도로 미개한 사회였다. 우리가 학교 안에서 배운 것과는 정반대로 움직였다. 나는 무슨 책이든 손에 잡히는 대로 읽었다. 정판에서 식자◆로 올라간 다음에는 일을 하다 말고 원고를 읽는 버릇까지 생겼다. 동생들에게 필요하다고 느껴지는 것은 판을 들고 가 몇 벌씩 교정쇄를 내기도 했다. 영호와 영희는 나의 말을 잘 들었다. 내가 가져다 준 교정쇄◆를 동생들은 열심히 읽었다. 실제로 우리가 이 노력으로 잃은 것은 하나도 없었다. 나는 고입 검정고시를 거쳐 방송통신고교에 입학했다.

그해 늦가을 밤 아버지는 나를 작은 나무배에 태우고 방죽 안으로 들어갔다. 아버지는 말없이 노만 저었다.

"돌아와요."

영희가 마당에서 소리쳤다.

"그 배 위험해요."

그러나 아버지는 방죽 한가운데로 노를 저어 갔다. 손을 흔드는 영희의 모습이 희미하게 떠올랐다. 나는 방죽의 물이 별빛을 받아 반짝이는 것을 보았다. 배 안으로 물이 스며들고 있었다. 우리는 언덕 위에 교회를 지을 때 나무 널빤지를 훔쳐 왔다. 영호와 나는 한밤중에 깨어 널빤지를 훔쳐 왔다. 영희는 잠자리에 들기 전에 철조망 안으로 기어 들어가 널빤지를 훔쳐 왔다. 교회 건물은 말짱했다. 그런데 우리의 배는 망가져 물이 스며들었다. 영희는 아버지를 걱정했다. 나는 수영을 할 줄 알았다. 아버지는 방죽 한가운데서 노를 세웠다. 스며든 물이 우리의 발목을 넘어 찼다. 나는 신발을 벗어서 물을 퍼냈다. 아버지가 내 신발을 빼앗았다. 아버지는 웃고 있었다.

"영수야."

아버지가 말했다.

"어제 왔던 꼽추 아저씨 생각나니?"

"언제요?"

"어제."

나는 다른 신발을 벗어서 또 물을 퍼냈다. 아버지가 다시 내 손을 막았다.

"전 모르겠어요."

내가 말했다.

"모르는 척해도 쓸데없어. 난 다 안다."

"뭘 아신단 말씀예요?"

어제가 아니라 이미 삼 년 반 전의 일이었다. 생전 처음 보는 꼽추였다. 그런데 아버지는 말했다.

"그 아저씨와 전에도 일을 했었어. 아주 큰 바퀴를 탔었다."

"아버지, 무슨 말씀을 하시는 거예요?

◆ **식자植字** 활판 또는 전산 인쇄에서, 문선공이 골라 뽑은 활자를 원고대로 조판함. 또는 그런 일.
◆ **교정쇄校正刷** 인쇄물의 교정을 보기 위하여 임시로 조판된 내용을 찍는 인쇄.

그런 일이 언제 있었어요?"

"너는 장남이야. 장남인 네가 믿지 않으니까 두 동생도 믿질 않아."

"어머니도 모르시는 일야요."

"얘야."

아버지가 말했다.

"너만은 알고 있어야 한다. 너희 어머니는 병야. 어제 왔던 꼽추 아저씨가 또 올 거다. 나를 막지 마. 다른 일은 이제 힘이 들어 못 하겠다. 너는 내가 언제까지나 수도 파이프를 갈아 잇고, 펌프 머리를 들어 달 수 있을 거라고 믿니? 높은 건물에서 줄을 타고 내려오는 일도 할 수가 없어. 이젠 안 돼."

"아버지는 일을 안 하셔도 돼요. 저희들이 일을 하잖아요."

"누가 너희더러 일하라고 했니?"

아버지는 말했다.

"너희들은 학교에만 나가면 돼. 그게 너희들이 할 일이다."

"알았어요, 아버지."

내가 말했다.

"이제 그 신발을 주세요."

아버지는 나를 쳐다보다가 신발을 내주었다. 나는 물을 퍼냈다.

"어제 꼽추 아저씨는 나를 도와줄 생각으로 왔었어. 내일 또 올 거다. 너희들이 그 아저씨를 처음 본다는 건 말도 안 돼. 우리는 함께 일했었다. 생각나지 않니? 아예, 힘으로 나를 윽박지를 생각은 하지 마라."

"그 아저씨가 왔던 게 언제라구요?"

"어제."

"그 노를 주세요."

아버지는 세워 들고 있던 노를 나에게 주었다. 나는 말할 수 없었다. 처음 본 꼽추였다고 해도 믿지 않았을 것이다. 어제가 아니라 삼 년 반 전의 일이라고 해도 아버지는 믿지 않았을 것이다. 나는 조심스럽게 노를 저었다. 물가에 닿기 전에 배는 가라앉았다. 나는 아버지를 안고 수초 사이를 헤쳐 나갔다. 우리는 물에 젖어 온몸을 떨고 있는 아버지를 어머니에게 맡겼다. 아버지를 어머니 이상으로 간호할 사람은 이 세상에 없었다.

"아버지는 병이세요."

내가 말했다.

"닥쳐라!"

어머니가 말했다.

"언제나 알아듣겠니! 아버지는 지치셔서 그런 거야."

그해 겨울을 아버지는 방 안에서 났다. 나는 배를 끌어내 말뚝에다 매었다. 날이 추워지자 울◆ 안으로 끌어들였다. 그날 밤 방죽이 얼었다.

밤에 명희 어머니가 또 왔다.

"영희 엄마."

명희 어머니가 말했다.

"조금만 기다려 보세요. 입주권이 자꾸 올라요. 아침에 십칠만 원 했던 게 십팔만오천 원으로 뛰었어요. 우리는 괜히 먼저 팔아 가지고 손해만 봤어요."

"저런!"

"만오천 원이나!"

어머니는 낮에 떼어 놓았던 알루미늄 표찰을 종이로 쌌다. 그것을 철거 계고장

◆ 울 울타리.

과 함께 옷장 안에 넣었다.

"영희야."

어머니가 불렀다.

"아버지 어디 가셨니?"

"모르겠어요."

"영호야."

"아까 아무 말씀 없이 나가셨어요."

"영희야, 큰오빠는 어디 있니?"

"방에 있어요."

"아버지가 어딜 가셨을까?"

어머니의 목소리가 불안해졌다.

"얘들아, 아버지를 찾아봐라."

나는 아버지가 놓고 나간 책을 읽고 있었다. 그것은《일만 년 후의 세계》라는 책이었다. 영희는 온종일 팬지꽃 앞에 앉아 줄 끊어진 기타를 쳤다. '최후의 시장'에서 사온 기타였다. 내가 방송통신고교의 강의를 받기 위해 라디오를 사러 갈 때 영희가 따라왔었다. 쓸 만한 라디오가 있었다. 그런데, 영희가 먼지 속에 놓인 기타를 들어 퉁겨 보는 것이었다. 영희는 고개를 약간 숙이고 기타를 쳤다. 긴 머리에 반쯤 가려진 옆얼굴이 아주 예뻤다. 영희가 치는 기타 소리는 영희에게 아주 잘 어울렸다. 나는 먼저 골랐던 라디오를 살 수 없었다. 좀 더 싼 것으로 바꾸면서 영희가 든 기타를 가리켰다. 그 라디오가 고장이 나고 기타는 줄이 하나 끊어졌다. 줄 끊어진 기타를 영희는 쳤다. 나는 아버지가 무슨 생각을 하고 있는지 알 수 없었다.《일만 년 후의 세계》라는 책을 아버지는 개천 건너 주택가에 사는 젊은이에게서 빌렸다. 그의 이름은 지섭이었다. 지섭은 밝고 깨끗한 주택가 삼층집에서 살았다. 지섭은 그 집 가정교사였다. 아버지와 그는 서로 통하는 데가 있었다. 지섭이 하는 말을 나는 들었었다. 그는 이 땅에서 우리가 기대할 것은 이제 없다고 말했다.

"왜?"

아버지가 물었다.

지섭은 말했다.

"사람들은 사랑이 없는 욕망만 갖고 있습니다. 그래서 단 한 사람도 남을 위해 눈물을 흘릴 줄 모릅니다. 이런 사람들만 사는 땅은 죽은 땅입니다."

"하긴!"

"아저씨는 평생 동안 아무 일도 안 하셨습니까?"

"일을 안 하다니? 일을 했지. 열심히 했어. 우리 식구 모두가 열심히 일했네."

"그럼 무슨 나쁜 짓을 하신 적은 없으십니까? 법을 어긴 적 없으세요?"

"없어."

"그렇다면 기도를 드리지 않으셨습니다. 간절한 마음으로 기도를 드리지 않으셨어요."

"기도도 올렸지."

"그런데, 이게 뭡니까? 뭐가 잘못된 게 분명하죠? 불공평하지 않으세요? 이제 이 죽은 땅을 떠나야 됩니다."

"떠나다니? 어디로?"

"달나라로!"

"애들아!"

어머니의 불안한 음성이 높아졌다. 나는 책장을 덮고 밖으로 뛰어 나갔다. 영호와 영희는 엉뚱한 곳을 찾아 헤매고 있었다. 나는 방죽가로 나가 곧장 하늘을 쳐다보았다. 벽돌 공장의 높은 굴뚝이 눈앞으로 다가왔다. 그 맨 꼭대기에 아버지가 서 있었다. 바로 한 걸음 정도 앞에 달이 걸려 있었다. 아버지는 피뢰침을 잡고 발을 앞으로 내밀었다. 그 자세로 아버지는 종이비행기를 날렸다.

조세희

趙世熙, 1942~

경기도 가평에서 태어난 조세희는 서라벌 예술대학 문예창작과를 거쳐 경희대 국문과를 졸업하였습니다. 그리고 대학을 졸업한 1965년 경향신문 신춘문예에 〈돛대 없는 장선〉이 당선되면서 등단했습니다.

조세희는 1975년 〈칼날〉이라는 단편소설을 발표하면서 문단의 주목을 받기 시작하여, 1976년 〈뫼비우스의 띠〉, 〈우주여행〉, 〈난쟁이가 쏘아올린 작은 공〉 등을 발표하였습니다. 그리고 여섯 편의 단편을 계속 발표한 뒤, 1978년 연작소설 《난쟁이가 쏘아 올린 작은 공》을 출간하였습니다.

간결하고 상징적인 문장으로 슬픔의 깊이를 더한 이 소설은 1970년대 한국 사회의 부조리한 현실을 작품으로 승화함으로써 문단과 사회에 큰 반향을 불러일으켰습니다. 그는 도스토예프스키의 작품을 즐겨 읽었으며, 가난한 사람들의 삶을 묘사하는 시선에서 그러한 문학적 영향을 찾아볼 수 있습니다. 그와 마찬가지로 요즘의 젊은 소설가들 중에는 청소년기에 조세희의 작품으로부터 강한 인상과 자극을 받은 이들이 많습니다.

조세희는 또 다른 작품으로는 《시간여행》, 《내 그물로 오는 가시고기》가 있으며, 사진 산문집 《침묵의 뿌리》와 희곡 《문은 하나》를 출간했습니다.

우리 다섯 식구는 지옥에 살면서 천국을 생각했다

〈난쟁이가 쏘아 올린 작은 공〉은 1975~1978년까지 발표된 12편의 단편소설을 엮어 연작 소설집으로 출간된 《난쟁이가 쏘아 올린 작은 공》에 네 번째로 실린 소설입니다. 이 작품은 강제 철거를 당할 위기에 처한 한 가족의 이야기를 통해 1970년대 도시 빈민과 노동자의 문제를 날카롭게 지적하고 있습니다.

난쟁이인 아버지, 어머니, 영수, 영호, 영희는 서울의 빈민촌인 낙원구 행복동에서 쫓겨날 처지에 몰려 있습니다. 재개발 계획에 따라 행복동에 아파트가 세워질 예정인데, 아파트 분양비가 너무 비싸 다른 동네로 이사를 가야 했기 때문입니다. 실낱같은 희망을 품고 전쟁 같은 나날들을 견디던 어느 날, 재개발 사업에 따른 철거 계고장이 떨어집니다. 기한까지 스스로 떠나지 않으면 강제 철거하겠다는 명령이었습니다. 이웃들은 거간꾼들에게 아파트 입주권과 같은 알루미늄 표찰을 팔고 마을을 떠나기 시작하고, 어머니는 표찰을 떼어 간직합니다. 그러나 아버지와 어머니가 직접 지은 이 집을 차마 떠나지 못합니다.

그동안 채권 매매, 칼 갈기, 건물 유리창 닦기, 수도 고치기 등의 허드렛일에 지친 아버지는 3년 전, 서커스단 일을 하고 싶어 했습니다. 가족들의 반대에 부딪치자 아버지는 병이 들었고, 어머니는 아버지를 대신하여 인쇄소와 제본소에서 일을 해왔습니다. 영수도 학교를 그만두고 인쇄소 일을 하였고, 결국은 영호와 영희도 가구 공장과 빵집에서 돈벌이를 하였습니다.

어머니가 알루미늄 표찰을 팔아넘기려 마음먹은 날, 아버지가 사라졌습니다. 영수는 방죽을 향해 뛰었습니다. 아버지는 벽돌 공장의 높은 굴뚝 위에 서서 종이비행기를 날리고 있었습니다.

1970년대 도시 재개발과 철거민촌의 현실

〈난장이가 쏘아 올린 작은 공〉은 화자의 시점에 따라 세 장으로 나뉘어 전개되는데, 여기에 소개된 내용은 '영수'의 시점으로 전개된 1장의 이야기입니다. 이후 영호와 영희의 시점으로 전개되는 2, 3장의 내용은 다음과 같습니다.

입주권의 시세가 올라가자 영수네는 승용차를 타고 온 사나이에게 입주권을 팝니다. 다음날 저녁 집을 부수기 위해 쇠망치를 든 철거꾼들이 들이닥쳤고, 어머니는 소고기를 구워 마지막 저녁식사를 차렸습니다.

입주권을 넘긴 날, 영희는 집을 나와 입주권을 사간 남자를 찾아갑니다. 자기 말을 잘 들으면 많은 돈을 주겠다는 남자의 말에 영희는 그의 사무실에서 일하고 그의 집에서 생활합니다. 남자에게 순결을 빼앗긴 영희는 그를 마취시키고 나서 입주권과 돈을 찾아 행복동 동사무소로 향합니다. 알루미늄 표찰을 내고 아파트 입주 신청서를 작성한 영희는 가족이 이사간 집을 알 수 없어 이웃에 살던 신애 아주머니를 찾아갑니다. 그리고 아버지가 벽돌 공장 굴뚝에서 떨어져 돌아가셨다는 사실을 알게 됩니다.

이 작품은 1970년대 급속한 산업 발전을 이루던 시대를 배경으로, 재개발을 앞둔 철거민촌의 이야기를 다루고 있습니다. 이야기 속에서 난쟁이 가족에게 날아든 '철거 계고장'은 주택 개량을 위한 재개발 사업의 시행을 알리는 통보서로서, 그 사업이란 난쟁이 가족이 살고 있는 무허가 판자촌을 허물고 아파트를 건설하는 사업입니다.

시에서는 원주민들에게 아파트 입주권을 내주지만 분양 받을 돈이 없는 이들에게 아파트는 '그림의 떡'일 뿐입니다. 결국 이들은 입주권으로 상징되는 '알루미늄 표찰'을 부동산 투기업자에게 팔고 변두리 교외 지역으로 떠나갈 수밖에 없습니다. 이것은 오랫동안 일궈 온 생활 기반을 잃는 것으로, 그들 앞에는 더 심각한 상황만이 기다리고 있을 뿐입니다.

이러한 상황을 이해하면 이 작품 속의 가족들이 왜 행복동을 떠나지 않으려 했는지, 왜 '표찰'에 전전긍긍했는지를 헤아릴 수 있을 것입니다.

감동의 깊이를 더하는 문체의 힘

《난장이가 쏘아 올린 작은 공》은 1970년대의 부조리한 세태를 완성도 높은 문학으로 형상화했다는 점에서 한국 문학사에 길이 남을 작품입니다. 이 작품의 문학적 완성도를 높인 것은 작가 조세희 특유의 실험적 기법이라고 할 수 있습니다. 현재와 과거의 이야기가 자유롭게 교차되는 구성, 이야기 흐름에 따라 화자가 변화되는 시도는 작품의 깊이를 더하는 새로운 시도입니다.

뿐만 아니라 이 작품은 작가 특유의 절제된 문체로써 내용의 감동과

극적 긴장감이 살아 있습니다. 짧은 문장을 연속적으로 나열하고, '그러나' '그리고' 등의 접속사를 생략하고, 형용사나 관형사 등의 수식언을 생략하는 독특한 기법을 통해 서정적인 감동과 절제된 긴장미를 부각시키고 있습니다. 또한 작가가 직접 개입하여 인물의 심리를 묘사하기보다는 거리를 둔 채 담담히 정황을 서술하는 방식으로써 감동의 깊이를 극대화하고 있습니다.

> 대문을 두드리던 사람들이 집을 싸고돌았다. 그들이 우리의 시멘트 담을 쳐부수었다. 먼저 구멍이 뚫리더니 담은 내려앉았다. 먼지가 올랐다. 어머니가 우리들 쪽으로 돌아앉았다. 우리는 말없이 식사를 계속했다. 아버지가 구운 쇠고기를 형과 나의 밥그릇에 넣어주었다. 그들은 뿌연 시멘트 먼지 저쪽에 서서 우리를 지켜보았다. 그들은 안으로 들어오지 않았다. 그대로 서서 우리의 식사가 끝나기를 기다렸다.

이 장면은 난쟁이 가족이 입주권을 판 다음 날, 집에서 마지막 식사를 하는 모습입니다. 문장은 짧고, 인물들의 감정이 묘사된 구절은 한 마디도 없지만 엄숙한 분위기가 흘러넘칩니다. 철거꾼들이 들이닥쳐 담장을 무너뜨린 상황 속에서 미동도 않고 식사하는 가족의 슬픔을 응축된 문장 속에 드러내고 있는 것입니다. 이처럼 소설은 작가 특유의 문체에 따라 그 색채와 감동이 달라지게 마련입니다.

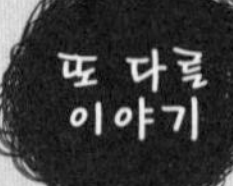

《난쟁이가 쏘아 올린 작은 공》의 문학사적 가치

《난쟁이가 쏘아 올린 작은 공》은 1978년 단행본으로 맨 처음 출간된 지 30년이 훨씬 지난 오늘날에 이르기까지 200쇄를 돌파할 정도로 독자들의 큰 애정과 관심을 받고 있습니다. 그러나 작가 조세희는 이 소설이 200쇄나 팔렸다는 것은 자랑거리가 아닌 '부끄러운 기록'이라고 말했습니다. 억압의 시대를 기록한 소설이 지금까지도 읽힌다는 사실은 당시의 상황이 '과거'의 불행으로 끝나지 않았음을 역설하는 것이기 때문입니다. 즉 지금도 우리 사회에는 많은 서민들이 극심한 빈부 격차의 피해를 겪고 있다는 것입니다.

1970년대는 언론의 자유가 억압되어 있었기 때문에 이와 같은 사회 비판적인 소설을 발표하기란 쉽지 않았습니다. 그래서 《난쏘공》은 1978년 초판 이후 판매 금지, 책방 수거 등의 수난을 겪기도 했답니다. 그런 한편 1981년에는 영화로 제작되어 사회에 큰 파장을 일으켰습니다. 지금은 고등학교 필독 도서로 지정되어 수많은 청소년들에게 읽히고 있습니다.

- **이 작품에서 '계고장'이 주는 의미와 거리가 먼 것은 무엇일까요?**

① 관청에서 보내는 일종의 통보서이다.
② 원주민들에게 아파트를 지어 주겠다는 공문이다.
③ 가난한 원주민들을 전혀 배려하지 않는 행정조치이다.
④ 난쟁이 가족이 집을 떠날 때가 가까웠음을 의미한다.

- **다음 중 난쟁이 가족의 상황을 잘못 말한 것은 무엇인가요?**

① 아버지가 병이 들어 온 가족은 생계를 위해 노동을 해야 했다.
② 가족들은 난쟁이 아버지를 존경하였다.
③ 영희는 집을 되찾기 위해 가출하였다.
④ 가족들은 입주권을 빨리 처분하고 집을 떠나려 했다.

- **이 작품에서 어머니는 대문 기둥에 붙은 '알루미늄 표찰'을 떼어 간직합니다. 빈민촌 사람들에게 이 표찰이 의미하는 것은 무엇인가요?**

● 이 작품의 제목에서 '난쟁이'가 상징하는 것은 무엇일까요?

● 우리 사회에는 가난 때문에 불행한 삶을 살아가는 사람들이 있습니다. 가난한 사람들을 위해 사회는 어떤 혜택들을 마련하는 것이 좋을지 생각하여 써 보세요.

● 이 작품에서 '계고장'이 주는 의미와 거리가 먼 것은 무엇일까요?

① 관청에서 보내는 일종의 통보서이다.

② 원주민들에게 아파트를 지어 주겠다는 공문이다.

③ 가난한 원주민들을 전혀 배려하지 않는 행정조치이다.

④ 난쟁이 가족이 집을 떠날 때가 가까웠음을 의미한다.

답 ②번.

● 다음 중 난쟁이 가족의 상황을 잘못 말한 것은 무엇인가요?

① 아버지가 병이 들어 온 가족은 생계를 위해 노동을 해야 했다.

② 가족들은 난쟁이 아버지를 존경하였다.

③ 영희는 집을 되찾기 위해 가출하였다.

④ 가족들은 입주권을 빨리 처분하고 집을 떠나려 했다.

답 ④번.

● 이 작품에서 어머니는 대문 기둥에 붙은 '알루미늄 표찰'을 떼어 간직합니다. 빈민촌 사람들에게 이 표찰이 의미하는 것은 무엇인가요?

시에서는 재개발을 발표하면서 이 지역에 살고 있는 주민들에게 아파트 분양권을 내줍니다. 그 표식이 바로 무허가 건물 번호가 적힌 알루미늄 표찰입니다. 즉 빈민촌 주민들에게 표찰은 아파트 입주권과 같은 것이라 할 수 있습니다.

● 이 작품의 제목에서 '난쟁이'가 상징하는 것은 무엇일까요?

이 소설은 산업개발에 밀려 삶의 터전에서 쫓겨나게 된 사회적 약자의 슬픔을 통해 우리 사회의 정의롭지 못한 면을 비판하고 있습니다. 이때 '약자'를 대변하는 사람이 바로 난쟁이 아버지입니다. 평생 허드렛일을 하여 가족을 부양해 온 그는 착하고 양심적인 사람이지만 난쟁이라는 이유로 사회로부터 대접받지 못했습니다. 따라서 이 작품에서 난쟁이는 사회로부터 인정받지 못하는 약자를 상징합니다.

● 우리 사회에는 가난 때문에 불행한 삶을 살아가는 사람들이 있습니다. 가난한 사람들을 위해 사회는 어떤 혜택들을 마련하는 것이 좋을지 생각하여 써 보세요.

지금 서민들이 생활하는 데 가장 절실한 게 무엇일지 생각해 봅시다. 생활비와 건강이 가장 걱정되는 부분이라면, 안정된 직장과 복지 혜택이 가장 필요하지 않을까요? 오랫동안 일할 수 있는 직장을 구한다면 결혼, 출산, 육아 등의 미래를 설계할 수 있을 것입니다. 그리고 일하다가 아프거나 사고를 당했을 때 의료 혜택을 받을 수 있다면 안정된 생활을 꾸려 나갈 수 있을 것입니다.

시인의 꿈

: 박완서 :

생각해 볼까요?

여러분의 학교에는 나무 그늘과 운동장이 있나요? 또 집 근처에 산책할 수 있는 공원이나 약수터가 있나요? 우리가 살아가는 도시에 이러한 공간이 없다고 상상해 보세요. 꽃과 나무가 없는 곳에는 새, 나비, 개미 같은 벌레도 구경할 수 없을 것입니다. 물론 싱그러운 꽃과 나무의 향기도, 지저귀는 새소리도 들을 수 없겠죠.

문명의 발달에 따라 우리의 환경은 점점 삭막해지고 있습니다. 산업 개발에 밀려 사라지는 산과 들, 그 터전에 사는 동식물들을 생각하며 이 작품을 읽어 봅시다.

길이란 길은 모조리 포장되고 집이란 집은 모조리 아파트로 변한 아주 살기 좋은 도시가 있었습니다.

한 소년이 얼음판처럼 매끄럽고, 티끌 하나 없이 정갈한 아파트 광장에서 이상한 것을 발견했습니다. 그것은 낡은 자동차 모양을 하고 있었습니다만 바퀴는 없었습니다. 작은 유리창이 있었기 때문에 호기심 많은 소년은 안을 들여다보았습니다.

안에는 작은 침대와 몇 권의 책이 있고, 수염이 하얀 할아버지가 깡통에 든 더러운 음식을 먹고 있었습니다. 그러니까 그 속에서 사람이 살고 있었던 것입니다.

소년은 그런 곳에서 사람이 살 수 있다는 것을 직접 눈으로 보면서도 믿을 수가 없었습니다.

유리창을 통해 소년과 할아버지는 눈이 마주쳤습니다. 할아버지가 손짓하며 웃었습니다. 소년은 할아버지의 웃음이 매우 보기 좋다고 생각했지만 도망쳤습니다. 괜히 가슴이 두근거렸습니다.

소년은 집에 와서 어머니에게 자기가 본 것을 말했습니다. 어머니는 고층 아파트의 창으로 소년이 가리키는 곳을 내다보고 소년의 말이 아주 허황된 소리는 아니라고 생각한 듯합니다.

이웃집을 돌면서 그 사실을 알렸습니다. 그것은 아주 기괴한 소문이 되었습니다. 거기서 사람이 산다는 건 고사하고, 그 깨끗한 곳에 그런 게 갑자기 생겼다는 것만도 이상했습니다.

이 도시에선 사람은 모조리 아파트에 살기 때문에 개나 새 같은 애완동물을 기르지 않은 지가 오래됩니다. 그렇다고 이 도시에 동물이 아주 없는 것은 아닙니다. 모든 동물은 동물원에 수용되어 있습니다. 그렇기 때문에 낡은 차같이 생긴 것 속에 사람이건 짐승이건 목숨 있는 것이 살고 있다는 것은 기괴한 일일 수밖에 없습니다.

소문을 들은 몇 사람의 어른이 그곳에 가보고 왔습니다. 소년이 헛것을 본 것이 아니란 게 증명되었습니다.

그 중 가장 나이 지긋한 부인이 무릎을 치면서 말했습니다.

"이제야 생각납니다. 내가 아주 어렸을 적, 이 도시가 지금처럼 살기 좋은 도시가 되기 전의 일입니다. 저런 것이 이 도시 변두리에 널려 있었습니다. 그겁니다. 바로 그겁니다. 그것은 무허가 판잣집이라는 겁니다. 무허가 판잣집은 그 시절 이 도시의 가장 큰 골칫거리였습니다. 하나님 맙소사! 그것이 이 좋은 세상에 다시 부활을 하다니."

"부인, 진정하십시오. 우린 지금 부인의 지혜를 필요로 하고 있습니다. 그 시절에는 그것을 없애기 위해 어떤 방법을 썼나요? 마음을 가라앉히고 잘 생각해 보십시오. 제발, 부인."

누군가가 그 부인에게 진심으로 애걸했습니다.

"그건 우리 힘으론 안 됩니다. 시청에서나 그 일을 할 수 있습니다. 시청에서 불도저를 갖고 나와 밀어 버리면 됩니다. 여러 채의 무허가 판잣집도 잠깐 사이에 밀어 버렸으니까 저까짓 한 채쯤은 문제없을 겁니다."

근심에 잠겼던 여러 사람들은 비로소 안심을 하고 시청에 전화를 걸었습니다. 시청 직원은 시민의 말을 도무지 믿으려 들지 않았습니다. 한두 사람도 아닌 여러 사람이 전화통에다 대고 와글와글 얘기를 하자, 그제야 곧 조사단을 내보내겠다고 말했습니다.

조사단이 나와 과연 무허가 판잣집이 있다는 것과 그 속에 사람이 살고 있다는 것을 확인하고 돌아갔습니다.

그러나 시청으로부터의 회답은 비관적이었습니다. 시청에는 아무리 찾아봐도 무허가 판잣집을 없앨 수 있는 법도, 불도저도 없다는 것이었습니다. 그도 그럴 것입니다. 무허가 판잣집이란 것이 이 도시에서 없어진 지가 벌써 몇 십 년째인데 그런 법이 뭣 하러 여태까지 남아 있겠습니까?

사람들이 다시 모여 와글와글 의논을 했습니다.

누군가가 그건 곧 저절로 없어질 거라고 말했습니다. 왜냐하면 그 속에서 살고 있는 사람이 노인네니까, 곧 죽게 될 것임이 틀림이 없다는 것이었습니다.

그러고 보니 문제는 판잣집이 아니라 거기 살고 있는 사람이었습니다. 사람만 없다면 그까짓 작은 집은 폐차장에 갖다 버리면 그만일 것입니다.

그래서 보기 싫은 판잣집을 없애는 일은 노인이 죽는 날까지 미루기로 여럿이 합의를 보았습니다. 사람들은 판잣집 때문에 놀라고 떠들었을 때와는 딴판으로 곧 그 일을 잊어버렸습니다.

그러나 소년만은 가끔 그 판잣집을 기웃거려 봤습니다. 대개는 비어 있었습니다. 비어 있을 적에도 열쇠가 채워져 있는 일은 없었습니다. 그 속엔 누가 도둑질해 가고 싶을 만한 물건이라곤 없었으니까요.

어느 날 소년은 몰래 그 판잣집 안으로 들어갔습니다. 몰래라는 것은 할아버지 몰래가 아니라, 아파트에 사는 사람들 몰래라는 소리입니다. 모든 사람이 하루빨리 없어져 주기를 바라는 집에 들어간다는 것은 나쁜 짓 같아, 될 수 있으면 누구의 눈에도 띄고 싶지 않았던 것입니다.

판잣집 속은 창으로 엿보던 것과 마찬가지로 구질구질했지만 이상하도록 아늑했습니다. 침대의 모포는 털이 다 빠진 낡은 것이었지만 부드럽고 부숭부숭했고, 스프링이 망가져 내려앉은 침대는 할아버지 몸의 모양대로 움푹 들어가 있어 소년의 몸을 정답게 받아들였습니다. 소년은 요람에 누워 가만가만 흔들리던 어릴 적처럼 편안했습니다.

손만 뻗으면 닿을 수 있는 머리맡에는 나무판자에 벽돌을 괴어 만든 선반이 있고, 선반에는 책과 그릇과 색종이로 접은 새와 짐승과 꽃들이 아무렇게나 섞여 있었습니다. 소년은 침대에 누워 이런 것들을 보며 이런 방에서 살아 보았으면 하고 생각했습니다. 소년은 넓고 잘 꾸며진 자기의 방을 가지고 있고, 또 엄마 아빠의 방과 응접실과 서재에 대해 알고 있습니다.

소년은 또 많은 친구를 가지고 있어 친구의 방에 대해서도 알고 있습니다. 소년은 또 가끔 엄마 아빠와 함께 친척 집을 방문하는 일도 있어 친척들의 방에 대해서도 알고 있습니다. 그러나 그 방들은 한결같이 비슷했기 때문에 소년은 방이란 다 그렇고 그런 거란 생각밖엔 해본 적이 없습니다.

소년은 손을 뻗어 선반의 책을 한 권 꺼내 펼쳤습니다. 책은 그림책이었습니다. 공작새보다 더 아름다운 날개를 가진 곤충들로 가득 차 있었습니다. 소년은 학교에서 곤충에 대해 배운 적이 있습니다. 그러나 본 적은 없습니다. 사람 외에 살아 있는 짐승의 대부분은 동물원에 가면 볼 수 있었지만 곤충만은 왠지 동물원에도 없었습니다. 소년은 학교에서 곤충을 사람에게 이로운 곤충과 해로운 곤충 두 가지로 나누어 배웠기 때문에 많은 곤충의 이름을 외워 두었지만 곤충은 두 종류밖에 없는 줄 알았습니다.

그러나 할아버지의 책 속에는 수백 수천 가지의 곤충들이 있었고, 그것들은 각기 제 나름으로 아름다웠습니다. 황홀하게 빛깔 고운 날개를 가진 곤충도 있고, 오색이 찬란한 딱지를 가진 곤충도 있고, 엄마의 속치마 레이스보다도 훨씬 섬세한 날개를 가진 곤충, 생김새가 아기자기한 곤충, 징그러운 곤충, 용감해 보이는 곤충……. 소년은 그 많은 곤충이 하늘을 나는 광경을 그리며 가슴을 두근댔습니다.

그런데 어느 틈에 할아버지가 들어와 계셨습니다.

"할아버지, 이 아름다운 것들은 어디 가면 볼 수 있나요?"

"우리나라에선 이제 아무 데서도 그걸 볼 수 없을걸. 우리나라보다 못살고 우리나라보다 덜 문명화된 나라에나 남아 있으려나 몰라."

할아버지가 슬픈 듯이 말했습니다.

"그러니까 할아버지, 이것들은 사람들이 잘사는 것과 문명을 싫어하는군요. 그래서 피해 달아났군요?"

"아니지, 그것들은 아름답지만 지혜가 없기 때문에 태어날 때부터 저절로 알고 있는 것과 조금만 어긋난 일이 생기면 살아남질 못한단다. 피해 달아난 게 아니라 없어진 거지. 사람들이 잘산다는 것 중에는 땅이란 땅을 시골의 농장만 남기고 모조리 시멘트로 포장을 하는 일도 포함되는데, 이 아름다운 것들은 대개 날개를 달기 전 애벌레 시절을 부드러운 흙 속에서 보낸단다. 목청이 좋은 매미라는 곤충은 십칠 년 동안이나 애벌레로 땅속에서 보내는 수도 있단다. 생각해 봐라. 이십 년 가까이 깜깜한 땅속에서 살다가 마침내 날개가 돋아나, 몇 주일 동안이나마 이 세상에서 자유롭게 날고 노래 부르기 위해 기어 나오려는데, 땅엔 두껍디두꺼운 천장이 생겨 있을 때의 매미의 딱한 처지를, 또 문명이라는 것도 그렇단다. 문명은 이 세상의 살아 있는 것 중에서 가장 종류와 수효가 많은 곤충을 두 가지로 나누었지."

"그건 저도 알아요. 사람들에게 이로운 곤충과 해로운 곤충이죠."

소년은 씩씩하게 대답했습니다.

"맞았다. 그러나 정작 문명이 한 일은 그다음 일이란다. 문명은 사람에게 해로운 곤충을 닥치는 대로 죽였지. 그러다 보니 이로운 곤충까지 저절로 그 모습이 사라져 갔다. 사람은 사람 본위로 곤충을 두 패로 편을 갈랐는데, 저희끼리는 그게 아니어서 사람이 생각하는 것보다 훨씬 복잡하고 신비롭게 서로 해치며 도우며 잡아먹으며 잡아먹히며 어울려서 살았던 것이지. 사람이 사람에게 가장 해로운 곤충을 멸종시키려고 한 노릇이 결과적으론 가장 이로운 곤충의 먹이를 없애는 일이 되고, 그 일이 자꾸만 일어나면서 곤충 세계의 조화는 깨어지고 말았단다. 문명이 해친 것은 곤충이 아니라 곤충의 조화였고, 조화는 바로 곤충계의 목숨이었으니 곤충이 멸종될 수밖에……."

"할아버지, 그래도 우린 모두 이렇게 잘살잖아요. 곤충의 도움 없이도 말예요."

"곤충이 없어지고 나서 바람이 꽃가루를 옮기는 식물만 살아남고, 벌과 나비가 꽃가루를 옮기는 식물은 차츰 자취를 감추었단다. 그러나 사람들은 조금도 근심하지 않고 그런 식물이 자라던 자리에 공장을 짓고 물건을 만들어, 그런 식물이 아직도 살아남은 나라에 팔아서 그런 식물의 열매를 사 먹기 시작했단다. 근심할 건 아무 것도 없었지. 사람은 곤충보다 위대하니까. 돈으로 못 사는 건 아무 것도 없었으니까. 그러나 아이들이 나비의 아름다움에 홀려 온종일 푸른 초원을 헤맨다든가, 우거진 녹음 아래서 매미 소리를 들으며 꿈을 꾼다든가, 벌이 윙윙대는 장미밭에서 한 마리 벌이 되어 본 적이 없이 어른이 되는 일을 근심하고 슬퍼하는 사람도 있었느니라. 그건 할아버지가 아주 젊었을 때의 일이고, 할아버지도 그걸 슬퍼한 사람 중의 하나였지."

"할아버지는 그때 무슨 일을 하셨는데요."

"할아버지는 그때 시인이었단다. 아름다운 노래를 많이 지었더랬지."

"그럼, '솔직히 말해서 벙글콘은 아이스크림입니다. 솔직히 말해서 벙글콘은 맛있습니다.'도 할아버지가 지었나요?"

"넌 그것 말고 아는 노래가 또 없냐?"

"왜 없어요. '샴푸는 비단결 샴푸, 엄마의 좋은 친구 비단결 샴푸, 비단결 샴푸, 노래하며 샴푸하자 비단결, 라라라라 비단결', '오늘도 만나 카레로 할까요? 달콤하기가 그럴 수 없어요. 매콤하기가 그럴 수 없어요. 만나 카레' 그리고……."

"아, 그만해라. 시가 없어졌구나. 하긴 시인이 없어졌으니까."

"시인은 왜 없어졌나요?"

"곤충을 이로운 곤충과 해로운 곤충의 두 패로 나누듯이 그때 사람들은 사람이 하는 일도 두 가지로 나누었단다. 사람을 잘살게 하는데 쓸모 있는 일과 쓸모없는 일로……."

"그래서 쓸모없는 일을 하는 사람에겐 약을 뿌려 없앴나요?"

"예끼 놈, 아무리 장난스런 말이라도 그런 말이 어디 있어?"

할아버지의 얼굴이 정말로 무서워졌습니다. 소년의 입에서 저절로 잘못했습니다라는 말이 나왔습니다.

"쓸모없는 일을 하는 것을 금지시켰단다. 그래서 대개의 시인들은 기술자가 됐지. 그래도 끝까지 시를 안 버리려고 한 시인에겐 쓸모 있는 시를 쓰란 명령이 내렸고, 그래서 '솔직히 말해서 벙글콘은 아이스크림입니다'라는 노래를 쓴 시인도 생겼고, '샴푸는 비단결 샴푸, 엄마의 좋은 친구 비단결'이란 노래를 쓴 시인도 생겨났지. 가장 끝까지 시를 사랑하려고 한 시인일수록 가장 크게 시를 더럽혔다니!"

할아버지의 얼굴이 저녁 하늘처럼 슬퍼 보였습니다. 소년도 덩달아 형용할 수 없는 슬픔을 맛보았습니다. 그러나 소년이 할아버지의 말씀을 알아들은 것은 아닙니다.

"할아버지 한 말씀만 더 여쭤보겠어요. 그렇지만 아까처럼 화내시진 마셔요."

"알았다. 말해 보렴."

"시가 정말 쓸모없는 거라면 없어지는 게 당연하지 않을까요? 우리 엄마가 아이들한테 제일 많이 하는 잔소리도 '쓸모없는 건 제때 제때 내버려라'인걸요."

"할아버진 젊은 시절의 능력과 정열을 오로지 시를 위해 바쳐 온 사람이다. 시가 쓸모없는 거라고 정해진 후에도 시를 버리고 딴 일을 가진 바 없고, 시를 안 버린답시고 시를 더럽히는 짓도 하지 않았다. 사람은 어느 누구도 아무짝에도 쓸모없는 것을 위해 자기를 다 바칠 수는 없느니라."

"그러니까 할아버진 시가 쓸모 있다는 말씀을 하시고 싶으시군요?"

"그럼, 그럼, 넌 참 똑똑한 애로구나."

할아버지의 얼굴에 처음으로 활짝 웃음꽃이 피었습니다. 소년은 할아버지의 얼굴이 참으로 보기 좋다고 생각했습니다.

"그런데 왜 시가 쓸모없는 것 취급을 받았을까요?"

"무엇에 쓸모 있느냐가 문제였지. 그 시절 사람들은 몸을 잘살게 하는 데 쓸모 있는 것만 중요하게 생각하고 마음을 잘살게 하는 데 쓸모 있는 건 무시하려 들었으니까."

"그럼 몸이 잘사는 것과 마음이 잘사는 것은 서로 다른 건가요?"

“암, 다르고말고. 몸이 잘산다는 건 편안한 것에 길들여지는 거고, 마음이 잘산다는 건 편안한 것으로부터 놓여나 새로워지는 거고, 몸이 잘살게 된다는 건 누구나 비슷하게 사는 거지만, 마음이 잘살게 된다는 건 제각기 제 나름으로 살게 되는 거니까.”

“무슨 말씀인지 잘 모르겠어요, 할아버지. 시가 없어도 조금도 불편하지 않다는 것밖에는.”

“시가 있었으면 지금보다 살기가 불편했을지도 모르지. 그렇지만 지금보다는 살맛이 있었을 거야.”

“살맛이 뭔데요? 그것은 초콜릿 맛하고 닮은 건가요? 바나나 맛하고 닮은 건가요?”

“그건 몸으로 본 맛이기 때문에 마음으로 보는 살맛하고는 비교를 할 수가 없지. 살맛이란, 나야말로 남과 바꿔치기할 수 없는 하나뿐인 나라는 것을 깨닫는 기쁨이고, 남들의 삶도 서로 바꿔치기할 수 없는 각기 제 나름의 삶이라는 것을 깨달아 아껴 주고 사랑하는 기쁨이란다.”

“어렵군요. 할아버진 설마 지금부터 그 어려운 걸 하실 생각은 아니겠죠?”

“실상 나는 너무 늙었다. 그래도 해볼 작정이다.”

“할아버진 어디에서 오셨나요?”

“양로원에서 왔다.”

“저도 양로원에 대해서 알고 있어요. 할머니 할아버지들이 가장 편안하게 지낼 수 있는 곳이죠. 저희 할머니도 거기 계시기 때문에 한 달에 한 번씩 방문하는데, 우리 아파트보다 더 좋은 곳이에요. 더군다나 이런 판잣집하고는 댈 것도 아니죠. 그런데 시는 이렇게 초라하고 불편한 곳에서만 쓸 수 있나요?"

"그렇진 않지만 시를 쓰는 마음이 가장 꺼리는 건 몸과 마음이 어떤 틀에 박히는 거지. 시를 쓰는 마음은 무한한 자유를 원하거든. 그래서 우선 양로원이라는 노인들의 틀을 벗어난 거란다."

"그럼 시를 쓰셨나요?"

"아니, 아직 못 썼다. 쓰려면 아직아직 멀었다."

"그러실 거예요. 무엇을 쓰려면 책상 앞에 붙어 앉아 있어야 하는데, 할아버진 매일매일 돌아다니시니까요."

"괜히 돌아다니는 게 아니란다."

"알아요. 잡수실 것을 얻으러 다니시죠? 이제부터 책상에 앉아서 시만 쓰셔요. 잡수실 것은 제가 갖다 드릴게요."

"아니다, 먹을 걸 얻는 데 시간이 걸리진 않는다. 이 고장은 살기 좋은 고장인 데다가 거지는 나밖에 없으니까."

"그런데 왜 온종일 집을 비우고 돌아다니셔요?"

"말을 얻으러 다니지. 시는 말로 쓰지 않니?"

"말이 그렇게 귀한가요? 얻으러 다니게? 참 이 방엔 라디오도 텔레비전도 없군요. 게다가 할아버진 혼자 사시고……. 이제부터 제가 자주 와서 할아버지 말벗이 되어 드릴게요. 그리고 소리는 좋은데 모양이 구식이라 버리게 된 라디오도 한 대 갖다 드리죠."

"너는 참 착한 아이로구나. 그러나 할아버지가 얻으러 다니는 건 그런 말이 아니란다."

"그런 말하고 또 다른 말도 있나요?"

"암, 있고말고. 요새 떠다니는 말은 새로 생긴 물건의 이름하고, 그걸 갖고 싶다는 욕심을 위한 말이 전부지. 그러나 시를 위한 말은 그런 물건에 대한 욕심과는 상관없는 마음의 슬픔, 기쁨, 바람 등을 나타내는 말이란다. 얻으러 다녀 보니 그런 말이 어쩌면 그렇게 귀해졌는지, 이 근처엔 거의 없고 저 변두리 평민 아파트 근처에나 조금씩 남아 있는데, 거기도 온종일 헤매야 겨우 한두 마디 얻어 가질 정도로 드물어."

"그게 언제 모여 시가 되나요?"

"아직 아직 멀었지만, 언젠가는……."

"사람들이 그걸 읽을까요?"

"아직 아직 멀었지만, 언젠가는……."

"그걸 읽으면 사람들이 어떻게 달라질까요?"

"너는 지금 궁전 아파트에 살지?"

"궁전 아파트 현관의 신발장은 무슨 빛깔이더라?"

"모두 상아빛이에요. 손잡이는 금빛이고요."

"지금 궁전 아파트에 사는 사람은 아무도 상아빛 신발장을 의심하지 않지? 그러나 시를 읽는 사람이 생기면 그걸 의심하는 사람도 생길 거야. 나는 상아빛을 좋아하나? 아닌데 나는 노랑을 좋아하는데, 그러면서 어느 날 노랑색 페인트를 사다가 신발장을 칠해서 자기만의 신발장을 갖는 사람이 생겨난단 말이다. 물론 파랑 신발장, 빨강 신발장을 갖는 사람도 생겨나지. 그래서 궁전 아파트 신발장이 아닌 제 나름의 신발장을 갖게 되는 거야. 또 어린이 중에서도 어른이 가르쳐 준 놀이 말고 새로운 놀이를 만들어 내는 어린이가 생겨날 테지. 그 어린이는 판판한 아스팔트 밑에는 도대체 뭐가 있을까 하는 호기심을 참지 못해 그것을 파헤쳐 그 속에 숨은 흙을 보고 말 거야. 그래서 그 속에서 몇 년째 잠자던 강아지풀과 명아주와 조리풀과 토끼풀과 민들레의 씨앗을 눈뜨게 하고, 매미의 마지막 애벌레가 허물을 벗고 가로수를 향해 날아오르게 할 거야."

할아버지의 주름투성이 얼굴이 아이들의 얼굴처럼 더없이 맑아지고 눈은 꿈꾸는 것처럼 한없이 먼 곳을 보고 있습니다.

"할아버지, 이상해요. 할아버지 말씀을 듣고 있으려니까 괜히 가슴이 울렁거려요. 이런 느낌은 처음이에요."

"아이야, 고맙다. 할아버지가 이제부터 말을 얻어다 시를 써도 늦지는 않겠구나. 시인의 꿈은 가슴이 울렁거리는 사람과 만나는 거란다."

박완서

朴婉緖, 1931~2011

경기도 개풍에서 태어난 작가 박완서는 세 살 때 아버지를 여의고 서울로 옮겨왔습니다. 서울대학교 국문학과에 입학하였으나 한국전쟁이 발발하여 학업을 포기할 수밖에 없었습니다. 이후 결혼하여 평범한 가정주부의 삶을 살던 박완서는 1970년 나이 마흔에 소설가로 등단하였습니다. 화가 박수근을 모델로 한 장편소설 《나목裸木》이 응모에 당선된 것입니다.

박완서는 자신이 겪은 전쟁의 아픈 기억을 토대로 한 《엄마의 말뚝》 《그해 겨울은 따뜻했네》 등의 작품들을 발표하는 한편, 중년 여성 특유의 섬세하고 날카로운 시선으로 가족과 사회의 문제를 파헤친 《도시의 흉년》 《휘청거리는 오후》 등의 작품을 발표했습니다. 이후 박완서는 여성의 삶을 이야기한 《그대 아직도 꿈꾸고 있는가》와 같은 소설을 통해 여성문학의 대표작가로 인정받았습니다.

박완서는 도덕적으로 마비된 사회를 고발하고 인간의 위엄성을 지키고자 하는 정신, 고귀한 생명의 소중함을 일깨우기 위해, 어른과 아이가 함께 읽는 동화집 《자전거 도둑》, 《달걀은 달걀로 갚으렴》, 《옥상의 민들레꽃》, 《나 어릴 적에》 등을 펴내기도 했습니다.

"시인의 꿈은 가슴이 울렁거리는 사람과 만나는 거란다."

1979년에 발표된 이 작품은 한 소년과 시를 쓰는 할아버지의 만남을 통해 자연의 조화를 깨트린 인간의 문명에 대한 비판을 담고 있습니다.

매끄럽고 정갈한 궁전 아파트 광장에서 소년은 낡은 자동차 같은 것을 발견합니다. 그 안에는 작은 침대와 몇 권의 책이 있었고, 하얀 수염을 기른 웬 할아버지가 더러운 음식을 먹고 있었습니다. 소년은 자기가 본 것을 어머니에게 말했고, 아파트 전체에 이 소문이 퍼졌습니다. 나이 지긋한 부인은 그것의 정체는 무허가 판잣집이며, 시청에 연락하여 불도저로 밀어 버려야 한다고 했습니다. 하지만 판잣집은 오래전에 사라져 이제는 판잣집을 단속할 법률도 불도저도 없습니다.

사람들은 다시 모여서 회의를 했고, 노인이 죽을 때까지 그냥 내버려두기로 했습니다. 노인이 죽으면 어차피 판잣집도 사라질 테니까요. 그 후 사람들은 무허가 판잣집을 잊어버렸지만 소년은 가끔 그곳을 기웃거리곤 했습니다. 그러던 어느 날, 소년은 사람들 몰래 무허가 판잣집 안에 들어가 보았습니다. 소년이 지금껏 보았던 비슷비슷한 방들과 달리 그 안은 왠지 아늑하고 편안했습니다.

소년이 선반 위의 곤충 그림책을 꺼내 보는데 할아버지가 들어왔습니다. 할아버지는 사람들이 만든 문명으로 인해 수많은 곤충이 멸종되었으며, 그로 인해 도시에서는 흙도 식물도 찾아볼 수 없게 되었다는 이야기를 들려줍니다. 젊은 시절 할아버지는 아름다운 노래를 지었던 시인이었으나, 사회가 쓸모 있는 시만 쓰도록 강요하여 시인들은 기술자가 될 수밖에 없었고 시다운 시는 사라졌다고 말합니다.

지금 할아버지는 시를 쓰기 위해 '말'을 얻으러 다니는 중입니다. 언젠가 시를 읽는 사람들이 생기면 자연도 되살릴 수 있을 거라는 할아버지의 말에 소년은 가슴이 울렁거린다고 대답합니다. 그러자 할아버지는 이제부터 시를 써도 될 것 같다고 합니다.

문명화된 미래 도시의 풍경

〈시인의 꿈〉의 배경 공간은 지금 우리가 살고 있는 '현재'가 아니라 '미래'라고 할 수 있습니다. 다시 말하자면, 작가는 문명화된 미래의 도시를 배경으로 한 것입니다. 작품에서 도시의 모든 길은 시멘트나 콘크리트로 포장되어 있고, 사람들은 모두 아파트에서 산다는 내용이 이러한 것을 뒷받침합니다. 게다가 사람들은 오래전에 철거된 무허가 판잣집에 대해 거의 기억하지 못합니다.

고층 빌딩과 아파트로 가득한 도시

작가는 왜 이러한 시대를 배경으로 삼은 것일까요? 그것은 작가가 전하고자 하는 주제를 강렬하게 부각시키기 위해서입니다. 자세히 말하자면, '문명화'라는 명목으로 자연을 파괴하는 인간들의 행위가 계속된다면 세상이 얼마나 삭막해질지를 보여줌으로써 작품의 주제를 효과적으로 드러내고 있는 것입니다.

이 작품에서 표현된 '삭막한 세상'이란 곤충이 없는 세상입니다. 자세히 말하자면 인간에게 해로운 곤충을 박멸시키려다가 곤충의 질서를 깨트리게 되고, 곤충의 도움으로 번식해야 하는 식물들이 도시에서 자취를 감추게 된 세상, 이로써 자연의 아름다움을 노래할 시인과 시가 사라진 세상입니다.

'어른들을 위한 동화'란 무엇일까?

〈시인의 꿈〉은 1979년에 발행된 '어른을 위한 동화집' 《달걀은 달걀로 갚으렴》에 수록된 단편소설입니다. '동화'란 어린이의 이해 수준에 맞는 스토리와 어휘로써 교훈과 감동을 안겨 주는 이야기입니다. 그렇다면 '어른을 위한 동화'는 무엇이며, 소설가 박완서는 왜 이러한 동화를 썼을까요?

'어른을 위한 동화'란 혼탁한 세상을 살아가는 이들의 순수한 감성을 일깨워 주는 이야기라고 할 수 있습니다. 박완서는 《달걀은 달걀로 갚으렴》의 여러 작품을 통해 사람이 양심을 지키며 산다는 것, 생명의 소중함, 물질문명의 폐해 등을 깨닫게 하는 동시에 현대인으로 하여

금 각박한 생활을 되돌아보도록 하고 있습니다.

물론 박완서 외에도 국내외 여러 작가들이 '어른을 위한 동화'를 썼습니다. 한국의 경우 안도현의 《연어》, 황석영의 《모랫말 아이들》, 정호승의 《모닥불》 등을 들 수 있고, 외국의 경우 쉘 실버스타인의 《아낌없이 주는 나무》, 생 텍쥐베리의 《어린 왕자》, 미하엘 엔데의 《모모》 등을 들 수 있습니다.

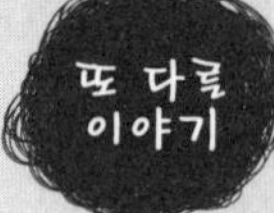

생명의 가치를 전하는 〈옥상의 민들레꽃〉

박완서의 또 다른 동화집 《자전거 도둑》에는 〈자전거 도둑〉, 〈달걀은 달걀로 갚으렴〉, 〈옥상의 민들레꽃〉, 〈할머니는 우리 편〉, 〈마지막 임금님〉 등의 작품이 실려 있습니다. 〈자전거 도둑〉에서 도시에 살던 주인공 수남이는 자신의 양심을 지켜줄 자연과 가족에게로 돌아갑니다. 〈달걀은 달걀로 갚으렴〉의 선생님은 열등감에 빠져 있는 한뫼에게 도시가 마냥 우월한 장소가 아님을 알려줍니다. 〈옥상의 민들레꽃〉과 〈할머니는 우리 편〉에서는 진정한 행복은 물질적 풍요가 아닌 마음의 편안함에 있음을 이야기합니다. 〈마지막 임금님〉은 세상에서 가장 행복한 사람이 되고 싶었던 어리석은 임금의 모습을 통해 진정한 행복이란 무엇인가를 생각하게 합니다.

이 중에서 〈옥상의 민들레꽃〉과 〈시인의 꿈〉은 같은 공간, 즉 '궁전 아파트'를 배경으로 이야기가 펼쳐집니다. 모두가 부러워하는 궁전 아

도심의 보도블럭 사이를 뚫고 피어난 민들레꽃

파트에서 할머니 두 분이 자살하는 일이 발생하자, 주민들은 아파트값이 떨어질까 하는 걱정으로 대책회의를 엽니다. 물질적 가치만을 추구하는 어리석은 어른들은 자살을 막을 방법을 찾지 못합니다. 반면 순수한 마음을 지닌 소년은 민들레꽃을 심으면 노인들의 자살을 막을 수 있다고 믿고 있습니다. 이때 민들레꽃이란 '생명의 힘'을 상징하는 것으로, 물질문명 사회에서 생명의 소중함을 일깨우고 있습니다.

이러한 작품을 써온 박완서 작가는 타계하기 전, 자신의 재산 13억 원을 서울대 학술기금으로 기부함으로써 삶의 행복은 물질에 있지 않다는 것을 몸소 보여주었습니다.

● 다음 중 이 작품 속에서 상징하는 의미가 다른 것은 무엇인가요?

① 궁전 아파트 ② 무허가 판잣집 ③ 곤충
④ 시 ⑤ 식물

● 이 작품 속에서 할아버지의 꿈은 어떤 것인가요?

① 자연을 보호하는 것
② 노인들을 위한 양로원을 짓는 것
③ 가슴이 울렁거리는 사람과 만나는 것
④ 자유롭게 떠돌아다니며 사는 것
⑤ 고향에 돌아가는 것

● 이 작품에서 할아버지가 소년에게 가르쳐 준 '살맛'이란 어떤 것인가요? 할아버지가 설명한 내용을 찾아 적어 보세요.

- 이 작품에서 할아버지와 대화를 마친 소년은 가슴의 울렁거림을 느낍니다. 소년은 할아버지와의 대화에서 무엇을 깨닫게 되었는지 설명해 보세요.

- 이 작품에서 할아버지는 자연의 질서를 파괴하고 인간의 마음을 황폐하게 하는 문명의 문제를 비판하고 있습니다. 이와 관련한 문제를 여러분의 생활 주변에서 찾아봅시다.

- **다음 중 이 작품 속에서 상징하는 의미가 다른 것은 무엇인가요?**

① 궁전 아파트　② 무허가 판잣집　③ 곤충
④ 시　⑤ 식물

답 ①번.

- **이 작품 속에서 할아버지의 꿈은 어떤 것인가요?**

① 자연을 보호하는 것
② 노인들을 위한 양로원을 짓는 것
③ 가슴이 울렁거리는 사람과 만나는 것
④ 자유롭게 떠돌아다니며 사는 것
⑤ 고향에 돌아가는 것

답 ③번.

- **이 작품에서 할아버지가 소년에게 가르쳐 준 '살맛'이란 어떤 것인가요? 할아버지가 설명한 내용을 찾아 적어 보세요.**

"살맛이란, 나야말로 남과 바꿔치기할 수 없는 하나뿐인 나라는 것을 깨닫는 기쁨이고, 남들의 삶도 서로 바꿔치기할 수 없는 각기 제 나름의 삶이라는 것을 깨달아 아껴 주고 사랑하는 기쁨이란다."

- **이 작품에서 할아버지와 대화를 마친 소년은 가슴의 울렁거림을 느낍니다. 소년은 할아버지와의 대화에서 무엇을 깨닫게 되었는지 설명해 보세요.**

할아버지를 만나기 전의 소년은 곤충이나 꽃, 시가 없는 세상에 대해 불편함을 느끼지 못했습니다. 그런데 할아버지는 돈으로 살 수 없는 자연의 고마움과 행복에 대해 말해 줍니다. 또한 몸이 잘사는 것보다 마음이 잘사는 것이 중요하며, 그것은 남과 바꿔치기 할 수 없는 자기만의 삶을 사는 기쁨을 누리는 것이라고 합니다. 소년은 비로소 자신이 몰랐던 새로운 세계를 깨닫고, 새로운 삶에 대한 변화를 꿈꾸게 됩니다. 그 변화의 시작이 울렁거림으로 표현되었다고 볼 수 있습니다.

- **이 작품에서 할아버지는 자연의 질서를 파괴하고 인간의 마음을 황폐하게 하는 문명의 문제를 비판하고 있습니다. 이와 관련한 문제를 여러분의 생활 주변에서 찾아봅시다.**

여러분이 살고 있는 집과 동네는 풀과 나무가 많은지, 벌과 나비가 자주 찾아드는 환경인지 생각해 봅시다. 그리고 자기 자신을 비롯한 가족과 친구는 시와 노래를 사랑하는지, 생활에 직접적인 도움은 되지 않지만 마음을 풍요롭게 하는 시간을 즐기는지 떠올려 봅시다.

금수회의록禽獸會議錄

: 안국선 :

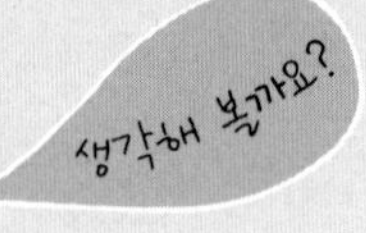

우리는 비도덕적인 행동을 하는 사람을 비판할 때 '금수만도 못한 인간'이라고 표현합니다. 여기에서 '금수禽獸'란 본능에 따라 사는 짐승을 의미합니다. 하지만 때로는 사람이 짐승보다 더 못한 경우도 있죠.

여러분이 생각하는 짐승만도 못한 사람은 어떤 사람인가요? 그 사람을 동물에 비교한다면 어떤 습성을 예로 들 수 있는지 생각하며, 〈금수회의록〉을 읽어 봅시다.

서언序言

머리를 들어 하늘을 우러러보니 일월日月과 성신◆이 천추◆의 빛을 잃지 아니하고, 눈을 떠서 땅을 굽어보니 강해江海와 산악山岳이 만고◆의 형상을 변치 아니하도다. 어느 봄에 꽃이 피지 아니하며, 어느 가을에 잎이 떨어지지 아니하리오.

우주는 의연히 백대◆에 한결같거늘, 사람의 일은 어찌하여 고금古今이 다르뇨? 지금 세상 사람을 살펴보니 애달프고 불쌍하고 탄식하고 통곡할 만하도다.

전인◆의 말씀을 듣든지 역사를 보든지 옛적 사람은 양심이 있어 천리를 순종하여 하나님께 가까웠거늘, 지금 세상은 인문人文이 결딴나서 도덕도 없어지고, 의리도 없어지고, 염치도 없어지고, 절개도 없어져서, 사람마다 더럽고 흐린 풍랑에 빠지고 헤어나올 줄 몰라서 온 세상이 다 악한 고로, 그르고 옳음을 분별치 못하여 악독하기로 유명한 도척이◆ 같은 도적놈은 청천백일◆에 사마◆를 달려 왕궁 국도◆에 횡행하되 사람이 보고 이상히 여기지 아니하고, 안자◆같이 착한 사람이 누항◆에 있어서 한 도시락 밥을 먹고 한 표주박 물을 마시며 간난◆을 견디지 못하되 한 사람도 불쌍히 여기지 아니하니, 슬프다! 착한 사람과 악한 사람이 거꾸로 되고 충

◆ **성신星辰** 별.
◆ **천추千秋** 오래고 긴 세월. 또는 먼 미래.
◆ **만고萬古** 아주 오랜 세월 동안.
◆ **백대百代** 멀고 오랜 세월.
◆ **전인前人** 앞 세대의 사람.
◆ **도척盜跖이** 중국 춘추 시대의 큰 도적. 몹시 악한 사람을 이르는 말.
◆ **청천백일靑天白日** 하늘이 맑게 갠 대낮.
◆ **사마士馬** 병사와 군마를 아울러 이르는 말.
◆ **국도國都** 수도.
◆ **안자顔子** 중국 춘추 시대의 유학자 안회顔回를 높여 이르는 말.
◆ **누항陋巷** 좁고 지저분하며 더러운 거리.
◆ **간난艱難** 몹시 힘들고 고생스러움.

신과 역적이 바뀌었도다. 이같이 천리에 어기어지고 덕의德義가 없어서 더럽고 어둡고 어리석고 악독하여 금수만도 못한 이 세상을 장차 어찌하면 좋을꼬? 나도 또한 인간의 한 사람이라, 우리 인류 사회가 이같이 악하게 됨을 근심하여 매양◆ 성현聖賢의 글을 읽어 성현의 마음을 본받으려 하더니, 마침 서창◆에 곤히 든 잠이 춘풍에 이익한 바 되매 유흥을 금치 못하여 죽장망혜◆로 녹수◆를 따르고 청산을 찾아서 한 곳에 다다르니, 사면에 기화요초◆는 우거졌고 시냇물 소리는 종종하여 인적이 고요한데, 흰 구름 푸른 수풀 사이에 현판◆ 하나가 달렸거늘, 자세히 보니 다섯 글자를 크게 썼으되 '금수회의소'라 하고 그 옆에 문제◆를 걸었는데, '인류를 논박할 일'이라 하였고, 또 광고를 붙였는데, '하늘과 땅 사이에 무슨 물건이든지 의견이 있거든 의견을 말하고 방청을 하려거든 방청하되 다 각기 자유로 하라' 하였는데, 그 곳에 모인 물건은 길짐승, 날짐승, 버러지, 물고기, 풀, 나무, 돌 등물◆이 다 모였더라. 혼자 마음으로 가만히 생각하여 보니, 대저◆ 사람은 만물지중에 가장 귀하고 제일 신령하여 천지의 화육◆을 도우며 하나님을 대신하여 세상 만물의 금수 초목까지라도 다 맡아 다스리는 권능이 있고, 또 사람이 만일 패악한◆ 일이 있으면 천히 여겨 금수 같은 행위라 하며, 사람이 만일 어리석고 하는 일이 없으면 초목같이 아무 생각도 없는 물건이라고 욕하나니, 그러면 금수 초목은 천하고 사람은 귀하며, 금수 초목은 아무 것도 모르고 사람은 신령하거늘, 지금 세상은 바뀌어서 금수 초목이 도리어 사람의 무도패덕◆함을 공격하려 하니, 괴상하고 부끄럽고 절통◆ 분하여 열었던 입을 다물지도 못하고 정신없이 섰더니,

개회 취지開會趣旨

별안간 뒤에서 무엇이 와락 떠다밀며,

"어서 들어갑시다. 시간 되었소."

하고 바삐 들어가는 서슬◆에 나도 따라 들어가서 방청석에 앉아 보니 각색各色 길짐승, 날짐승, 모든 버러지, 물고기 등물이 꾸역꾸역 들어와서 그 안에 빽빽하게 서고 앉았는데, 모인 물건은 형형색색이나 좌석은 제제창창◆한데, 장차 개회하려는지 규칙 방망이 소리가 똑똑 나더니, 회장인 듯한 한 물건이 머리에는 금색이 찬란한 큰 관을 쓰고, 몸에는 오색이 영롱한 의복을 입은 이상한 태도로 회장석에 올라서서 한 번 읍◆하고, 위의◆가 엄숙하고 형용이 단정하게 딱 서서 여러 회원을 대하여 하는 말이,

"여러분이여, 내가 지금 여러분을 청하여 만고에 없던 일대 회의를 열 때에 한마디 말씀으로 개회 취지를 베풀려 하오니 재미있게 들어 주시기를 바라오.

대저 우리들이 거주하여 사는 이 세상은 당초부터 있던 것이 아니라, 지극히 거룩하시고 지극히 전능하신 하나님께서 조화로 만드신 것이라. 세계 만물을 창조

◆ **매양** 번번이. 매 때마다.

◆ **서창西窓** 서쪽으로 난 창. 서재書齋에 나 있는 창.

◆ **죽장망혜竹杖芒鞋** 대지팡이와 짚신이란 뜻으로, 먼 길을 떠날 때의 아주 간편한 차림새를 이르는 말.

◆ **녹수淥水** 맑은 물.

◆ **기화요초琪花瑤草** 옥같이 고운 풀에 핀 구슬같이 아름다운 꽃.

◆ **현판懸板** 글자나 그림을 새겨 문 위나 벽에 다는 널조각.

◆ **문제問題** 논쟁, 논의, 연구 따위의 대상이 되는 것.

◆ **등물等物** 같은 종류의 물건.

◆ **대저大抵** 대체로 보아서.

◆ **화육化育** 천지자연의 이치로 만물을 만들어 기름.

◆ **패악悖惡** 사람으로서 마땅히 하여야 할 도리에 어그러지고 흉악함.

◆ **무도패덕無道悖德** 도덕이나 의리 또는 올바른 도리에 어긋남. 또는 그런 행동.

◆ **절통切痛** 뼈에 사무치도록 원통함.

◆ **서슬** 강하고 날카로운 기세.

◆ **제제창창濟濟蹌蹌** 몸가짐이 위엄이 있고 질서가 정연함.

◆ **읍揖** 두 손을 맞잡고 허리를 공손히 구부려 하는 인사.

◆ **위의威儀** 위엄이 있고 엄숙한 태도나 차림새.

하신 조화주를 곧 하나님이라 하나니, 일만一萬 이치의 주인 되시는 하나님께서 세계를 만드시고 또 만물을 만들어 각색 물건이 세상에 생기게 하셨으니, 이같이 만드신 목적은 그 영광을 나타내어 모든 생물로 하여금 인자한 은덕을 베풀어 영원한 행복을 받게 하려 함이라. 그런 고로 세상에 있는 모든 물건은 사람이든지 짐승이든지 초목이든지 무슨 물건이든지 다 귀하고 천한 분별이 없은즉, 어떤 것은 높고 어떤 것은 낮다 할 이치가 있으리오. 다 각각 천지의 기운을 타고 생겨서 이 세상에 사는 것인즉, 다 각기 천지 본래의 이치만 좇아서 하나님의 뜻대로 본분을 지키고, 한편으로는 제 몸의 행복을 누리고, 한편으로는 하나님의 영광을 나타낼지니, 그 중에도 사람이라 하는 물건은 당초에 하나님이 만드실 때에 특별히 영혼과 도덕심을 넣어서 다른 물건과 다르게 하셨은즉, 사람들은 더욱 하나님의 뜻을 순종하여 천리 정도◆를 지키고 착한 행실과 아름다운 일로 하나님의 영광을 나타내어야 할 터인데, 지금 세상 사람의 하는 행위를 보니 그 하는 일이 모두 악하고 부정하여 하나님의 영광을 나타내기는 고사하고 도리어 하나님의 영광을 더럽게 하며 은혜를 배반하여 제반악증◆이 많도다. 외국 사람에게 아첨하여 벼슬만 하려 하고, 제 나라가 다 망하든지 제 동포가 다 죽든지 불고하는◆ 역적 놈도 있으며, 임금을 속이고 백성을 해롭게 하여 나랏일을 결딴내는 소인 놈도 있으며, 부모는 자식을 사랑치 아니하고, 자식은 부모를 효도로 섬기지 아니하며 형제간에 재물로 인연하여 골육상잔◆하기를 일삼고, 부부간에 음란한 생각으로 화목지 아니한 사람이 많으니, 이 같은 인류에게 좋은 영혼과 제일 귀하다 하는 특권을 줄 것이 무엇이오.

하나님을 섬기던 천사도 악한 행실을 하다가 떨어져서 마귀가 된 일이 있거든 하물며 사람이야 더 말할 것 있소. 태곳적 맨 처음에 사람을 내실 적에는 영혼과 덕의심◆을 주셔서 만물 중에 제일 귀하다 하는 특권을 주셨으되 저희들이 그 권리를 내버리고 그 성품을 잃어버리니, 몸은 비록 사람의 형상이 그대로 있을지라도 만물 중에 가장 귀하다 하는 인류의 자격은 있다 할 수가 없소.

여러분은 금수라 초목이라 하여 사람보다 천하다 하나, 하나님이 정하신 법대로 행하여 기는 자는 기고, 나는 자는 날고, 굴에서 사는 자는 깃들임을 침노◆치 아니하며, 깃들인 자는 굴을 빼앗지 아니하고, 봄에 생겨서 가을에 죽으며, 여름에 나와서 겨울에 들어가니, 하나님의 법을 지키고 천지 이치대로 행하여 정도에 어김이 없은즉, 지금 여러분 금수 초목과 사람을 비교하여 보면 사람이 도리어 낮고 천하며, 여러분이 도리어 귀하고 높은 지위에 있다 할 수 있소. 사람들이 이같이 제 자격을 잃고도 거만한 마음으로 오히려 만물 중에 제가 가장 귀하다, 높다, 신령하다 하여 우리 족속 여러분들을 멸시하니, 우리가 어찌 그 횡포를 받으리오. 내가 여러분의 마음을 찬성하여 하나님께 아뢰고 본 회의를 소집하였는데, 이 회의에서 결의할 안건은 세 가지 문제가 있소.

제일. 사람 된 자의 책임을 의논하여 분명히 할 일.

제이. 사람의 행위를 들어서 옳고 그름을 의논할 일.

제삼. 지금 세상 사람 중에 인류 자격이 있는 자와 없는 자를 조사할 일.

이 세 가지 문제를 토론하여 여러분과

◆ **천리정도天理正道** 하늘의 바른 도리.
◆ **제반악증諸般惡症** 여러 가지 악한 증세.
◆ **불고不顧하다** 돌보지 아니하다.
◆ **골육상잔骨肉相殘** 가까운 혈족끼리 서로 해치고 죽임.
◆ **덕의심德義心** 덕성과 신의를 소중히 여기고 그대로 행하고자 애쓰는 마음.
◆ **침노侵擄** 성가시게 달라붙어 손해를 끼치거나 해침.

사람의 관계를 분명히 하고, 사람들이 여전히 악한 행위를 하여 회개치 아니하면 그 동물의 사람이라 하는 이름을 빼앗고 이등 마귀라 하는 이름을 주기로 하나님께 상주◆할 터이니, 여러분은 이 뜻을 본받아 이 회의에서 결의한 일을 진행하시기를 바라옵나이다.

회장이 개회 취지를 연설하고 회장석에 앉으니, 한 모퉁이에서 우렁찬 소리로 회장을 부르고 일어서서 연단으로 올라간다.

제1석 반포의 효反哺之孝◆(까마귀)

프록코트◆를 입어서 전신이 새까맣고 똥그란 눈이 말똥말똥한데, 물 한 잔 조금 마시고 연설을 시작한다.

"나는 까마귀올시다. 지금 인류에 대하여 소회◆를 진술할 터인데 반포의 효라 하는 문제를 가지고 잠깐 말씀하겠소.

사람들은 만물 중에 제가 제일이라 하지마는, 그 행실을 살펴볼 지경이면 다 천리에 어기어져서 하나도 가취◆할 것이 없소. 사람들의 옳지 못한 일을 모두 다 들어 말씀하려면 너무 지리하겠기에◆ 다만 사람들의 불효한 것을 가지고 말씀할 터인데, 옛날 동양 성인들이 말씀하기를 '효도는 덕의 근본이라', '효도는 일백 행실의 근원이라', '효도는 천하를 다스린다' 하였고, 예수교 계명에도 '부모를 효도로 섬기라' 하였으니, 효도라 하는 것은 자식 된 자가 고연한◆ 직분으로 당연히 행할 일이올시다. 우리 까마귀의 족속은 먹을 것을 물고 돌아와서 어버이를 기르며, 효성을 극진히 하여 망극한 은혜를 갚아서, 하나님이 정하신 본분을 지키어 자자손손이 천만 대를 내려가도록 가법◆을 변치 아니하는 고로, 옛적에 백낙천◆이라 하는 사람이 우리를 가리켜 새 중의 증자◆라 하였고, 《본초강목》◆에는 자조◆라 일컬었으니, 증자라 하는 양반은 부모에게 효도 잘하기로 유명한 사람이요, 자조라 하는 뜻은 사랑하는 새라 함이니, 부모는 자식을 사랑하고 자식은 부모에게 효도함이 하나님의 법이라. 우리는 그 법을 지키고 어기지 아니하거늘, 지금 세상 사람들이 말하는 것을 보면 낱낱이 효자 같으되, 실상 하는 행실을 보면 주색잡기酒色雜伎에 침혹하여◆ 부모의 뜻을 어기며, 형제간에 재물로 다투어 부모의 마음을 상케 하며, 제 한 몸만 생각하고 부모가 주리되◆ 돌아보지 아니하고, 여편네는 학식이라고 조금 있으면 주제넘은 마음이 생겨서 온화, 유순한 부덕을 잊어버리고 시집가서는 시부모 보기를 아무 것도 모르는 어리석은 물건같이 대접하고, 심하면 원수같이 미워하기도 하니, 인류 사회에 효도 없어짐이 지금 세상보다 더 심함이 없도다. 사람들이 일백 행실의 근본되는 효도를 알지 못하니 다른 것은 더 말할 것 무엇 있소. 우리는 천성이 효도를 주장하는 고로 출천지효성◆ 있는 사람이면 우리가 감동하여 노래자◆를 도와서 종일토록 그 부모를 즐겁게 하여 주며, 증

◆ **상주上奏** 임금에게 말씀을 아뢰던 일.
◆ **반포지효反哺之孝** 까마귀 새끼가 자라서 늙은 어미에게 먹이를 물어다 주는 효孝라는 뜻으로, 자식이 자란 후에 어버이의 은혜를 갚는 효성.
◆ **프록코트** 남자용의 서양식 예복의 하나. 보통 검은색이며 저고리 길이가 무릎까지 내려온다.
◆ **소회所懷** 마음에 품고 있는 회포.
◆ **가취可取하다** 능히 취함.
◆ **지리하다** '지루하다'의 뜻.
◆ **고연固然하다** 본디부터 그러하다.
◆ **가법家法** 한 집안의 법도와 규율.
◆ **백낙천白樂天** 백거이. 중국 당나라의 시인.
◆ **증자曾子** 중국 노나라의 유학자. 인간 행위의 근본을 '충忠'에 두고, 행위의 덕의 바탕을 '효孝'에 두었다.
◆ **《본초강목本草綱目》** 1590년에 중국 명나라의 이시진이 지은 본초학의 연구서.
◆ **자조慈鳥** 새끼가 어미에게 먹이를 날라다 주는 인자한 새라는 뜻.
◆ **침혹沈惑하다** 무엇을 몹시 좋아하여 정신을 잃고 거기에 빠지다.
◆ **주리다** 제대로 먹지 못하여 배를 곯다.
◆ **출천지효성出天之孝誠** 나면서부터 지니고 있는 효성.
◆ **노래자老萊子** 중국 춘추 시대 초나라의 은사. 70세에 어린아이 옷을 입고 어린애 장난을 하여 늙은 부모를 위안하였다고 한다.

자의 갓 위에 모여서 효자의 아름다운 이름을 천추에 전케 하였고, 또 우리가 효도만 극진할 뿐 아니라 자고이래로 《사기》◆에 빛난 일이 한두 가지가 아니오니 대강 말씀하오리다.

우리가 떼를 지어 논밭으로 내려갈 때 곡식을 해하는 버러지를 없애려고 가건마는, 사람들은 미련한 생각에 그 곡식을 파먹는 줄로 아는도다! 서양 책력◆ 일천팔백칠십사 년의 미국 조류학자 피이르라 하는 사람이 우리 까마귀 족속 이천이백오십팔 마리를 잡아다가 배를 가르고 오장을 꺼내어 해부하여 보고 말하기를 '까마귀는 곡식을 해하지 아니하고 곡식에 해되는 버러지를 잡아먹는다' 하였으니, 우리가 곡식밭에 가는 것은 곡식에 이가 되고 해가 되지 아니하는 것은 분명하고, 또 우리가 밤중에 우는 것은 공연히 우는 것이 아니요, 나라에서 법령이 아름답지 못하여 백성이 도탄◆에 침륜◆하여 천하에 큰 병화가 일어날 징조가 있으면 우리가 아니 울 때에 울어서 사람들이 깨닫고 허물을 고쳐서 세상이 태평무사하기를 희망하고 권고함이요, 고소성 한산사에서 달은 넘어가고 서리 친 밤◆에 쇠북을 주둥이로 쪼아 소리를 내서 대망◆에게 죽을 것을 살려 준 은혜를 갚았고, 한나라 효무제孝武帝가 아홉 살 되었을 때에 그 부모는 왕망의 난리◆에 죽고 효무제 혼자 달아날새, 날이 저물어 길을 잃었거늘 우리들이 가서 인도하였고, 연 태자 단◆이 진나라에 볼모 잡혀 있을 때에 우리가 머리를 희게 하여 그 나라로 돌아가게 하였고, 진문공晉文公이 개자추介子推를 찾으려고 면상산에 불을 놓으매 우리가 연기를 에워싸고 타지 못하게 하였더니, 그 후에 진나라 사람이 그 산에 '은연대'라 하는 집을 짓고 우리의 은덕을 기념하였으며, 당나라 이의부◆는 글을 짓되 상림◆에 나무를 심어 우리를 준다 하였었고, 또 물병에 돌을 던지니 이솝

◆이 상을 주고, 탁자의 포도주를 다 먹어도 프랭클린◆이 사랑하도다. 우리 까마귀의 사적◆이 이러하거늘, 사람들은 우리 소리를 듣고 흉한 징조라 길한 징조라 함은 저희들 마음대로 하는 말이요, 우리에게는 상관없는 일이라. 사람의 일이 흉하든지 길하든지 우리가 울 일이 무엇 있소? 그것은 사람들이 무식하고 어리석어서 저희들이 좋지 아니한 때에 흉하게 듣고 하는 말이로다. 사람이 염병◆이니 괴질◆이니 앓아서 죽게 된 때에 우리가 어찌하여 그 근처에 가서 울면, 사람들은 못생겨서 저희들이 약도 잘못 쓰고 위생도 잘못하여 죽는 줄은 알지 못하고 우리가 울어서 죽는 줄로만 알고, 저희끼리 욕설하려면 염병에 까마귀 소리◆라 하니 아, 어리석기는 사람같이 어리석은 것은 세상에 또 없도다. 요순◆ 적에도 봉황이 나왔고 왕망이 때도 봉황이 나오매, 요순 적 봉황은 상서◆라 하고 왕망 때 봉황은 흉조◆처럼 알았으니, 물론 무슨 소리든지 사람이 근심 있을 때에 들으면 흉조로 듣고, 좋은 일 있을 때에 들으면 상서롭게 듣는 것이라. 무엇을 알고 하는 말은 아니요, 길하다 흉하다 하는 것은 듣는 저희에게 있는 것이요, 하는 우리에게 있는 것이 아

◆ **『사기史記』** 중국 한나라의 사마천이 중국 역대 왕조의 사적을 엮은 역사책.
◆ **책력冊曆** 한 해의 월일, 해와 달의 운행, 월식과 일식, 절기 등을 적은 책.
◆ **도탄塗炭** 몹시 곤궁하여 고통스러운 지경을 이르는 말.
◆ **침륜沈淪** 침몰. 물속에 가라앉음.
◆ **고소성 한산사에서 달은 넘어가고 서리 친 밤** 당나라 시인 장계의 시 〈풍교야박〉의 첫 구절.
◆ **대망大蟒** 이무기.
◆ **왕망王莽의 난리** 왕망이 한나라를 찬탈하여 신新나라를 세움.
◆ **단丹** 연나라의 마지막 태자.
◆ **이의부李義府** 당나라 고종 때 중서시랑. 태종에게 출세하도록 도와달라는 의미로 영오詠烏를 지어 불렀다.
◆ **상림上林** 궁중 안에 있는 동산으로, '상림원'이라 함.
◆ **이솝Aesop** 그리스의 우화 작가. '영리한 까마귀'라는 우화를 씀.
◆ **프랭클린Franklin, Benjamin** 미국의 정치가로, 포도주 애호가였다.
◆ **사적事跡** 사건의 자취, 일의 형적.
◆ **염병** '장티푸스'를 속되게 이르는 말.
◆ **괴질怪疾** 원인을 알 수 없는 이상한 병.
◆ **염병에 까마귀 소리** 불길하여 귀에 아주 거슬리는 소리를 이르는 말.
◆ **요순堯舜** 요임금과 순임금이 덕으로 천하를 다스리던 태평한 시대.
◆ **상서祥瑞** 복되고 길한 일이 일어날 조짐.
◆ **흉조凶兆** 불길한 징조.

니어늘, 사람들은 말하기를, 까마귀는 흉한 일이 생길 때에 와서 우는 것이라 하여 듣기 싫어하니, 사람들은 이렇듯 이치를 알지 못하는 어리석은 동물이라, 책망하여 무엇 하겠소. 또 우리는 아침에 일찍 해 뜨기 전에 집을 떠나서 사방으로 날아다니며 먹을 것을 구하여 부모 봉양도 하고, 나뭇가지를 물어다가 집도 짓고, 곡식에 해 되는 버러지도 잡아서 하나님 뜻을 받들다가 저녁이 되면 반드시 내 집으로 돌아가되, 나가고 돌아올 때에 일정한 시간을 어기지 않건마는, 사람들은 점심때까지 자빠져서 잠을 자고, 한번 집을 떠나서 나가면 혹은 협잡질◆하기, 혹은 술장◆보기, 혹은 계집의 집 뒤지기, 혹은 노름하기, 세월이 가는 줄을 모르고 저희 부모가 진지를 잡수었는지, 처자가 기다리는지 모르고 쏘다니는 사람들이 어찌 우리 까마귀의 족속만 하리오. 사람은 일 아니 하고 놀면서 잘 입고 잘 먹기를 좋아하되, 우리는 제가 벌어 제가 먹는 것이 옳은 줄 아는 고로 결단코 우리는 사람들 하는 행위는 아니 하오. 여러분도 다 아시거니와 우리가 사람에게 업수이 여김을 받을 까닭이 없음을 살피시오."

손뼉 소리에 연단에 내려가니, 또 한편에서 아리땁고도 밉살스러운 소리로 회장을 부르면서 깡똥깡똥 연설단을 향하여 올라가니, 어여쁜 태도는 남을 가히 호릴 만하고 갸웃거리는 모양은 본색이 드러나더라.

제2석 호가호위狐假虎威◆(여우)

여우가 연설단에 올라서서 기생이 시조를 부르려고 목을 가다듬는 것처럼 기침 한 번을 캑 하더니 간사한 목소리로 연설을 시작한다.

"나는 여우올시다. 점잖으신 여러분 모이신 데 감히 나와서 연설하옵기는 방자한 듯하오나, 저 인류에게 대하여 소회가 있삽기 호가호위라 하는 문제를 가지고 두어 마디 말씀을 하려 하오니, 비록 학문은 없는 말이나 용서하여 들어주시기 바라옵니다.

사람들이 옛적부터 우리 여우를 가리켜 말하기를, 요망한 것이라 간사한 것이라고 하여 저희들 중에도 요망하든지 간사한 자를 보면 여우 같은 사람이라 하니, 우리가 그 더럽고 괴악한◆ 이름을 듣고 있으나 우리는 참 요망하고 간사한 것이 아니요, 정말 요망하고 간사한 것은 사람이오. 지금 우리와 간사한 사람의 행위를 비교하여 보면 사람과 우리와 명칭을 바꾸었으면 옳겠소.

사람들이 우리를 간교하다 하는 것은 다름 아니라 《전국책》◆이라 하는 책에 기록하기를, 호랑이가 일백 짐승을 잡아먹으려고 구할 새, 먼저 여우를 얻은지라, 여우가 호랑이더러 말하되, 하나님이 나로 하여금 모든 짐승의 어른이 되게 하셨으니, 지금 자네가 나의 말을 믿지 아니하거든 내 뒤를 따라와 보라. 모든 짐승이 나를 보면 다 두려워하느니라. 호랑이가 여우의 뒤를 따라가니, 과연 모든 짐승이 보고 벌벌 떨며 두려워하거늘, 호랑이가 여우의 말을 정말로 알고 잡아먹지 못한지라. 이는 저들이 여우를 보고 두려워한 것이 아니라 여우 뒤의 호랑이를 보고 두려워한 것이니, 여우가 호랑이의 위엄을 빌려서 모든 짐승으로 하여

◆ **협잡질** 옳지 아니한 방법으로 남을 속이는 짓.
◆ **술장** 술자리가 벌어진 마당.
◆ **호가호위狐假虎威** 남의 권세를 빌려 위세를 부림. 여우가 호랑이의 위세를 빌려 호기를 부린다는 데에서 유래한다.
◆ **괴악怪惡하다** 말이나 행동이 이상야릇하고 흉악하다.
◆ **《전국책戰國策》** 중국 전국시대의 여러 책략을 모아 엮은 책.

금 두렵게 함인데, 사람들은 이것을 빙자하여 우리 여우더러 간사하니 교활하니 하되, 남이 나를 죽이려 하면 어떻게 하든지 죽지 않도록 주선하는 것은 당연한 일이라. 호랑이가 아무리 산중 영웅이라 하지마는 우리에게 속은 것만 어리석은 일이라. 속인 우리야 무슨 불가한◆ 일이 있으리오.

지금 세상 사람들은 당당한 하나님의 위엄을 빌려야 할 터인데, 외국의 세력을 빌려 의뢰하여 몸을 보전하고 벼슬을 얻어 하려 하며, 타국 사람을 부동하여◆ 제 나라를 망하고 제 동포를 압박하니, 그것이 우리 여우보다 나은 일이오? 결단코 우리 여우만 못한 물건들이라 하옵네다.(손뼉 소리 천지 진동)

또 나라로 말할지라도 대포와 총의 힘을 빌려서 남의 나라를 위협하여 속국도 만들고 보호국도 만드니, 불한당이 칼이나 육혈포◆를 가지고 남의 집에 들어가서 재물을 탈취하고 부녀를 겁탈하는 것이나 다를 것이 무엇 있소? 각국이 평화를 보전한다 하여도 하나님의 위엄을 빌려서 도덕상으로 평화를 유지할 생각은 조금도 없고, 전혀 병장기◆의 위엄으로 평화를 보전하려 하니 우리 여우가 호랑이의 위엄을 빌려서 제 몸의 죽을 것을 피한 것과 어떤 것이 옳고 어떤 것이 그르오? 또 세상 사람들이 구미호를 요망하다 하나, 그것은 대단히 잘못 아는 것이라. 옛적 책을 볼지라도 꼬리 아홉 있는 여우는 상서라 하였으니, 《잠학거류서》라 하는 책에는 말하였으되, '구미호가 도 있으면 나타나고, 나올 적에는 글을 물어 상서를 주문에 지었다' 하였고, 왕포 《사자강덕론四子講德論》이라 하는 책에는 '주周나라 문왕文王이 구미호를 응하여 동편 오랑캐를 돌아오게 하였다' 하였고, 《산해경山海經》이라 하는 책에는 '청구국에 구미호가 있어서 덕이 있으면 오느니라'

하였으니, 이런 책을 볼지라도 우리 여우를 요망한 것이라 할 까닭이 없거늘, 사람들이 무식하여 이런 것은 알지 못하고 '여우가 천 년을 묵으면 요사스러운 여편네로 화한다' 하고, 혹은 말하기를 '옛적에 음란한 계집이 죽어서 여우로 태어났다' 하니, 이런 거짓말이 어디 또 있으리오. 사람들은 음란하여 별일이 많되 우리 여우는 그렇지 않소. 우리는 분수를 지켜서 다른 짐승과 교통하는 일이 없고, 우리뿐 아니라 여러분이 다 그러하시되 사람이라 하는 것들은 음란하기가 짝이 없소. 어떤 나라 계집은 개와 통간한 일도 있고, 말과 통간한 일도 있으니, 이런 일은 천하 만국에 한두 사람뿐이겠지마는, 한 숟가락 국으로 온 솥의 맛을 알 것이라. 근래에 덕의가 끊어지고 인도가 없어져서 세상이 결딴난 일을 이루 다 말할 수 없소. 사람의 행위가 그러하되 오히려 하나님을 두려워하지 아니하며 짐승을 부끄러워하지 아니하고, 대갓집 규중◆ 여자가 논다니◆로 놀아나서 이 사람 저 사람 호리기와 각부各部 아문衙門◆ 공청◆에서 기생 불러 놀음 놀기, 전정前程◆이 만 리 같은 각 학교 학도들이 청루靑樓◆ 방에 다니기와, 제 혈육으로 난 자식을 돈 몇 푼에 욕심나서 논다니로 내어놓기, 이런 행위를 볼작시면 말하는 내 입이 다 더러워지오. 에 더러워. 천지간에 더럽고 요망하고 간사한 것은 사람이오. 우리 여우는 그렇지 않소. 저들끼리 간사한 사람을 보면 여우라 하니, 그러한 사람을 여우라 할진댄 지금 세상 사람 중에 여우 아

- ◆ **불가不可하다** 옳지 아니하다.
- ◆ **부동符同하다** 그른 일에 어울려 한통속이 되다.
- ◆ **육혈포六穴砲** 탄알을 재는 구멍이 여섯 개 있는 권총.
- ◆ **병장기兵仗器** 예전에, 병사들이 쓰던 온갖 무기.
- ◆ **규중閨中** 부녀자가 거처하는 곳.
- ◆ **논다니** 웃음과 몸을 파는 여자를 속되게 이르는 말.
- ◆ **아문衙門** 관원들이 정무를 보는 곳을 통틀어 이름.
- ◆ **공청公廳** 관가의 건물.
- ◆ **전정前程** 앞으로 가야 할 길.
- ◆ **청루靑樓** 창기나 창녀들이 있는 집.

닌 사람이 몇몇이나 있겠소? 또 저희들은 서로 여우 같다 하여도 가만히 듣고 있으되, 만일 우리더러 사람 같다 하면 우리는 그 이름이 더러워서 아니 받겠소. 내 소견 같으면 이후로는 사람을 사람이라 하지 말고 여우라 하고, 우리 여우를 사람이라 하는 것이 옳은 줄로 아나이다."

제3석 정와어해井蛙語海◆(개구리)

여우가 연설을 그치고 할금할금◆ 돌아보며 제자리로 내려가니, 또 한편에서 회장을 부르고 아장아장 걸어와서 연단 위에 깡충 뛰어 올라간다. 눈은 톡 불거지고 배는 똥똥하고 키는 작달막한데 눈을 깜작깜작하며 입을 벌죽벌죽하고 연설한다.

"나의 성명은 말씀 아니 하여도 여러분이 다 아시리다. 나는 출입이라고는 미나리 논밖에 못 가본 고로 세계 형편도 모르고, 또 맹꽁이를 이웃하여 산 고로 구학문의 맹자 왈 공자 왈은 대강 들었으나 신학문은 아는 것이 변변치 아니하나, 지금 정와의 어해라 하는 문제로 대강 인류 사회를 논란코자 하옵네다.

사람들은 거만한 마음이 많아서 저희들이 천하에 제일이라 하고, 만물 중에 저희가 가장 귀하다고 자칭하지마는, 제 나랏일도 잘 모르면서 양비대담◆하고 큰소리 탕탕하고 주제넘은 말 하는 것들 우스웁디다. 우리 개구리를 가리켜 말하기를, '우물 안 개구리와 바다 이야기 할 수 없다' 하니, 항상 우물 안에 있는 개구리는 우물이 좁은 줄만 알고 바다에는 가보지 못하여 바다가 큰지 작은지, 넓은지 좁은지, 긴지

짧은지, 깊은지 얕은지 알지 못하나 못 본 것을 아는 체는 아니 하거늘, 사람들은 좁은 소견을 가지고 외국 형편도 모르고 천하대세도 살피지 못하고 공연히 떠들며 무엇을 아는 체하고, 나라는 다 망하여 가건마는 썩은 생각으로 갑갑한 말만 하는도다. 또 어떤 사람들은 제 나라 안에 있어서 제 나랏일도 다 알지 못하면서 보도 듣도 못한 다른 나라 일을 다 아노라고 추척대니 가증하고◆ 우습도다. 연전에 어느 나라 어떤 대관이 외국 대관을 만나서 수작할새 외국 대관이 묻기를,

'대감이 지금 내부대신◆으로 있으니 전국의 인구와 호수가 얼마나 되는지 아시오?'

한데 그 대관이 묵묵히 무언하는지라, 또 묻기를,

'대감이 전에 탁지대신◆을 지내었으니 전국의 결총◆과 국고의 세출, 세입이 얼마나 되는지 아시오?'

한데 그 대관이 또 아무 말도 못 하는지라, 그 외국 대관이 말하기를,

'대감이 이 나라에 나서 이 정부의 대신으로 이같이 모르니 귀국을 위하여 가석◆하도다.'

하였고, 작년에 어느 나라 내부에서 각 읍에 훈령◆하고 부동산을 조사하여 보아라 하였더니, 어떤 군수는 보하기를, '이 고을에는 부동산이 없다' 하여 일세一世의 웃음거리가 되었으니, 이같이 제 나라 일도 크나 작으나 도무지 아는 것 없는 것들이 일본이 어떠하니, 아라사◆가

◆ **정와어해井蛙語海** 우물 안 개구리가 바다를 말한다.
◆ **할금할금** 곁눈으로 살그머니 계속 할겨 보는 모양.
◆ **양비대담攘臂大談** 소매를 걷어 올리고 큰소리를 침.
◆ **가증可憎하다** 괘씸하고 얄밉다.
◆ **내부대신** 조선 후기에 내무행정을 맡아보던 관아의 으뜸 벼슬.
◆ **탁지대신** 대한제국 때에 국가 재정을 맡아 보던 탁지부의 으뜸 관직.
◆ **결총結總** 조선 시대에, 토지세 징수의 기준이 된 논밭 면적의 전체 수.
◆ **가석可惜하다** 몹시 아깝다.
◆ **훈령訓令** 상급 관청에서 하급 관청을 지휘·감독하기 위하여 명령을 내림.
◆ **아라사俄羅斯** '러시아'의 한자어 표기.

어떠하니, 구라파가 어떠하니, 아미리가◆가 어떠하니 제가 가장 아는 듯이 지껄이니 기가 막히오. 대저 천지의 이치는 무궁무진하여 만물의 주인 되시는 하나님밖에 아는 이가 없는지라, 《논어》에 말하기를 '하나님께 죄를 얻으면 빌 곳이 없다' 하였는데, 그 주에 말하기를 '하나님은 곧 이치라' 하였으니, 하나님이 곧 이치요 하나님이 곧 만물 이치의 주인이라. 그런고로 하나님은 곧 조화주요, 천지만물의 대주재◆시니 천지만물의 이치를 다 아시려니와, 사람은 다만 천지간의 한 물건인데 어찌 이치를 알 수 있으리오. 여간 좀 연구하여 아는 것이 있거든 그 아는 대로 세상에 유익하고 사회에 효험 있게 아름다운 사업을 영위할 것이어늘, 조그만치 남보다 먼저 알았다고 그 지식을 이용하여 남의 나라 빼앗기와 남의 백성 학대하기와 군함, 대포를 만들어서 악한 일에 종사하니, 그런 나라 사람들은 당초에 사람 되는 영혼을 주지 아니하였더면 도리어 좋을 뻔하였소. 또 더욱 도리에 어기어지는 일이 있으니, 나의 지식이 저 사람보다 조금 낫다고 하면 남을 가르쳐 준다 하고 실상은 해롭게 하며, 남을 인도하여 준다 하고 제 욕심 채우는 일만 하며, 어떤 사람은 제 나라 형편도 모르면서 타국 형편을 아노라고 외국 사람을 부동하여, 임금을 속이고 나라를 해치며 백성을 위협하여 재물을 도둑질하고 벼슬을 도둑하며 개화하였다 자칭하고, 양복 입고 단장 짚고 궐련 물고 시계 차고 살죽경◆ 쓰고 인력거나 자행거◆ 타고, 제가 외국 사람인 체하여 제 나라 동포를 압제하며, 혹은 외국 사람 상종함을 영광으로 알고 아첨하며, 제 나라 일을 변변히 알지도 못하는 것을 가르쳐 주며, 여간 월급냥이나 벼슬아치나 얻어 하느라고 남의 나라 정탐꾼이 되어 애매한 사람 모함하기 어리석은 사람 위협하기로 능사를 삼으니, 이런 사람들은 안다 하는 것이 도리어 큰 병통◆이 아니오?

우리 개구리의 족속은 우물에 있으면 우물에 있는 분수를 지키고, 미나리 논에 있으면 미나리 논에 있는 분수를 지키고, 바다에 있으면 바다에 있는 분수를 지키나니, 그러면 우리는 사람보다 상등◆이 아니오니까? (손뼉 소리 짤각짤각)

또 무슨 동물이든지 자식이 아비 닮는 것은 하나님의 정하신 뜻이라. 우리 개구리는 대대로 자식이 아비 닮고 손자가 할아비를 닮되, 형용도 똑같고 성품도 똑같아서 추호도 틀리지 않거늘, 사람의 자식은 제 아비 닮는 것이 별로 없소. 요임금의 아들이 요임금을 닮지 아니하고, 순임금의 아들이 순임금과 같지 아니하고, 하우씨◆와 은왕 성탕◆은 성인이로되, 그 자손 중에 포학하기로 유명한 걸◆, 주◆ 같은 이가 났고, 왕건◆ 태조는 영웅이로되 왕우◆, 왕창◆이가 생겼으니, 일로 보면 개구리 자손은 개구리를 닮되 사람의 새끼는 사람을 닮지 아니하도다. 그러한즉 천지자연의 이치를 지키는 자는 우리가 사람에게 비교할 것이 아니요, 만일 아비를 닮지 아니한 자식을 마귀의 자식이라 할진대 사람의 자식은 다 마귀의 자식이라 하겠소.

또 우리는 관가◆ 땅에 있으면 관가를 위

◆ **아미리가** '아메리카'의 한자어 표기.
◆ **대주재大主宰** 기독교에서 말하는 주님의 뜻.
◆ **살죽경** 안경.
◆ **자행거自行車** 예전에, '자전거'를 이르던 말.
◆ **병통病痛** 병으로 인한 아픔.
◆ **상등上等** 정도나 수준이 높거나 우월한 것.
◆ **하우씨夏禹氏** 우임금을 이르는 말. 중국 고대의 전설적인 군주로 하나라의 창시자이다.
◆ **성탕成湯** '탕왕湯王'의 다른 이름. 중국 은나라의 초대 왕.
◆ **걸桀** 중국 고대 하왕조 최후의 왕. 포악하고 사치한 임금으로 알려져 있다.
◆ **주紂** 포악한 정치를 펼친 중국 은나라 최후의 임금.
◆ **왕건王建** 고려 제1대 왕. 신라와 후백제를 합병하여 후삼국을 통일하였다.
◆ **왕우王偶** 우왕. 고려 말, 위화도에서 회군한 이성계에게 폐위됨.
◆ **왕창王昌** 창왕. 이성계에 의해 등극했으나 1년 만에 강화도로 쫓겨났다가 시해됨.
◆ **관가官家** 벼슬아치들이 나랏일을 보던 집.

하여 울고, 사사◆ 땅에 있으면 사사를 위하여 울거늘, 사람은 한 번만 벼슬자리에 오르면 붕당◆을 세워서 권리 다툼하기와, 권문세가에 아첨하러 다니기와, 백성을 잡아다가 주리 틀고 돈 빼앗기와, 무슨 일을 당하면 청촉◆ 듣고 뇌물 받기와, 나랏돈 도적질하기와, 인민의 고혈膏血◆을 빨아 먹기로 종사하니, 날더러 도적놈 잡으라 하면 벼슬하는 관인들은 거반 다 감옥소 감이요, 또 우리들의 우는 것이 울 때에 울고 길 때에 기고 잠잘 때에 자는 것이 천지 이치에 합당하거늘, 불란서라 하는 나라 양반들이 우리 개구리의 우는 소리를 듣기 싫다고 백성들을 불러 개구리를 다 잡으라 하다가, 마침내 혁명당이 일어나서 난리가 되었으니, 사람같이 무도한 것이 세상에 또 있으리요? 당나라 때에 한 사람이 우리를 두고 글을 짓되, '개구리가 도의 맛을 아는 것 같아 연꽃 깊은 곳에서 운다' 하였으니, 우리의 도덕심 있는 것은 사람도 아는 것이라. 우리가 어찌 사람에게 굴복하리오. 동양 성인 공자께서 말씀하시기를, '아는 것은 안다 하고, 알지 못하는 것은 알지 못한다 하는 것이 정말 아는 것이라' 하였으니, 저희들이 천박한 지식으로 남을 속이기를 능사로 알고 천하만사를 모두 아는 체하니, 우리는 이같이 거짓말은 하지 아니하오. 사람이란 것은 하나님의 이치를 알지 못하고 악한 일만 많이 하니 그대로 둘 수 없으니, 차후◆는 사람이라 하는 명칭을 주지 마는 것이 대단히 옳을 줄로 생각하오."

넙죽넙죽 하는 말이 소진◆, 장의◆가 오더라도 당치 못할러라. 말을 그치고 내려오니 또 한편에서 회장을 부르고 나는 듯이 연설단에 올라간다.

제4석 구밀복검口蜜腹劍◆(벌)

허리는 잘록하고 체격은 조그마한데 두 어깨를 떡 벌리고 청랑한 소리로 머리를 까딱까딱하면서 연설한다.

"나는 벌이올시다. 지금 구밀복검이라 하는 문제를 가지고 잠깐 두어 마디 말씀할 터인데, 먼저 서양서 들은 이야기를 잠깐 하오리다.

당초에 천지개벽할 때에 하나님이 에덴동산을 준비하사 각색 초목과 각색 짐승을 그 안에 두고 사람을 만들어 거기서 살게 하시니, 그 사람의 이름은 아담이라 하고 그 아내는 이와라 하였는데, 지금 온 세상 사람들의 조상이라. 사람은 특별히 모양이 하나님과 같고 마음도 하나님과 같게 하였으니, 사람은 곧 하나님의 아들이라 하는 뜻을 잊지 말고 하나님의 마음을 본받아 지극히 착하게 되어야 할 터인데, 아담과 이와가 죄를 짓고 에덴동산에서 쫓겨난지라, 우리 벌의 조상은 죄도 아니 짓고 하나님의 뜻대로 순종하여 각색 초목의 꽃으로 우리의 전답田畓을 삼고 꿀을 농사하여 양식을 만들어 복락福樂을 누리니, 조상 적부터 우리가 사람보다 나은지라, 세상이 오래되어 갈수록 사람은 하나님과 더욱 멀어지고, 오늘날 와서는 거죽은 사람의 형용이 그대로 있지마는 실상은 시랑◆과 마귀가 되어 서로 싸우고 서로 죽이고 서로 잡아먹어서 약한

◆ **사사私私** 개인적인 범위.
◆ **붕당朋黨** 조선 시대에, 이념과 이해에 따라 이루어진 사림의 집단.
◆ **청촉請囑** 청을 들어주기를 부탁함.
◆ **고혈膏血** 몹시 고생하여 얻은 이익이나 재산을 비유적으로 이르는 말.
◆ **차후此後** 지금부터 이후.
◆ **소진蘇秦** 중국 전국시대의 유세가로, 공명부귀를 얻어 그 이름을 천하에 떨쳤다.
◆ **장의張儀** 중국 전국시대 위나라의 정치가로, 훗날 진나라의 재상이 되었다.
◆ **구밀복검口蜜腹劍** 입에는 꿀이 있고 뱃속에는 칼이 있다는 뜻으로, 말로는 친한 듯하나 속으로는 해칠 생각이 있음을 이르는 말.
◆ **시랑豺狼** 승냥이와 이리를 아울러 이르는 말.

자의 고기는 강한 자의 밥이 되고, 큰 것은 작은 것을 압제하여 남의 권리를 늑탈◆하여 남의 재산을 속여 빼앗으며, 남의 토지를 앗아 가며, 남의 나라를 위협하여 망케 하니, 그 흉측하고 악독함을 무엇이라 이르겠소? 사람들이 우리 벌을 독한 사람에게 비유하여 말하기를, '입에 꿀이 있고 배에 칼이 있다' 하나 우리 입의 꿀은 남을 꾀이려 하는 것이 아니라 우리 양식을 만드는 것이요, 우리 배의 칼은 남을 공연히 쏘거나 찌르는 것이 아니라 남이 나를 해치려 하는 때에 정당방위로 쓰는 칼이요, 사람같이 입으로는 꿀같이 말을 달게 하고 배에는 칼 같은 마음을 품은 우리가 아니오. 또 우리의 입은 항상 꿀만 있으되 사람의 입은 변화가 무쌍하여 꿀같이 단 때도 있고, 고추같이 매운 때도 있고, 칼같이 날카로운 때도 있고, 비상같이 독한 때도 있어서, 맞대하였을 때에는 꿀을 들이붓는 것같이 달게 말하다가 돌아서면 흉보고 욕하고 노여워하고 악담하며, 좋아 지낼 때에는 깨소금 항아리같이 고소하고 맛있게 수작하다가 조금만 미흡한 일이 있으면 죽일 놈 살릴 놈 하며 무성포◆가 있으면 곧 놓아 죽이려 하니 그런 악독한 것이 어디 또 있으리오. 에, 여러분, 여보시오, 그래, 우리 짐승 중에 사람들처럼 그렇게 악독한 것들이 있단 말이오? (손뼉소리 귀가 막막)

사람들이 서로 욕설하는 소리를 들으면 참 귀로 들을 수 없소. 별 흉악망측한 말이 많소. '빠가', '갓뎀' 같은 욕설은 오히려 관계치 않소. '네밀 붙을 놈', '염병에 땀을 못 낼 놈' 하는 욕설은 제 입을 더럽히고 제 마음 악한 줄을 모르고 얼씬하면 이런 욕설을 함부로 하니 어떻게 흉악한 소리요. 에, 사람의 입에는 도덕상 좋은 말은 별로 없고 못된 소리만 쓸데없이 지저귀니 그것들을 사람이라고? 그것들을 만물 중에 가장 귀한 것이라고? 우리는 천지간의 미물이로되 그렇지는 않소. 또 우리는 임금을 섬기되 충성을 다하고, 장수를 뫼시되 군령◆이 분명하여, 다 각각 직업을 지켜 일을 부지런히 하여 주리지 아니하거늘, 어떤 나라 사람들은 제 임금을 죽이고 역적의 일을 하며 제 장수의 명령을 복종치 아니 하고 난병◆도 되며, 백성들은 게을러서 아무 일도 아니하고 공연히 쏘다니며 놀고 먹고 놀고 입기 좋아하며, 술이나 먹고 노름이나 하고, 계집의 집이나 찾아다니고 협잡이나 하고, 그렁저렁 세월을 보내어 집이 구차하고 나라가 간난하니, 사람으로 생겨나서 우리 벌들보다 낫다 하는 것이 무엇이오? 서양의 어느 학자가 우리를 두고 노래를 지었으니,

아침 이슬 저녁별에
이 꽃 저 꽃 찾아가서
부지런히 꿀을 물고
제 집으로 돌아와서
반은 먹고 반은 두어
겨울 양식 저축하여
무한 복락 누릴 때에
하나님의 은혜라고
빛난 날개 좋은 소리
아름답게 찬미하네

그래, 사람 중에 사람스러운 것이 몇이나 있소? 우리는 사람들에게 시비是非 들

◆ **늑탈勒奪** 폭력이나 위력을 써서 강제로 빼앗음.
◆ **무성포無聲砲** 소리 없는 총이나 대포.
◆ **군령軍令** 군사상의 명령.
◆ **난병亂兵** 규율이 잡히지 아니한 군대.

을 것 조금도 없소. 사람들의 악한 행위를 말하려면 끝이 없겠으나 시간이 부족하여 그만둡네다."

제5석 무장공자無腸公子◆(게)

벌이 연설을 그치고 미처 연설단에 내려서기 전에 또 한편에서 회장을 부르고 나오니, 모양이 기괴하고 눈에 영채◆가 있어 힘센 장수같이 두 팔을 쩍 벌리고 어깨를 추썩추썩하며 하는 말이,

"나는 게올시다. 지금 무장공자라 하는 문제로 연설할 터인데, 무장공자라 하는 말은 창자 없는 물건이라 하는 말이니, 옛적에 포박자◆라 하는 사람이 우리 게의 족속을 가리켜 무장공자라 하였으니 대단히 무례한 말이로다. 그래, 우리는 창자가 없고 사람들은 창자가 있소? 시방 세상에 사는 사람 중에 옳은 창자 가진 사람이 몇 명이나 되겠소? 사람의 창자는 참 썩고 흐리고 더럽소. 의복은 능라주의◆로 지르르 흐르게 잘 입어서 외양은 좋아도 다 가죽만 사람이지 그 속에는 똥밖에 아무 것도 없소. 좋은 칼로 배를 가르고 그 속을 보면, 구린내가 물큰물큰 나오. 지금 어떤 나라 정부를 보면 깨끗한 창자라고는 아마 몇 개가 없으리다. 신문에 그렇게 나무라고, 사회에서 그렇게 시비하고, 백성이 그렇게 원망하고, 외국 사람이 그렇게 욕들을 하여도 모르는 체하니 이것이 창자 있는 사람들이오? 그 정부에 옳은 마음 먹고 벼슬하는 사람 누가 있소? 한 사람이라도 있거든 있다고 하시오. 만판◆ 경륜◆이 임금 속일 생각, 백성 잡아먹을 생각, 나라 팔아먹을 생각밖에 아무 생각 없소. 이같이 썩고 더럽고 똥만 들어서 구

린내가 물큰물큰 나는 창자는 우리의 없는 것이 도리어 낫소. 또 욕을 보아도 성낼 줄도 모르고, 좋은 일을 보아도 기뻐할 줄 알지 못하는 사람이 많이 있소. 남의 압제를 받아 살 수 없는 지경에 이르되 깨닫고 분한 마음 없고, 남에게 그렇게 욕을 보아도 노여워할 줄 모르고 종노릇하기만 좋게 여기고 달게 여기며, 관리의 무례한 압박을 당하여도 자유를 찾을 생각이 도무지 없으니, 이것이 창자 있는 사람들이라 하겠소? 우리는 창자가 없다 하여도 남이 나를 해치려 하면 죽더라도 가위로 집어 한 놈 물고 죽소. 내가 한번 어느 나라에 지나다 보니 외국 병정이 지나가는데, 그 나라 부인을 건드려 젖통이를 만지려 하매 그 부인이 소리를 지르고 욕을 한즉, 그 병정이 발로 차고 손으로 때려서 행악◆이 무쌍한지라, 그 나라 사람들이 모여 서서 그것을 구경만 하고 한 사람도 대들어 그 부인을 도와주고 구원하여 주는 사람이 없으니, 그 사람들은 그 부인이 외국 사람에게 당하는 것을 상관없는 줄로 알아서 그러한지 겁이 나서 그러한지, 결단코 남의 일이 아니라 저의 동포가 당하는 일이니 저희들이 당함이어늘, 그것을 보고 분낼 줄 모르고 도리어 웃고 구경만 하니, 그 부인의 오늘날 당하는 욕이 내일 제 어미나 제 아내에게 또 돌아올 줄을 알지 못하는가? 이런 것들이 창자 있다고 사람이라 자긍하니 허리가 아파 못살겠소. 창자 없는 우리 게는 어찌하면 좋겠소? 나라에 경사가 있으되 기뻐할 줄 알지 못하여 국기 하나 내어 꽂을 줄 모르니 그것이 창자 있는 것이오?

◆ **무장공자無腸公子** 창자가 없는 동물이라는 뜻으로, '게'를 이르는 말.
◆ **영채映彩** 환하게 빛나는 고운 빛깔.
◆ **포박자抱朴子** 중국 진晉나라 때의 학자·도사·연단가煉丹家.
◆ **능라주의綾羅紬衣** 비단옷과 명주옷을 아울러 이르는 말.
◆ **만판** 다른 것은 없이 온통 한가지로.
◆ **경륜經綸** 일정한 포부를 가지고 일을 조직적으로 계획함. 또는 그 계획이나 포부.
◆ **행악行惡** 모질고 나쁜 행동.

그런 창자는 부럽지 않소. 창자 없는 우리 게의 행한 사적을 좀 들어 보시오. 송나라 때 추호라 하는 사람이 채경에서 사로잡혀 소주로 귀양 갈 때 우리가 구원하였으며, 산주구세라 하는 때에 한 처녀가 죽게 된 것을 살려 내느라고 큰 뱀을 우리 가위로 잘라 죽였으며, 산신과 싸워서 호인◆의 배를 구원하였고, 객사◆한 송장을 드러내어 음란한 계집의 죄를 발각하였으니, 우리의 행한 일은 다 옳고 아름다운 일이오. 사람같이 더러운 일은 하지 않소. 또 사람들도 우리의 행위를 자세히 아는 고로 '게도 제 구멍이 아니면 들어가지 아니한다'는 속담이 있소. 참 그러하지요. 우리는 암만 급하더라도 들어갈 구멍이라야 들어가지, 부당한 구멍에는 들어가지 않소. 사람들을 보면 부당한 데로 들어가는 사람이 많소. 부모처자를 내버리고 중이 되어 산 속으로 들어가는 이도 있고, 여염집◆ 부인네들은 음란한 생각으로 불공한다 핑계하고 절간 초막으로 들어가는 이도 있고, 명예 있는 신사라 자칭하고 쓸데없는 돈 내버리러 기생집에 들어가는 이도 있고, 옳은 길 내버리고 그른 길로 들어가는 사람, 옳은 종교 싫다 하고 이단으로 들어가는 사람, 돌을 안고 못으로 들어가는 사람, 섶◆을 지고 불로 들어가는 사람, 이루 다 말할 수 없소. 당연히 들어갈 데와 못 들어갈 데를 분별치 못하고 못 들어갈 데를 들어가서 화를 당하고 패를 보고 해를 끼치니, 이런 사람들이 무슨 창자 있노라고 우리의 창자 없는 것을 비웃소? 지금 사람들을 보면 그 창자가 다 썩어서 미구◆에 창자 있는 사람은 한 개도 없이 다 무장공자가 될 것이니, 이다음에는 사람더러 무장공자라 불러야 옳겠소."

게가 입에서 거품이 부걱부걱 나오며 수용산출◆로 하던 말을 그치고 엉금엉금 기어 내려가니, 파리가 또 회장을 부르고 나는 듯이 연단에 올라가서 두 손을 싹싹 비비면서 말을 한다.

"나는 파리올시다. 사람들이 우리 파리를 가리켜 말하기를, '파리는 간사한 소인이라' 하니, 대저 사람이라 하는 것들은 저의 흉은 살피지 못하고 다만 남의 말은 잘하는 것들이오. 간사한 소인의 성품과 태도를 가진 것들은 사람들이오, 우리는 결단코 소인의 성품과 태도를 가진 것이 아니오. 《시전》◆이라 하는 책에 말하기를, '영영한 푸른 파리가 횃대에 앉았다' 하였으니, 이것은 우리를 가리켜 한 말이 아니라 사람들을 비유한 말이오. 옛 글에 '방에 가득한 파리를 쫓아도 없어지지 않는다' 하는 말도 우리를 두고 한 말이 아니라, 사람 중의 간사한 소인을 가리켜 한 말이오. 우리는 결코 간사한 일은 하지 아니하였소마는, 인간에는 참 소인이 많습디다. 사슴을 가리켜 말이라 하여 임금을 속인 것이 비단 조고◆ 한 사람뿐 아니라, 지금 망하여 가는 나라 조정을 보면 온 정부가 다 조고 같은 간신이요, 천자를 끼고 제후에게 호령함이 또한 조조◆ 한 사람뿐 아니라, 지금은 도덕은 떨어지고 효박

- ◆ **호인好人** 성품이 좋은 사람.
- ◆ **객사** 객지에서 죽음.
- ◆ **여염집** 일반 백성의 살림집.
- ◆ **섶** 잎나무, 풋나무, 물거리 따위의 땔나무를 통틀어 이르는 말.
- ◆ **미구** 얼마 오래지 아니함.
- ◆ **영영지극營營之極** 여기저기 왕래하는 모양 또는 악착같이 이익을 추구하는 모양을 나타내는 말.
- ◆ **수용산출水湧山出** 생각과 재주가 샘솟듯 풍부하여 시나 글을 즉흥적으로 훌륭하게 짓는 것을 비유적으로 이르는 말.
- ◆ **《시전詩傳》** 시경을 알기 쉽게 풀이한 책.
- ◆ **조고趙高** 중국 진 나라 때의 환관. 지록위마指鹿爲馬의 주인공.
- ◆ **조조曹操** 중국 후한 말기의 정치가이자, 군인이며 시인이다. 비상하고 탁월한 재능으로 위나라가 세워질 수 있는 기틀을 닦았다.
- ◆ **효박淆薄하다** 인정이나 풍속이 어지럽고 아주 각박하다.

◆한 풍기를 보면 온 세계가 다 조조 같은 소인◆이라. 웃음 속에 칼이 있고 말 속에 총이 있어, 친구라고 사귀다가 저 잘되면 차버리고, 동지라고 상종타가 남 죽이고 저 잘되기, 누구누구는 빈천지교◆ 저버리고 조강지처 내쫓으니 그것이 사람이며, 아무아무 유지지사◆ 고발하여 감옥서에 몰아넣고 저 잘되기 희망하니, 그것도 사람인가? 쓸개에 가 붙고 간에 가 붙어 요리조리 알씬알씬하는◆ 사람 정말 밉기도 밉습디다. 여러분도 다 아시거니와 그래 공담◆으로 말하자면 우리가 소인이오, 사람들이 간물◆이오? 생각들 하여 보시오. 또 우리는 먹을 것을 보면 혼자 먹는 법 없소. 여러 족속을 청하고 여러 친구를 불러서 화락한 마음으로 한가지로 먹지마는, 사람들은 이利 끝만 보면 형제간에도 의가 상하고 일가간에도 정이 없어지며, 심한 자는 서로 골육상쟁하기를 예사로 아니, 참 기가 막히오. 동포끼리 서로 사랑하고 서로 구제하는 것은 하나님의 이치어늘 사람들은 과연 저희 동포끼리 서로 사랑하는가? 저들끼리 서로 빼앗고 서로 싸우고 서로 시기하고 서로 흉보고 서로 총을 놓아 죽이고 서로 칼로 찔러 죽이고 서로 피를 빨아 마시고 서로 살을 깎아 먹되, 우리는 그렇지 않소. 세상에 제일 더러운 것은 똥이라 하지마는, 우리가 똥을 눌 때 남이 다 보고 알도록 흰 데는 검게 누고, 검은 데는 희게 누어서 남을 속일 생각은 하지 않소. 사람들은 똥보다 더 더러운 일을 많이 하지마는 혹 남의 눈에 보일까, 남의 입에 오르내릴까 겁을 내어 은밀히 하되, 무소부지◆하신 하나님은 먼저 아시고 계시오. 옛적에 유형이라 하는 사람은 부채를 들고 참외에 앉은 우리를 쫓고, 왕사라 하는 사람은 칼을 빼어 먹을 먹는 우리를 쫓을새, 저 사람들이 그렇게 쫓되 우리가 가지 아니함을 성내어 하는 말이, '파리는 쫓아도 도로 온다' 미워하니 저희들이 쫓을 것은 쫓지 아니하고 아니 쫓을 것은

쫓는도다. 사람들은 우리를 쫓으려 할 것이 아니라 불가불 쫓을 것이 있으니, 사람들아, 부채를 놓고 칼을 던지고 잠깐 내 말을 들어라. 너희들이 당연히 쫓을 것은 너희 마음을 수고롭게 하는 마귀니라. 사람들아 사람들아, 너희들은 너희 마음속에 있는 물욕을 쫓아 버려라. 너희 머릿속에 있는 썩은 생각을 내어 쫓으라. 너희 조정에 있는 간신들을 쫓아 버려라. 너희 세상에 있는 소인들을 내어 쫓으라. 참외가 다 무엇이며, 먹이 다 무엇이냐? 사람들아 사람들아, 우리 수십억만 마리가 일제히 손을 비비고 비나니, 우리를 미워하지 말고 하나님이 미워하시는 너희를 해치는 여러 마귀를 쫓으라. 손으로만 빌어서 아니 들으면 발로라도 빌겠다."

의기가 양양하여 사람을 저희 똥만치도 못하게 나무라고 겸하여 충고의 말로 권고하고 내려간다.

제7석 가정맹어호苛政猛於虎◆(호랑이)

웅장한 소리로 회장을 부르니 산천이 울린다. 연단에 올라서서 머리를 설레설레 흔들고 좌중을 내려다보니 눈알이 등불 같고 위풍이 늠름한데, 주홍 같은 입을 떡 벌리고 어금니를 부지직 갈며 연설하는데, 좌중이 조용하다.

"본원의 이름은 호랑인데 별호◆는 산군◆이올시다. 여러분 중에도 혹 아시는

◆ **소인素人** 어떤 일에 비전문적·비직업적인 사람 또는 익숙하지 아니한 사람.
◆ **빈천지교貧賤之交** 가난하고 천할 때 사귄 사이. 또는 그런 벗.
◆ **유지지사有志之士** 어떤 일에 뜻이 있거나 관심이 있는 사람.
◆ **알씬알씬하다** 작은 것이 잇따라 눈앞에 잠깐씩 나타났다가 없어지다.
◆ **공담空談** 쓸데없거나 실행이 불가능한 헛된 이야기.
◆ **간물奸物** 간사한 사람.
◆ **무소부지無所不知** 모르는 것이 없음.
◆ **가정맹어호苛政猛於虎** 가혹한 정치는 호랑이보다 더 사납다는 말.
◆ **별호別號** 본명이나 자 이외에 쓰는 이름.
◆ **산군山君** 산신령. 산을 지키고 다스리는 신.

이도 있을 듯하오. 지금 가정苛政이 맹어호猛於虎라 하는 문제를 가지고 두어 마디 할 터인데, 이것은 여러분 아시는 것과 같이, 옛적 유명한 성인 공자님이 하신 말씀이라. 가정이 맹어호라 하는 뜻은 까다로운 정사◆가 호랑이보다 무섭다 함이니, 양자◆라 하는 사람도 이와 같은 말이 있는데 '혹독한 관리는 날개 있고 뿔 있는 호랑이와 같다 한지라, 세상에 사람들이 말하기를, 제일 포악하고 무서운 것은 호랑이라' 하였으니, 자고이래로 사람들이 우리에게 해를 받은 자가 몇 명이나 되느뇨? 도리어 사람이 사람에게 해를 당하며 살육을 당한 자가 몇억만 명인지 알 수 없소. 우리는 설사 포악한 일을 할지라도 깊은 산과 깊은 골과 깊은 수풀 속에서만 횡행할 뿐이요, 사람처럼 청천백일지하◆에 왕궁 국도에서는 하지 아니하거늘, 사람들은 대낮에 사람을 죽이고 재물을 빼앗으며, 죄 없는 백성을 감옥서에 몰아넣어서 돈 바치면 내어놓고 세 없으면 죽이는 것과, 임금은 아무리 인자하여 사전◆을 내리더라도 법관이 용사◆하여 공평치 못하게 죄인을 조종하고, 돈을 받고 벼슬을 내어서 그 벼슬한 사람이 그 밑천을 뽑으려고 음흉한 수단으로 정사를 까다롭게 하여 백성을 못 견디게 하니, 사람들의 악독한 일을 우리 호랑이에게 비하여 보면 몇만 배가 될는지 알 수 없소. 또 우리는 다른 동물을 잡아먹더라도 하나님이 만들어 주신 발톱과 이빨로 하나님의 뜻을 받아 천성의 행위를 행할 뿐이어늘, 사람들은 학문을 이용하여 화학이니 물리학이니 배워서 사람의 도리에 유익한 옳은 일에 쓰는 것은 별로 없고, 각색 병기를 발명하여 군함이니 대포니 총이니 탄환이니 화약이니 칼이니 활이니 하는 등물을 만들어서 재물을 무한히 내버리고 사람을 무수히 죽여서, 나라를 만들 때의 만반 경륜은 다 남을 해하려는 마음뿐이라. 그런고로 영국

문학박사 판스라 하는 사람이 말하기를, '사람이 사람에게 대하여 잔인한 까닭으로 수천만 명 사람이 참혹한 지경에 들어갔도다' 하였고, 옛날 진회왕이 초회왕을 청하매 초회왕이 진나라에 들어가려 하거늘 그 신하 굴평◆이 간하여 가로되, '진나라는 호랑이 나라이라 가히 믿지 못할지니 가시지 마소서' 하였으니, 호랑이의 나라가 어찌 진나라 하나뿐이리오. 오늘날 오대주◆를 둘러보면, 사람 사는 곳곳마다 어느 나라가 욕심 없는 나라가 있으며, 어느 나라가 포악하지 아니한 나라가 있으며, 어느 인간에 고상한 천리를 말하는 자가 있으며, 어느 세상에 진정한 인도를 의논하는 자가 있느뇨? 나라마다 진나라요 사람마다 호랑이라. 세상 사람들이 말하기를 호랑이는 포악 무쌍한 것이라 하되, 이것은 알지 못하는 말이로다. 우리는 원래 천품◆이 은혜를 잘 갚고 의리를 깊이 아나니, 글자 읽은 사람은 짐작할 듯하오. 옛적에, 진나라 곽무자라 하는 사람이 호랑이 목구멍에 걸린 뼈를 빼내어 주었더니 사슴을 드려 은혜를 갚았고, 영윤◆ 자문◆을 낳아서 몽택◆에 버렸더니 젖을 먹여 길렀으며, 양위의 효성을 감동하여 몸을 물리쳤으니, 이런 일을 보면 우리가 은혜를 감동하고 의리를 아는 것이라. 사람들로 말하면 은혜를 알고 의리를 지키는 사람이 몇몇이나 되겠소? 옛적 사람이 말하기를, '호랑이를 기르면 후환이 된다' 하여 지금까지 양호유환◆이라

◆ **정사政事** 정치 또는 행정상의 일.
◆ **양자楊子** 중국 전국 시대 초기의 사상가인 양주를 높여 부르는 말.
◆ **청천백일지하靑天白日地下** 해가 비치고 맑게 갠 푸른 하늘 아래.
◆ **사전赦典** 국가적인 경사가 있을 때 죄인을 용서하여 놓아주던 일.
◆ **용사用事** 권세를 부림.
◆ **굴평屈平** 춘추 전국 시대 초나라의 정치가이자 시인.
◆ **오대주五大洲** 지구 상의 다섯 대륙.
◆ **천품天稟** 타고난 기품.
◆ **영윤令尹** 재상에 해당하는 초나라의 관명.
◆ **자문子文** 초나라의 대부.
◆ **몽택** 지금의 운몽탁으로 호북성 운몽현에 위치.
◆ **양호유환養虎遺患** 범을 길러서 화근을 남긴다는 뜻으로, 화근이 될 것을 길러서 후환을 당하게 됨을 이르는 말.

하는 문자를 쓰지마는, 되지 못한 사람의 새끼를 기르는 것이 도리어 정말 후환이 되는지라. 호랑이 새끼를 길러서 덕을 모으는 사람은 있으되 사람의 자식을 길러서 덕을 보는 사람은 별로 없소. 또 속담에 이르기를, 호랑이 죽음은 껍질에 있고 사람의 죽음은 이름에 있다 하니, 지금 세상 사람의 정말 명예 있는 사람이 몇 명이나 있소? 인생칠십고래희◆라, 한세상 살 동안이 얼마 되지 아니한데 옳은 일만 할지라도 다 못 하고 죽을 터인데 꿈결같은 이 세상을 구구히 살려 하여 못된 일 할 생각이 시꺼멓게 있어서, 앞문으로 호랑이를 막고 뒷문으로 승냥이를 불러들이는 자도 있으니 어찌 불쌍치 아니하리오. 옛적 사람은 호랑의 가죽을 쓰고 도적질하였으나, 지금 사람들은 껍질은 사람의 껍질을 쓰고 마음은 호랑이 마음을 가져서 더욱 험악하고 더욱 흉포한지라, 하나님은 지공무사◆하신 하나님이시니, 이같이 험악하고 흉포한 것들에게 제일 귀하고 신령하다는 권리를 줄 까닭이 무엇이오? 사람으로 못된 일 하는 자의 종자를 없애는 것이 좋은 줄로 생각하옵네다."

제8석 쌍거쌍래雙去雙來◆(원앙)

호랑이가 연설을 그치고 내려가니 또 한편에서, 형용이 단정하고 태도가 신중한 어여쁜 원앙새가 연단에 올라서서 애연한◆ 목소리로 말을 한다.

"나는 원앙이올시다. 여러분이 인류의 악행을 공격하는 것이 다 절당한◆ 말씀이로되 인류의 제일 괴악한 일은 음란한 것이오. 하나님이 사람을 내실 때에 한 남자에 한 여인을 내셨으니, 한 사나이와 한 여편네가 서로 저버리지 아니함은 천리에 정한 인륜이라. 사나이도 계집을 여럿 두는 것이 옳지 않고 여편네도 서방을 여럿 두는 것이 옳지 않거늘, 세상 사람들은 다 생각하기를, 사나이는 계집을 많이 두고 호강하는 것이 좋은 것인 줄로 알고 처첩을 두셋씩 두는 사람도 있으며, 어떤 사람은 오륙 명 두는 자도 있으며, 혹은 장가 든 뒤에 그 아내를 돌아다보지 아니하고 두 번 세 번 장가드는 자도 있으며, 혹은 아내를 소박하고 첩을 사랑하다가 패가망신하는 자도 있으니, 사나이가 두 계집 두는 것은 천리天理에 어기어짐이라. 계집이 두 사나이를 두면 변고로 알고 사나이가 두 계집 두는 것은 예사로 아니 어찌 그리 편벽되며,◆ 사나이가 남의 계집 도적함은 꾸짖지 아니하고 계집이 남의 사나이를 상관하면 큰 변인 줄 아니 어찌 그리 불공하오? 하나님의 천연한 이치로 말할진대 사나이는 아내 한 사람만 두고 여편네는 남편 한 사람만 좇을지라. 막론 남녀하고 두 사람을 두든지 섬기는 것은 옳지 아니하거늘, 지금 세상 사람들은 괴악하고 음란하고 박정하여◆ 길가의 한 가지 버들을 꺾기 위하여 백년해로하려던 사람을 잊어버리고, 동산의 한 송이 꽃을 보기 위하여 조강지처를 내쫓으며, 남편이 병이 들어 누웠는데 의원과 간통하는 일도 있고, 복을 빌어 불공佛供한다 가탁◆하고 중서방 하는 일도 있고, 남편 죽어 사흘이 못 되어 서방 해갈 주선 하는 일도 있으니, 사람들은 계집이나 사나이나

◆ **인생칠십고래희人生七十古來稀** 예로부터 사람이 칠십을 살기는 드문 일이라는 뜻.
◆ **지공무사至公無私** 지극히 공정하여 사사로움이 없음.
◆ **쌍거쌍래雙去雙來** 어디를 가거나 올 때 항상 함께 다닌다는 말.
◆ **애연哀然하다** 슬픈 듯하다.
◆ **절당切當하다** 사리에 꼭 들어맞다.
◆ **편벽偏僻되다** 한쪽으로 치우쳐 공평하지 못하다.
◆ **박정薄情하다** 인정이 박하다.
◆ **가탁假託** 거짓 핑계를 댐.

인정도 없고 의리도 없고 다만 음란한 생각뿐이라 할 수밖에 없소. 우리 원앙새는 천지간에 지극히 작은 물건이로되 사람과 같이 그런 더러운 행실은 아니 하오. 남녀의 법이 유별하고 부부의 윤기◆가 지중한◆ 줄을 아는 고로 음란한 일은 결코 없소. 사람들도 우리 원앙새의 역사를 짐작하기로 이야기하는 말이 있소. 옛날에 한 사냥꾼이 원앙새 한 마리를 잡았더니 암원앙새가 수원앙새를 잃고 수절하여 과부로 있은 지 일 년 만에 또 그 사냥꾼의 화살에 맞아 얻은 바 된지라, 사냥꾼이 원앙새를 잡아 가지고 집으로 돌아와서 털을 뜯을새, 날개 아래 무엇이 있거늘 자세히 보니 거년◆에 자기가 잡아온 수원앙새의 대가리라. 이것은 암원앙새가 수원앙새와 같이 있다가 수원앙새가 사냥꾼의 화살을 맞아서 떨어지니, 그 창황◆ 중에도 수원앙새의 대가리를 집어 가지고 숨어서 일시의 난을 피하여 짝 잃은 한을 잊지 아니하고 서방의 대가리를 날개 밑에 끼고 슬피 세월을 보내다가 또한 사냥꾼에게 얻은 바 된지라, 그 사냥꾼이 이것을 보고 정절이 지극한 새라 하여 먹지 아니하고 정결한 땅에 장사葬事를 지낸 후로부터 다시는 원앙새는 잡지 아니하였다 하니, 우리 원앙새는 짐승이로되 절개를 지킴이 이러하오. 사람들의 행위를 보면 추하고 비루하고◆ 음란하여 우리보다 귀하다 할 것이 조금도 없소. 사람들의 행사를 대강 말할 터이니 잠깐 들어보시오. 부인이 죽으면 불쌍히 여기는 남편이 몇이나 되겠소? 상처한 후에 사나이 수절하였다는 말은 들어보도 못하였소. 날날이 재취◆를 하든지 첩을 얻든지, 자식에게 못 할 노릇 하고 집안에 화근을 일으키어 화기◆를 손상케 하고, 계집으로 말하면 남편 죽은 후에 수절하는 사람은 많으나 속으로 서방질 다니며 상부한◆ 지 며칠이 못 되어 개가할 길 찾느라고 분주한 계집도 있고, 또

자식을 낳아서 개구멍이나 다리 밑에 내버리는 것도 있으며, 심한 계집은 간부에게 혹하여 산 서방을 두고 도망질하기와 약을 먹여 죽이는 일까지 있으니, 저희들의 별별 괴악한 일은 이루 다 말할 수 없소. 세상에 제일 더럽고 괴악한 것은 사람이라, 다 말하려면 내 입이 더러워질 터이니까 그만두겠소."

원앙새가 연설을 그치고 연단에서 내려오니, 회장이 다시 일어나서 말한다.

폐회

"여러분 하시는 말씀을 들으니 다 옳으신 말씀이오. 대저 사람이라 하는 동물은 세상에 제일 귀하다 신령하다 하지마는, 나는 말하자면, 제일 어리석고 제일 더럽고 제일 괴악하다 하오. 그 행위를 들어 말하자면 한정이 없고 또 시간이 진하였으니◆ 그만 폐회하오."

하더니 그 안에 모였던 짐승이 일시에 나는 자는 날고, 기는 자는 기고, 뛰는 자는 뛰고, 우는 자도 있고, 짖는 자도 있고, 춤추는 자도 있어, 다 각각 돌아가더라.

슬프다! 여러 짐승의 연설을 듣고 가만히 생각하여 보니, 세상에 불쌍한 것이 사람이로다. 내가 어찌하여 사람으로 태

- ◆ **윤기倫紀** 윤리와 기강을 아울러 이르는 말.
- ◆ **지중至重하다** 더할 수 없이 무겁다.
- ◆ **거년去年** 지난해. 이해의 바로 앞의 해.
- ◆ **창황惝怳** 놀라거나 다급하여 어찌할 바를 모름.
- ◆ **비루鄙陋하다** 행동이나 성질이 너절하고 더럽다.
- ◆ **재취再娶** 아내를 여의었거나 이혼한 사람이 다시 아내를 맞이함.
- ◆ **화기和氣** 화목한 분위기.
- ◆ **상부喪夫하다** 남편의 죽음을 당하다.
- ◆ **진盡하다** 다하여 없어지다.

어나서 이런 욕을 보는고? 사람은 만물 중에 귀하기로 제일이요, 신령하기도 제일이요, 재주도 제일이요, 지혜도 제일이라 하여 동물 중에 제일 좋다 하더니, 오늘날로 보면 제일로 악하고 제일 흉괴하고 제일 음란하고 제일 간사하고 제일 더럽고 제일 어리석은 것은 사람이로다. 까마귀처럼 효도할 줄도 모르고, 개구리처럼 분수 지킬 줄도 모르고, 여우보담도 간사한, 호랑이보담도 포악하고 벌과 같이 정직하지도 못하고, 파리같이 동포 사랑할 줄도 모르고, 창자 없는 일은 게보다 심하고, 부정한 행실은 원앙새가 부끄럽도다. 여러 짐승이 연설할 때 나는 사람을 위하여 변명 연설을 하리라 하고 몇 번 생각하여 본즉 무슨 말로 변명할 수가 없고, 반대를 하려 하나 현하지변懸河之辯◆을 가졌더라도 쓸데가 없도다. 사람이 떨어져서 짐승의 아래가 되고, 짐승이 도리어 사람보다 상등◆이 되었으니, 어찌하면 좋을꼬? 예수 씨의 말씀을 들으니 하나님이 아직도 사람을 사랑하신다 하니, 사람들이 악한 일을 많이 하였을지라도 회개하면 구원 있는 길이 있다 하였으니, 이 세상에 있는 여러 형제자매는 깊이깊이 생각하시오.

◆ **현하지변懸河之辯** 물이 거침없이 흐르듯 잘하는 말.
◆ **상등上等** 정도나 수준이 높거나 우월한 것.

안국선

安國善, 1878~1926

경기도 안성 고삼에서 태어난 작가 안국선은 개화기를 대표하는 지식인 소설가입니다. 그는 17세에 최초의 관비官費 유학생으로 발탁되어, 국가의 지원으로 동경 경응의숙 보통과를 거쳐 동경전문학교에서 정치학을 전공하였습니다.

5년 만에 귀국한 안국선은 독립협회에 가담하여 국민계몽 운동에 앞장섰으나, 정치적인 사건에 연루되어 감옥생활을 하였으며, 이후에는 전라남도 진도로 유배되기도 했습니다.

1907년 유배에서 풀려난 이듬해부터 관청생활을 시작한 안국선은 1911년 청도 군수를 역임하기도 했습니다. 관직에서 물러난 뒤에는 금광, 개간사업 등에 투자하였다가 실패를 거듭하자 잠시 귀향하였다가 자녀 교육을 위해 서울로 올라왔습니다. 1930년대 소설가이자 평론가로 활동한 안회남이 바로 그의 아들입니다.

안국선은 1907년, 사회 계몽을 위한 연설 교본인 《연설 법방》을 펴냈으며, 1908년 2월에는 소설 〈금수회의록〉을 발표했습니다. 그러나 민족의 자주의식을 고취시키는 소설이라 하여 일제에 의해 판매금지 판정을 받았습니다.

안국선은 1915년에서야 비로소 자신의 단편소설들을 모은 우리나라 최초의 근대 소설집 《공진회》를 펴냈습니다. 이 소설집에 실린 다른 작품에는 〈금수회의록〉에서 보여준 날카로운 비판정신과는 정반대로, 패배감에 빠져 현실의 체제에 순응하는 인물들을 그리고 있습니다.

"제일 어리석은 것은 사람이로다."

1908년에 발표된 〈금수회의록〉은 화자가 꿈속에서 인간 사회의 부도덕과 비리를 비판하는 동물들의 연설을 구경하는 이야기입니다.

금수만도 못한 세상이 된 인류 사회를 한탄하며 성현의 글을 읽던 '나'는 잠이 들었습니다. 꿈속에서 '금수회의소'라는 곳에 가게 된 '나'는 여러 금수와 초목들이 모여 인간을 비판하는 모습을 지켜보게 됩니다. 회장은 연설을 할 때 사람 된 자의 책임을 의논하여 분명히 할 것, 사람의 행위를 들어서 옳고 그름을 의논할 것, 지금 세상사람 중에 인류 자격이 있는 자와 없는 자를 조사할 것을 제안합니다.

맨 처음 연단에 오른 까마귀는 '반포지효'를 들어 인간의 불효를 비판합니다. 그다음에는 여우가 '호가호위'라는 문제를 가지고 인간의 간사한 행동을 비판합니다. 더불어 외세에 의존하는 정치인들, 무기를 내세워 다른 나라를 속국으로 만드는 제국주의를 비판합니다. 다음으로 개구리가 '정와어해'를 들어, 제 나라의 일조차 모르는 대신들이 외국에 대해 아는 체하는 행동을 꼬집습니다. 벌은 '구밀복검'을 들어 서로 마주했을 때는 달게 말하다가도 돌아서면 악담을 일삼는 인간의 표리부동한 태도를 비판합니다. 게는 '무장공자'를 들어 지조 없는 인간을 비판하고, 파리는 '영영지극'이라는 예를 들어 인간의 간사함을 지적합니다. 그러고는 인간은 파리를 쫓을 것이 아니라 인간의 욕심, 썩은 생각, 조정의 간신들, 세상의 소인이라고 충고합니다. 이어서 호랑이가 연단에 올라 '가정맹어호'를 예로 들면서 백성을 수탈하는 탐관오리, 학문을 이용하여 사람들이 서로를 죽이는 잔인성을 폭로합니다.

원앙은 축첩제도의 부당함을 지적하면서 '쌍거쌍래'에 빗대어 인간의 음란함을 지적합니다.

여러 금수들의 연설이 끝나자 회장은 세상에 제일 어리석고 추악한 동물은 사람이라는 결론으로 폐회를 선언합니다. 동물들이 회의소에서 나간 뒤, '나'는 서글픔을 느낍니다. 그리고 인간이 짐승보다 못한 존재가 되었음에 한탄하며, 사람이 회개하면 구원의 길이 있다는 하나님의 말씀에 따라 세상의 여러 형제자매가 이를 깊이 생각할 것을 당부합니다.

인간의 세상을 비판한 동물들의 이야기

〈금수회의록〉은 1908년에 발표된 우화소설로, 까마귀·여우·개구리·벌·게·파리·호랑이·원앙새 등 8마리 동물들이 인간세상을 풍자하고 비판하는 이야기입니다. 원래 고사성에 등장하는 이 동물들은 비도덕성의 대상으로 인간에게 비판받는 입장이었으나, 〈금수회의록〉에서는 반대로 인간의 부정적인 면모를 파헤치는 주체가 되어 있습니다. 따라서 동물들은 인간의 비도덕적인 행태를 비롯하여 매국적 행동, 일제의 침략 행위까지 신랄하게 비판하고 있습니다.

1908년 출간된 〈금수회의록〉

이러한 〈금수회의록〉은 당시 신소설로서는 매우 파격적인 메시지가 담겨 있어 대중들의 열렬한 반응을 얻었으나, 일본에 대한 비판이 포함되어 사회 혼란을 유발한다는 이유로 1909년 판매가 금지되고 이미 발매된 책도 압수되고 말았습니다.

이러한 사건의 배경을 이해하기 위해서는 1910년의 한일합병 조약을 코앞에 둔 당시 한국의 상황을 고려해야 합니다. 즉, 일본이 한국에 대한 통치권을 장악한 시점에서 일본에 대한 비판과 조롱을 담은 〈금수회의록〉은 금지와 처벌의 대상이었던 것입니다.

신소설과 우화 소설

신소설新小說은 주로 1870~1910년대 무렵에 창작된 소설로, 서구의 신학문과 새로운 사상, 물질문명을 수용하고자 하는 사회 분위기에서 탄생했습니다. 당시 개화파 지식인들은 이전까지 사용되어 왔던 한자 대신 한글로써 창작하여 새로운 사상과 문화에 ‘자유와 평등’의 가치를 담고자 하였습니다.

‘신소설’이라는 용어가 정식으로 사용된 것은 1906년이며, 최초의 신소설로 인정된 것은 1906년부터 신문에 연재되기 시작한 이인직의 〈혈의 누〉입니다. 그 후 이해조의 〈자유종〉, 최찬식의 〈추월색〉, 안국선의 〈금수회의록〉 등을 대표적인 신소설로 손꼽을 수 있습니다. 최근, 〈금수회의록〉이 일본에서 창작된 비슷한 소설의 형식과 내용을 본받아 쓴 것이라는 견해가 있었으나, 그렇다 해도 〈금수회의록〉은 그 시대 우리나라의 실정을 보여주면서 문제를 해결하려는 작가의 의도를 담고 있다고 말할 수 있습니다.

한편 '우화 소설'이란 인간의 부도덕함과 어리석음을 지적하기 위해 동물이나 식물 혹은 사물 등을 의인화하여 쓴 소설 형식입니다. 이 소설 형식은 우리 사회의 제도, 이념, 풍습, 문화 등에 대한 비판을 다루고 그로써 어떤 교훈을 전하고자 할 때 선택됩니다.

이러한 '우화'의 기법은 오래된 전통을 지니고 있습니다. 신라시대 꽃들을 의인화한 〈화왕계花王戒〉를 비롯하여 고려시대에는 술을 의인화한 〈국순전〉 등이 있고, 조선시대에는 〈토끼전〉이나 〈장끼전〉 등의 풍자와 해학이 가득한 고전소설이 있습니다. 특히 조선시대에 활발히 창작된 우화 소설들은 봉건적인 사회에서 문제가 되는 신분 차별이나 불평등한 지배 구조에서 비롯된 불만과 비판을 다루고 있습니다. 이렇듯 특정한 시기에 빈번하게 창작된 우화 소설의 경향을 통해 당시 그 사회 문제가 무엇이었는지를 확인할 수도 있습니다.

〈금수회의록〉은 신소설이자 우화 소설로서, 동물의 시선에서 인간들의 부도덕한 행태를 비판함과 더불어 기독교 정신으로써 구원되어야 한다는 주장을 펼치고 있습니다.

삼부자의 길, 안경수-안국선-안회남

안국선의 아들 안회남

안국선이 일본으로 관비 유학을 떠날 수 있었던 것은 독립협회 초대회장이었던 양아버지 안경수의 뒷받침이 있었기 때문입니다. 안경수는 개화의식을 지녔던 개화파의 핵심 인물이며, 일찍이 대한제국 시절 군부대신을 역임했던 지식인이었습니다.

안국선은 그런 양부養父의 영향을 받아, 일본 유학을 마치고 귀국한 뒤 독립협회의 간부들과 소통하며 계몽 활동을 펼쳤습니다. 그러나 반역 음모 사건에 연루되어 감옥 생활을 거친 뒤로는 일본에 대한 저항의지를 버리고 일본의 통치에 협력하는 태도를 보였습니다.

안국선의 외아들 안회남은 1931년, 23세의 나이로 아버지의 뒤를 이어 소설가 겸 평론가로 활동하게 되었습니다. 안국선이 아버지 안경수의 영향을 받아 독립협회 활동을 한 것처럼, 안회남 역시 작품 초반에는 아버지의 예술적 경향을 이어받은 활동을 펼쳤습니다. 주로 작가 주변의 일상적인 사건을 소재로 했던 그의 소설 〈명상〉에는 안국선이 등장하기도 합니다. 안회남의 대표적인 작품으로는 〈명상〉, 〈소년과 기생〉, 〈겸허 김유정전〉, 〈탁류를 헤치고〉 등이 있습니다.

● 이 작품에서 연설자와 연설의 내용이 잘못 연결된 것은 무엇인가요?

① 까마귀 – 인간의 불효에 대해 비판함

② 여우 – 외국 정세에 어두운 인간을 비판함

③ 벌 – 서로 미워하고 속이는 인간을 비판함

④ 파리 – 인간의 간사함을 비판함

⑤ 호랑이 – 포악한 정치를 비판함

● 이 작품의 특징으로 맞지 않는 것은 무엇인가요?

① 동물을 등장인물로 내세운 우화소설이다.

② 기독교 정신이 담겨 있다.

③ 1909년에 우리나라 최초로 판매 금지되었다.

④ 인간은 단 한 명도 등장하지 않는다.

⑤ 액자소설 형식의 신소설이다.

● 이 작품에서 동물들이 연설할 때 인용한 고사성어를 찾아 써보세요.

까마귀 : 반포지효(反哺之孝)

여우 : ______________________

개구리 : 정와어해(井蛙語海)

벌 : ______________________

개 : 무장공자(無腸公子)

파리 : ______________________

호랑이 : 가정맹어호(苛政猛於虎)

원앙 : ______________________

- 이 작품에는 기독교 정신과 유교적 정신이 혼합되어 나타나고 있습니다. 그러한 정신이 표현되고 있는 대목을 구체적으로 찾아서 인용해 보세요.

- 이 작품에 등장하는 금수들이 오늘날의 인간 세상을 비판한다면 어떤 문제를 가장 많이 비판할지 생각해 봅시다.

● 이 작품에서 연설자와 연설의 내용이 잘못 연결된 것은 무엇인가요?

① 까마귀 – 인간의 불효에 대해 비판함

② 여우 – 외국 정세에 어두운 인간을 비판함

③ 벌 – 서로 미워하고 속이는 인간을 비판함

④ 파리 – 인간의 간사함을 비판함

⑤ 호랑이 – 포악한 정치를 비판함

답 ②번.

● 이 작품의 특징으로 맞지 않는 것은 무엇인가요?

① 동물을 등장인물로 내세운 우화소설이다.

② 기독교 정신이 담겨 있다.

③ 1909년에 우리나라 최초로 판매 금지되었다.

④ 인간은 단 한 명도 등장하지 않는다.

⑤ 액자소설 형식의 신소설이다.

답 ④번.

● 이 작품에서 동물들이 연설할 때 인용한 고사성어를 찾아 써보세요.

까마귀 : 반포지효(反哺之孝)

여우 : 호가호위(狐假虎威)

개구리 : 정와어해(井蛙語海)

벌 : 구밀복검(口蜜腹劍)

개 : 무장공자(無腸公子)

파리 : 영영지극(營營之極)

호랑이 : 가정맹어호(苛政猛於虎)

원앙 : 쌍거쌍래(雙去雙來)

● 이 작품에는 기독교 정신과 유교적 정신이 혼합되어 나타나고 있습니다. 그러한 정신이 표현되고 있는 대목을 구체적으로 찾아서 인용해 보세요.

"대저 우리들이 거주하여 사는 이 세상은 당초부터 있던 것이 아니라, 지극히 거룩하시고 지극히 전능하신 하나님께서 조화로 만드신 것이라. ~영원한 행복을 받게 하려 함이라." _개회

"옛날 동양 성인들이 말씀하기를 '효도는 덕의 근본이라', '효도는 일백 행실의 근원이라', '효도는 천하를 다스린다' 하였고, 예수교 계명에도 '부모를 효도로 섬기라' 하였으니, 효도라 하는 것은 자식 된 자가 고연한 직분으로 당연히 행할 일이올시다."

_제1석 반포지효(反哺之孝)

"예수 씨의 말씀을 들으니 하나님이 아직도 사람을 사랑하신다 하니, 사람들이 악한 일을 많이 하였을지라도 회개하면 구원 있는 길이 있다 하였으니, 이 세상에 있는 여러 형제자매는 깊이깊이 생각하시오." _폐회

● 이 작품에 등장하는 금수들이 오늘날의 인간 세상을 비판한다면 어떤 문제를 가장 많이 비판할지 생각해 봅시다.

오늘날 역시 우리 사회는 많은 문제를 안고 있습니다. 문명은 발달하고 물질은 풍요로워졌지만 여전히 부유한 계층과 가난한 계층의 격차는 크고, 소외된 계층은 늘어나고 있습니다. 외로움과 왕따로 인해 자살하는 노년층과 청소년층의 문제 등 여러분이 가장 걱정스러운 오늘날의 문제를 생각하여 설명해 봅시다.

작품 출전 및 수록 교과서

수록 작품(1권)	작품 출전	작품 수록 교과서
오월의 훈풍(박태원)	《국어시간에 소설 읽기2》, 나라말, 2001.	지학사(중3), 미래엔(중3-이)
운수 좋은 날(현진건)	《현진건 단편전집》, 가람기획, 2006.	천재, 창비, 미래엔(중3-이),
행복(이태준)	《한국 단편 소설과 만남》, 청년사, 2009.	비상(중3)
치숙(채만식)	《채만식 전집 7》, 창작과비평사, 1987.	해냄(중3)
오발탄(이범선)	《이범선 작품집》, 지식을 만드는 지식, 2010.	대교, 미래엔(중3)
땔감(윤흥길)	《장마》, 민음사, 1980.	창비(중2)
나비를 잡는 아버지(현덕)	《나비를 잡는 아버지》, 창작과비평사, 1995.	금성(중2)
눈사람 속의 검은 항아리(김소진)	《눈사람 속의 검은 항아리》, 열림원, 2006.	대교(중3-박)
허생전을 배우는 시간(최시한)	《모두 아름다운 아이들》, 문학과지성사, 2001.	미래엔(윤, 이), 신사고, 금성(중2)

수록 작품(2권)	작품 출전	작품 수록 교과서
만무방(김유정)	《원본 김유정 전집》, 강 2007	디딤돌(중3)
배따라기(김동인)	《김동인 단편선》, 문학과지성사 2004	디딤돌(중3)
흰 종이수염(하근찬)	《한국 대표 문학》, 금성출판사, 1996.	미래엔(중2-이)
요람기(오영수)	《골드북스 한국 단편》, 하서출판사, 2006.	디딤돌(중2-이)
흑산도(전광용)	《전광용 작품집》, 지식을 만드는 지식, 2010	두산(중1)
난장이가 쏘아 올린 작은 공(조세희)	《난장이가 쏘아 올린 작은 공》, 문학과지성사, 1999.	비상, 교학사(중3-박)
시인의 꿈(박완서)	《자전거 도둑》, 다림, 1999.	지학사(중2)
금수회의록(안국선)	《한국문학전집 30》, 문학과지성사, 2007.	미래엔(중2-이), 금성